Imbroglio

SUZANNE TRÉPANIER

Imbroglio

LES ÉDITIONS
JKA

IMBROGLIO
Dépôts légaux :
Bibliothèque nationale du Québec
Bibliothèque nationale du Canada

Les Éditions JKA bénéficient du Programme de crédit d'impôt pour l'édition de livres — Gestion SODEC — du gouvernement du Québec.

Numéro d'enregistrement : 1073835

© Les Éditions JKA
Saint-Pie (Québec)
J0H 1W0 Canada
www.leseditionsjka.com

ISBN : 978-2-923672-70-0
Imprimé au Canada

Combattre ses démons intérieurs,
c'est la seule guerre qui vaille.

1

BAGDAD

La camarde plane sur Bagdad. Et pourtant Salim poursuit fatalement le cours routinier de ses occupations. Il sait la mort inéluctable. Mais il ne l'appréhende plus, du moins pas autant qu'autrefois. Dehors, les enfants du quartier jouent à la guerre. Les siens sont à l'abri du danger, très loin, hors d'Irak. Son voisin, le dos appuyé contre le mur de sa maison, le salue. Méfiant, Salim lui rend la pareille. La peur des uns et des autres est bel et bien palpable. Règlements de comptes, assassinats crapuleux s'ajoutent quotidiennement aux horreurs de la guerre. Le désespoir et la torpeur dans lesquels baigne la ville entière tranchent sur la beauté paradisiaque de son site. Guerre ou pas, les acacias et les palmiers se dressent le long des avenues fleuries et parfois, quand le vent se lève, la cité s'auréole d'un halo de poussière. Ces jours-là, sous cette folle pluie de sable, l'instant d'un soupir, Salim se laisse croire que Bagdad la magnifique renaît soudainement de ses cendres.

Aujourd'hui encore, au volant de sa petite voiture déglinguée, cigarette au bec, il file vers sa brocante même s'il sait pertinemment que les clients ne seront pas au rendez-vous. Chaque fois qu'il sort de son antre, il s'expose courageusement à la menace qui gronde partout dans les rues de Bagdad, qui sont le théâtre quotidien d'attentats sanglants. Dans ce capharnaüm de violences où s'amalgament les tirs de roquettes, les fusillades à la kalachnikov et les explosions d'engins tous plus diaboliques les uns que les autres, Salim tente d'avoir un semblant de vie normale. D'aussi loin qu'il se rappelle, il n'a jamais aspiré qu'à mener une existence tranquille.

Autrefois, il avait eu ce privilège ; celui de vivre sous un toit décent et de prendre trois repas par jour entouré des siens. Puis, tout avait basculé. Sous Saddam, malgré la rudesse du quotidien due à l'embargo, il avait gardé la foi, l'espérance que tout s'arrangerait. Il faut dire qu'à l'époque, les interdits se limitaient essentiellement aux discours politiques et religieux. Il s'en accommodait.

Mais depuis que les Américains sont venus foutre le bordel, son espoir s'estompe. Les guerres intestines entre Arabes sévissent à la grandeur du pays. Chiites, sunnites, Kurdes… tous participent désormais au merdier. Toutes ces histoires de religion l'indisposent profondément. Il prône systématiquement la tolérance, sans doute parce que la différence ne lui a jamais fait peur. La preuve en est que sa femme est chrétienne !

Sabine lui manque.

Avant la grande menace, il l'avait implorée de retourner vivre là-bas, loin dans son pays. Elle avait finalement obtempéré. Lui, il était resté. Nul n'aurait pu le contraindre à abandonner lâchement ses vieux parents. De toute manière, contrairement à son épouse et à ses enfants, il n'a pas la double nationalité française et irakienne.

Il fait chaud, une chaleur torride, insupportable. Sa chemise, mouillée de sueur, lui colle au corps. Le système d'air conditionné de sa vieille bagnole est fini. Pourtant, l'idée de s'en plaindre ne lui traverse même pas l'esprit. S'il sue et s'il pue, c'est qu'il est vivant !

Tout d'un coup, il sourit en pensant à sa femme, à son obsession maladive des odeurs un tant soit peu musquées.

— J'ai tellement chaud. Tu es certain que je ne sens rien ?

— Tu sens la Sabine.

— Sois sérieux, Salim.

— Tu sens Sabine et tu sens bon tout le temps !

Sa présence réconfortante, le parfum suave de son corps, la blancheur de sa peau… Elle lui manque. Par moments, il s'en ennuie à mourir.

Au bord de la route, gratifiée de ce 50 degrés Celsius, une inconnue voilée et enveloppée dans son abbaya noire avance péniblement. Il imagine sa fille Raya tristement cachée sous ce long manteau. Quel soulagement de la savoir en sécurité à Paris. Ici, elle aurait été en danger. Depuis quelque temps, les chrétiens sont nombreux à être massacrés par Al-Qaïda. Cela dit, il en va pareillement pour les chiites et les sunnites qui refusent de collaborer. Dans tout Bagdad, les croix ont été enlevées. Les églises sont régulièrement la cible d'attentats à la voiture piégée, quand elles ne sont pas tout simplement transformées en mosquées. La rumeur court également que certaines jeunes chrétiennes seraient sauvagement enlevées et contraintes *d'épouser leur ravisseur. Pour rien au monde, Salim ne voudrait être né femme.*

Après avoir traversé sans problème deux « check points » américains, il arrive enfin à bon port, sain et sauf. La rue est quasiment déserte. Bien peu de braves comme lui se risquent encore à ouvrir boutique. Les rideaux de fer des édicules restent donc pour la plupart fermés, cadenassés au sol. Maintenant que son automobile est stationnée bien à l'abri derrière le portail de l'édifice, il hâte le pas vers sa brocante. Puis il déverrouille la porte. À l'intérieur, rien ne presse davantage que d'ouvrir son téléviseur. Sa télé lui assure une présence. Elle est aussi son seul passe-temps et pratiquement sa seule source d'information. Mais, ce matin, l'écran du petit appareil reste noir. Il ne s'en inquiète pas. Au retour de l'électricité, qui part et revient continuellement, il sait que son moniteur va fonctionner. Pour l'instant, il choisit dans sa caverne d'Ali Baba de beaux objets anciens qu'il étalera pour la journée en devanture de sa boutique.

Le temps passe. Il s'installe finalement dehors sur le trottoir, à côté des lampes, des théières et des vases joliment exposés. Assis à l'ombre, il se sent bien. Il s'étonne soudainement de ne pas entendre les bruits habituels de la guerre. Il ne perçoit pas le moindre vrombissement d'engins volants, pas le moindre roulement de blindés. Il prête l'oreille... pas même le bruit lointain d'un tir isolé. Pour peu, il croirait que la guerre est finie.

La rue commence peu à peu à s'animer. À défaut de pouvoir regarder la télé, il aime observer la vie des Bagdadis. Au petit marché à ciel ouvert d'en face, une femme gantée et vêtue

de son hijab dispose soigneusement sur les étals les fruits nouvellement arrivés. De biais, au café terrasse de la place, un vieil
homme fume tandis qu'un autre sirote son thé. Évidemment, ce
n'est pas la cohue. Les citadins évitent autant que possible les
endroits publics, particulièrement les cafés, les restos et les mar-
chés, qui sont des cibles faciles. En fait, le danger guette partout où les gens se rassemblent. Heureusement qu'il y a encore
quelques intrépides qui refusent de vivre cloîtrés. N'empêche
que la majorité des commerçants se débattent contre la misère.
Salim, lui, tire son épingle du jeu uniquement grâce à la générosité de son fils, qui lui fait parvenir chaque mois de quoi assurer
largement sa pitance ; ce qui lui permet à son tour d'aider ses
vieux parents. Cent fois par jour, il remercie Allah de lui avoir
donné de si bons enfants. Peut-être un jour reviendront-ils en
Irak, comme tous ces autres exilés. En attendant le début d'un
temps nouveau sur la terre de ses ancêtres, Salim ne rêve plus,
du moins pas pour lui-même. Il se considère déjà béni d'avoir
atteint l'âge respectable de soixante-cinq ans.

Voilà que la vendeuse du petit marché d'en face est aux
prises avec trois étrangers. Il ne l'envie pas. Attirer le chaland
américain est bien pire que de ne pas avoir de clients du tout.
Collaborer un tant soit peu avec l'occupant, c'est quasiment
signer son arrêt de mort. Il les observe. Les types prennent leur
temps. Ils choisissent un peu de tout : des dattes, des figues,
des abricots et des noix. Salim se dit que la pauvre doit avoir
hâte qu'ils débarrassent le terrain. Les badauds regardent
maintenant dans sa direction. Il prie qu'il ne leur vienne pas à
l'idée de traverser la rue pour venir fouiner chez lui. Il se lève,

hésite, songe un instant à faire mine de tout ramasser comme s'il fermait son édicule. Il leur jette à nouveau un coup d'œil et constate à regret qu'ils s'approchent. Ils sont à présent quatre : trois Américains et un Irakien sortis de nulle part. Salim croise le regard assassin de son compatriote et pressent l'imminence d'un danger. Il est trop tard. Pareil à un coup de tonnerre, la voix de l'homme au kamis s'élève violemment : « Allah Akbar! » (Dieu est grand!) Une fraction de seconde s'écoule avant qu'un grand souffle ne balaye tout sur son passage.

C'est l'horreur. Couché sur le pavé, Salim baigne dans son sang. Il n'a pas encore rendu l'âme. Autour de lui, c'est la désolation. La vendeuse du marché est sous le choc. Elle tremble. En regardant le sol où les étals de victuailles se sont écroulés, elle éprouve un violent haut-le-cœur. Par terre, les fruits se mélangent aux morceaux de chair humaine. Elle frôle la folie. Des hommes accourent. Ils se frayent un chemin à travers les corps déchiquetés. Une odeur nauséeuse traîne partout. Le spectacle est insoutenable. Les cadavres qui n'ont pas été complètement dilacérés sont défigurés, atrocement mutilés. Les uns s'agitent, les autres s'affolent. Les sirènes retentissent. Les secours arrivent. Mais, pour Salim, il est trop tard…

« Ne change plus rien. »

Sabine rabaissa l'écran de son ordinateur.

La pluie tombait sur Paris. Elle ne l'avait pas réalisé jusque-là. Quand elle écrivait, elle perdait souvent la notion des choses. Elle resta immobile, assise devant son ordinateur. Rien ne pressait d'aller au lit. Elle savait que le sommeil ne viendrait pas. Pas cette nuit. Un an maintenant qu'il était parti, qu'il avait versé son sang.

Soudain, la sonnerie du téléphone résonna, l'arrachant à ses rêves.

À une heure aussi tardive, qui plus est, un jour de triste anniversaire, ce ne pouvait être que son fils. Elle décrocha et lança spontanément :

— Karim !

— Maman, comment vas-tu ?

— Je suis contente d'entendre ta voix. Je vais bien.

— Je ne te réveille pas ?

— Non. J'étais perdue dans mes pensées.

— Tu songeais à papa, n'est-ce pas ?

— Je sentais sa présence, c'est encore mieux. Toi, ça va ?

— Ça va. Il prit une profonde respiration et ajouta : Les affaires sont bonnes.

— Quel temps fait-il à Montréal ?

— Il pleut.

— Ici aussi. (Silence) J'ai commencé un nouvel ouvrage. Eh bien ! figure-toi donc que je suis incapable de parler de ton père au passé, même sur papier ! J'essaie mais je n'y arrive pas.

— Est-ce une biographie ou un roman ?

— J'hésite encore… En tout cas, ça me fait du bien. C'est libérateur d'écrire. Tu devrais t'y mettre.

— Ce n'est pas mon truc. Je crains d'avoir une très mauvaise plume.

— Quand on laisse parler son cœur, cela ne peut pas être mauvais.

— C'est ça le problème... On me l'a arraché. Je n'en ai plus.

— Karim, ne dis pas ça. Je n'en crois rien.

(Silence)

— Je vais partir quelque temps, maman.

— Où ça ?

— Je ne sais pas encore. Chose certaine, j'ai besoin de changer d'air. Je ne pourrai probablement pas te parler avant un bout de temps. Mais je ne veux pas que tu t'inquiètes.

— Tu m'inquiètes déjà.

Il détourna rapidement la conversation, qui risquait de glisser sur un sujet délicat sinon explosif. D'autant que sa mère était bien trop intelligente pour qu'il s'ingénie à la tromper.

— Comment va Raya ?

— Ta sœur va bien. Elle est en amour par-dessus la tête.

— Il est bien ?

— Je ne sais pas. Je ne l'ai jamais rencontré. Elle est aussi secrète que toi. Quand me donneras-tu le plaisir de te revoir ?

— Bientôt j'espère.

— Je t'aime, Karim.

En déposant le combiné du téléphone, Sabine éprouva un affreux pressentiment.

Son fils était à n'en pas douter celui de ses deux enfants qui lui causait le plus d'inquiétudes. Il en avait toujours été ainsi. Elle se rappelait l'enfant vif et bagarreur d'autrefois.

— *Karim! Mais qu'est-ce qui t'est arrivé? Tu saignes!*

— *Ce n'est rien, maman.*

— *Tu t'es battu?*

Son petit garçon avait d'abord baissé la tête, avant de s'expliquer.

— *J'ai dit à mon copain qu'il n'avait pas le droit de ramasser les carafes qui traînent dans la cour parce qu'elles ne sont pas à lui. Il m'a répondu : « Mon père a dit que oui. Alors, j'obéis à mon père. » Je lui ai répliqué : « Ton père a tort! Tu n'as pas le droit. C'est mal. Dieu doit être le premier servi. Pas ton père! » C'est à ce moment-là que la bataille a éclaté.*

— *Tu n'aurais pas dû.*

— *Mais maman... j'avais raison.*

— *Dieu nous laisse libres, libres, Karim! Ton ami a droit à son libre arbitre. Et puis, tu ne dois pas te battre.*

— *Laisse-le, Sabine, lui avait ordonné Salim. Il est brave. Tu ne peux pas lui reprocher de défendre ses convictions.*

— *Non. Mais la manière dont il s'y prend, ça oui!*

Aujourd'hui, son fils était un homme qui protestait avec véhémence contre toute forme d'iniquité. Il s'était mis en tête de traquer l'injustice. Il ne voulait rien de moins que changer le monde. Elle craignait qu'il n'y perde plutôt son âme.

2

À Montréal, il faisait enfin beau. Les tulipes et les jonquilles marquaient le printemps qui s'annonçait merveilleusement doux. Élaine regrettait de devoir partir, d'autant plus qu'une fois encore elle s'inclinait par pure bonté. Elle regardait par la fenêtre de sa chambre en repensant à ce que sa sœur lui avait dit un mois plus tôt.

— *Ça me ferait tellement de bien. Tu peux pas me dire non, tu es ma seule amie!*

— *Fais-moi rire!*

— *Les autres comptent pas. Tu es la seule à me comprendre, la seule capable de me remonter le moral.*

— *Arrête de te plaindre, Chantal. Avoir cinquante ans, ce n'est pas la fin du monde. D'autant plus que tu ne les fais pas!*

— *Au prix que ça me coûte, j'espère! N'empêche que…*

— *Cesse de te regarder tout le temps le nombril.*

— *Facile à dire quand on a tout comme toi : un mari, des enfants, de l'argent… Être à ta place, je me plaindrais pas non plus. Allez, fais-moi plaisir… viens donc!*

— *Demande à maman de t'accompagner.*

— *Jamais de la vie! Veux-tu m'achever?*

Élaine s'était finalement laissée convaincre de partir. Mais, à quelques heures du départ, le cœur n'y était toujours pas. Elle retourna à ses malles, où sa fille l'attendait pour lui donner un coup de main.

— Je ne te comprends pas, moi, je serais folle de joie. Je salive rien qu'à penser aux beaux toreros…

— Joëlle, je n'ai plus vingt ans. Ça me prend plus qu'une belle paire de fesses dans un pantalon moulant pour me faire frémir.

— Pas Chantal, en tout cas.

— Justement, c'est ce qui m'inquiète.

Voilà que le téléphone sonnait encore.

Joëlle jeta un coup d'œil sur l'afficheur.

— C'est pour toi, maman. C'est papa.

Elle décrocha.

— Élaine, malheureusement je ne pourrai pas vous conduire à l'aéroport. On m'attend en salle d'op. Une urgence.

— Ce n'est pas grave.

— Bon ! Eh bien, fais un bon voyage !

— Merci.

— Je suis pressé. Salue Chantal et donne-nous signe de vie. Bye !

— Bye !

Élaine ne sembla pas surprise, ni même déçue que son mari se désiste à la dernière minute. Elle l'avait pressenti. La froideur de son époux ne l'indisposait plus. Elle avait fait son deuil d'une vie amoureuse épanouissante depuis longtemps. Accepter les lacunes de son existence avait été libérateur. Aujourd'hui, elle ne souffrait presque plus.

— Ma belle Joëlle, tu viens d'hériter du boulot de chauffeur.

— De toute façon, je n'avais rien de mieux à faire.

Le carillon de l'entrée principale résonna partout dans l'immense demeure.

— J'y vais ! lança spontanément l'adolescente, avant de dévaler l'escalier jusqu'au au rez-de-chaussée.

— Wow ! Chantal… tu t'es faite belle !

Ravie, sa tante dessina le galbe de sa hanche en laissant glisser sa main droite sur son costume tout neuf.

— Tu flashes ! s'écria Élaine d'en haut de l'escalier.

— Tu ne fais pas pitié non plus…

Les deux sœurs avaient eu, sans le savoir, la même idée : celle de s'habiller de cuir. Chantal portait un éblouissant costume rouge vif, tandis qu'Élaine avait choisi l'élégance du noir.

— Vous allez en faire tourner des têtes. Mais attention, maman, n'oublie pas que tu es mariée !

— Y a pas de danger que ta mère oublie ! Elle est *straight*, mais *straight* !

— Si je suis aussi « plate » que tu le dis, veux-tu bien m'expliquer pourquoi tu as tant insisté pour que j'aille en vacances avec toi ?

— Pour te rendre service.

— Elle est bien bonne celle-là ! Tu as du front, Chantal Doucet.

— Monte pas sur tes grands chevaux !

— Arrêtez ! Vous n'allez quand même pas vous chicaner juste avant de partir...

Par moments, Chantal tombait royalement sur les nerfs de sa sœur, qui lui reprochait d'être sarcastique et pétrie d'orgueil. Mais Élaine aussi pouvait être chiante avec ses airs de mère supérieure et sa propension à se croire infaillible. En fait, leur relation se résumait en une suite incessante de guerres et de trêves.

LE JAQUEMART FRAPPA LES DOUZE COUPS DE MINUIT.

Sabine se leva de son pupitre. Elle fit d'abord quelques pas pour se dégourdir. Ensuite, elle alla dans le fond de sa penderie pour prendre son vieil album de photos. Vautrée confortablement sur son lit, de page en page, elle se remémorerait sa vie.

« Là-dessus, j'avais vingt ans et la tête pleine de rêves... »

Et pour cause. Durant son adolescence, elle avait littéralement dévoré l'œuvre d'Anne et Serge Golon : *La fresque des Angéliques*. Et comme l'héroïne de cette fabuleuse épopée historique, elle avait voulu découvrir le monde et vivre une vie parsemée d'aventures romanesques. Elle avait même fait teindre ses cheveux d'un blond roussâtre pour ressembler à l'éblouissante Michèle Mercier, qui incarnait la belle aventurière au cinéma.

En 1968, contre toute attente, le destin lui avait donné un bon coup de pouce en lui offrant l'incroyable opportunité de faire un stage à la faculté de lettres et de sciences humaines de la Moustansirya, la grande université de Bagdad.

Fascinée depuis toujours par la magie de ces lointains pays au cœur du désert, le Moyen-Orient lui paraissait à ce moment-là la destination élitiste par excellence. Sous prétexte d'enrichir son esprit, elle avait saisi sa chance et s'était envolée pour l'Irak, avec la bénédiction de ses parents ; mais en fait, elle caressait l'espoir d'y connaître d'étonnantes, de folles, d'inoubliables aventures.

À Bagdad, les événements s'étaient succédés à un rythme fou.

D'abord, elle avait fait la connaissance de Farah qui lui avait ensuite présenté son frère Salim, de qui elle était tombée follement amoureuse. Elle se plaisait à l'appeler son prince arabe tandis qu'il n'avait de cesse de rendre hommage à son exotique et troublante beauté.

Au printemps 68, pendant qu'elle savourait toujours son bonheur idyllique en Irak, en France, les esprits s'échauffaient. La Sorbonne était le bastion d'importantes manifestations étudiantes. Elle regrettait de ne pas être au cœur de la bataille. De toute évidence, son pays prenait un virage historique et elle n'y était pas. Quelques semaines plus tard, alors qu'elle séjournait à Paris pour les vacances estivales, Bagdad sombra à son tour dans la violence. Un coup d'état habilement ourdi par les baasistes permit au général Ahmad Hassan al-Bakr de prendre le pouvoir. Malgré le danger et la vive opposition exprimée par ses parents, Sabine était très vite retournée en Irak, puisque vivre éloignée de son amant lui était insupportable. L'année suivante, les jeunes amoureux s'étaient mariés envers et contre tous.

« Je voulais de l'aventure. J'en ai eu plus que je n'en voulais. »

Elle tournait lentement les pages de son précieux recueil. De temps en temps, elle s'attardait plus longuement sur un cliché. L'image de Karim tenant sa petite sœur par la main la fit sourire. « Il devait avoir dix ans et Raya deux. C'était l'époque des années fastes où il faisait bon vivre en Irak. » Le pays connaissait alors un développement industriel et social phénoménal. Saddam Hussein avait quelques années auparavant nationalisé les compagnies pétrolières qui étaient jadis entre les mains de sociétés étrangères. Une décision qui s'était avérée salutaire pour tout le pays. Le Parti baas que Saddam représentait prônait un nationalisme laïc et l'unité du monde arabe, le tout assaisonné d'un socialisme modéré. Un vent de modernisme soufflait sur la république. L'école était devenue obligatoire pour tout le monde, garçons et filles ! En comparaison des autres pays du Moyen-Orient, l'Irak des années 70 accusait une avance incroyable tant sur le plan social que technologique. Les affaires étaient florissantes.

En septembre 1980, la Première Guerre du Golfe éclata.

L'année précédente, la révolution islamique avait délogé du trône le shah d'Iran. Craignant la férule du nouveau chef iranien Ayatollah Khomeiny, qui n'aspirait à rien de moins qu'établir un pouvoir islamique partout au Proche-Orient, Saddam Hussein lui avait déclaré la guerre. Officiellement, toutefois, l'Irak défendait purement et simplement ses frontières. Pendant ce temps, Sabine vivait dans l'angoisse. Elle craignait que Salim soit appelé au combat, même s'il avait atteint la quarantaine. C'est qu'on rappelait régulièrement des réservistes plus âgés que lui. Et puis, la guerre n'épargnait personne. Tout le peuple était plongé dans la désolation, éprouvé par la perte d'un mari, d'un père, d'un frère, d'un ami ou d'un voisin. Dieu merci, la guerre avait pris fin en 1988, avant que son fils bien-aimé n'atteigne ses dix-huit ans.

Sabine feuilletait son album avec émotion. Revoir tous ces instantanés ravivait de beaux mais de bien déchirants souvenirs aussi. Les yeux baignés de larmes, elle fixa tendrement l'image de Karim posant avec son meilleur ami. Moins chanceux que son fils, Yassir était mort au champ de bataille.

« C'était la nouvelle année. Le 1er janvier 1990. Le calme avant la tempête... »

L'Irak venait à peine de sortir d'une guerre que déjà la menace d'une autre planait. Saddam convoitait les richesses pétrolières du Koweït ainsi que son accès territorial direct au golfe Persique, dans le but de renflouer ses coffres. La guerre contre l'Iran avait coûté cher à son pays. À ce moment-là, contrairement à Yassir, Karim n'avait pas encore fait son service militaire. Comme il terminait des études en relations internationales à Paris, il bénéficiait d'un sursis. Sabine le disait béni. Mais elle tremblait de peur à l'idée qu'il ne puisse échapper encore longtemps à la menace qui se faisait grandissante.

Ce qui devait arriver arriva.

En août 1990, l'Irak envahit finalement le Koweït. L'invasion du petit émirat provoqua les foudres du monde. La Communauté internationale imposa rapidement à l'Irak un embargo économique visant à désamorcer Saddam. Mais l'ONU, non satisfaite de son insubordination, adopta quelques mois plus tard une résolution autorisant le recours à la force.

« Où est-ce qu'on a trouvé le courage de passer à travers tout ça ? Je me le demande encore… »

— *J'ai peur, maman. Je ne veux pas rester ici. Je veux m'en aller.*

— *Calme-toi, ma belle. Nous n'allons pas mourir. Pas aujourd'hui en tout cas…*

Raya faisait pitié à voir. Sabine s'était gardée de lui dire qu'elle était aussi apeurée qu'elle. La décision d'assurer la sécurité de sa fille en l'envoyant en France avait été facile à prendre. Par contre, celle d'abandonner momentanément son mari avait été affreusement douloureuse.

— *Sabine, ma chérie, écoute-moi. Nous habitons Dora, le quartier chrétien ! Ils n'oseront jamais larguer leurs bombes ici. Cela créerait un mouvement d'indignation partout en Occident.*

— *Dans ce cas, dès que Raya sera en sécurité, je reviens !*

— *Le risque zéro n'existe pas. Je t'aime, et aussi minime soit-il, je ne te laisserai courir aucun danger.*

Il avait été catégorique, puissant et volontaire, comme un homme.

Cette autre photographie de Raya, la mine déconfite, lui rappelait combien ses enfants avaient été courageux.

— *Pourquoi, papa, tu ne viens pas toi aussi?*

— *Je ne peux pas abandonner ton grand-père et ta grand-mère.*

— *Ils n'ont qu'à venir eux aussi!*

— *Si seulement c'était aussi simple. Ne pleure pas, ma belle Raya.*

— *C'est tellement injuste…*

C'était le lendemain de Noël, à l'aéroport de Bagdad, quelques heures avant que sa fille et elle ne s'envolent pour la France. Elles s'en allaient trouver refuge chez Fanny, la sœur aînée de Sabine, qui possédait un grand appartement dans la capitale. C'était là que logeait également Karim. « Tu peux rester ici le temps que tu voudras, de toute manière nous n'y sommes pratiquement jamais », lui avait-elle dit. Fanny et son mari préféraient résider à la campagne, à Giverny. « Comment pourrai-je te remercier ? » Là-dessus, sa frangine s'était contentée d'ajouter : « Tu n'as pas à me remercier. Si j'étais à ta place, je sais que tu en ferais autant. »

À Paris, ils étaient assurément à l'abri des bombes mais pas de la souffrance.

L'année 1991 avait débuté de bien triste façon. Les yeux rivés sur son téléviseur, entourée de ses enfants, Sabine avait assisté avec impuissance et horreur à la Deuxième Guerre du Golfe. Pour ajouter à leur peine et à leur colère, les médias du monde entier présentaient des images factices, trivialisées de cet assaut sanguinaire. Au petit écran, les terribles bombardements ressemblaient à d'inoffensifs mais spectaculaires feux d'artifice. Son beau pays était pourtant à feu et à sang. Les présentateurs parlaient de dommages collatéraux avec une telle froideur, comme si tous ces mortels sacrifiés au combat n'étaient personne. Cette impassibilité marmoréenne l'avait remplie d'une tristesse infinie ; parce que, contrairement à eux, elle pouvait associer à ces innocentes victimes un visage, et parfois même un nom !

— *Yassir est mort ! Mon ami est mort, maman.*

Son fils était complètement atterré.

La nouvelle lui avait asséné à elle aussi un violent coup en plein cœur. Et puis, comme si sa propre douleur ne lui avait pas suffi, elle avait tant souffert de le voir souffrir. Pour clore l'opération « tempête du désert », après les frappes aériennes qui étaient venues à bout des structures militaires et industrielles irakiennes, la coalition avait engagé une attaque terrestre près des frontières koweïtiennes. Yassir y avait perdu la vie, comme tant d'autres.

— *Ce sont d'abjects salauds ! Ça faisait leur affaire qu'on parte en guerre contre l'Iran. Ils nous ont même armés jusqu'aux dents. Mais là, tout d'un coup, parce qu'on s'en prend au Koweït, ils crient à l'outrage ! Bande d'hypocrites ! d'assassins !*

— *Calme-toi. Ta colère n'y changera rien.*

— *Ça me fait du bien, à moi, de gueuler ! Et s'il faut prendre les armes pour obtenir justice, je le ferai !*

Sabine se leva un moment de son lit, histoire de reprendre ses esprits. Elle alla jeter un coup d'œil par la fenêtre. Il ne pleuvait presque plus.

« J'ai faim… Avoir faim, ce n'est pas ça. » Comment aurait-elle pu oublier les années de misère de l'après-guerre ! L'embargo qui au départ était destiné à mater Saddam fut maintenu après la libération du Koweït dans le but d'en finir avec le régime du dictateur. Cela eut pour seul résultat d'empêcher les Iraniens de rebâtir les infrastructures ruinées par les bombardements. Le pays s'enlisa dans des difficultés quasi insurmontables. Quant à la population, elle se paupérisa dramatiquement. Elle manquait de tout, même d'eau potable ! Les conséquences sur la santé publique furent désastreuses. Le risque d'attraper une maladie hydrique et d'en mourir était très élevé ; d'autant que les hôpitaux manquaient dangereusement d'équipement et de médicaments. Dire qu'avant 1990, le système de santé était réputé efficace et les soins gratuits !

On avait soi-disant voulu tenter d'humaniser la dictature, de mettre un frein aux assassinats politiques et à la torture. « Quelle farce monumentale ! »

Tandis que le peuple irakien agonisait lentement, souffrait de malnutrition, Saddam mangeait assurément à satiété. L'Irak était devenu pour le commun des mortels un pays invivable, mais particulièrement pour les vieillards et les enfants. Salim et Sabine n'avaient eu d'autre choix que d'exiler Raya pour de bon. À Bagdad, elle et son mari vécurent quasiment d'amour et d'eau fraîche pendant des années. Elle ne s'en plaignait pas. Pouvoir s'abandonner dans les bras de son amant valait bien tous les sacrifices ; d'autant qu'elle passait plusieurs semaines par année à Paris, auprès de ses enfants, où elle partageait la vie opulente et tumultueuse de sa sœur.

— *C'est fou la vie. J'expédierais volontiers mon énergumène de mari à l'autre bout du monde. Franchement, pour tout te dire, il s'y perdrait que ça ferait mon affaire. Tandis que toi, tu vis séparée du tien qui pourtant t'aime comme un fou et te traite comme une reine. Tu ne trouves pas ça injuste, Sabine ?*

— *Injuste ?... non. Il y a tant de choses que je ne comprends pas, mais il y a forcément une raison à tout cela… une raison qui nous dépasse.*

— *J'admire ton courage et ta force.*

Appuyée au rebord de la fenêtre, Sabine observait à présent ses jeunes voisins d'en face qui se câlinaient tendrement sous le portail de leur maison. Elle applaudissait leur bonheur, sans envie aucune, parce qu'elle aussi avait eu l'immense privilège d'aimer et d'être aimée passionnément.

L'Espagne ! Quel pays passionnant où foisonnent à la fois la culture occidentale et orientale. Karim s'y sentait chez lui. Un soleil de plomb brillait au-dessus de la Méditerranée. Du balcon de sa chambre d'hôtel, le panorama était magnifique. Il ferma les paupières un instant afin d'offrir son visage au soleil pour qu'il le darde de ses rayons. Il aimait le temps exceptionnellement chaud. La chaleur torride réveillait en lui d'agréables souvenirs de son enfance passée en Irak.

Il rentra, ferma la porte-fenêtre puis tira les rideaux. Il décacheta ensuite l'enveloppe blanche qu'on avait glissée sous sa porte. La missive ne renfermait qu'une photographie. Ce n'était guère surprenant, puisqu'on lui dévoilait toujours ses missions au compte-gouttes. Il examina la photo dans ses moindres détails et enregistra mentalement le visage de celles qui lui serviraient de couverture. Le cliché avait été pris à Montréal. Il reconnaissait l'endroit, un club très sélect. C'était en soi assez révélateur.

Il jeta l'instantané sur le lit.

Planté devant le mini-bar, il hésitait à se verser un verre.

« Un musulman ne boit pas. Mais tu n'es pas musulman. »

Il assumait tant bien que mal son difficile héritage : celui d'être né d'un père islamique et d'une mère chrétienne, même si ses parents se disaient de l'église universelle de Dieu, pas de celle des hommes.

— *Karim, écoute-moi. Ne sois pas crédule. Garde ton sens critique.*

— *Mais je ne veux pas être un impur !*

— *Qu'importe ! Tu es un enfant de Dieu. Ne gobe pas tout ce qu'on te raconte.*

— *Il n'y a qu'une vérité, maman !*

— *Sans doute, mais elle ne sort pas assurément de la bouche d'un prêtre, d'un iman ou d'un gourou !*

Finalement, il se servit un cognac et retourna ensuite sur le balcon. Il se gargarisait lentement le gosier en regardant la mer. Comme il aurait voulu profiter pleinement du moment présent. Mais il n'y arrivait pas. Son âme semblait désespérément condamnée à la tourmente. Il observait avec mépris le va-et-vient quasi continuel devant l'hôtel. La ville fourmillait de vacanciers. Tous ces touristes avaient l'air d'ânes bâtés en quête de plaisir. Ne voyaient-ils pas que l'humanité vivait des heures graves, que la famine et la guerre plongeaient des nations entières dans la désolation ? Comment osaient-ils fainéanter de la sorte ?

Il porta son verre à ses lèvres et fit cul sec.

« Ces pauvres imbéciles vivent dans la noirceur. Le reste de l'humanité peut crever de faim ou s'entretuer, quelle importance ! Tant qu'il leur est donné de se remplir la panse et de se payer du bon temps. »

Il lui tardait d'allumer les lumières et de partager sa souffrance. Il était dangereux, comme un animal blessé prêt à surgir pour défendre sa peau.

Pendant le vol, Élaine retrouva rapidement le sourire. Car, en fin de compte, elle se réjouissait de ce voyage outre-mer.

— Je suis contente de m'être laissée tenter. J'étais due pour des vacances.

— Pas autant que moi ! répliqua Chantal.

— Je te regarde... tu n'as pas l'air trop déprimée...?

— Ça va.

— Tes cinquante ans ne te font plus souffrir ?

— Ne m'en parle pas. J'arrive pas à croire que je suis une quinquagénaire. Y a un décalage entre ce que je ressens et ce que je suis. Est-ce que c'est la même chose pour toi ?

— Pas du tout ! Je n'accuse pas encore cet âge respectable, moi !

— Fais pas ta fine. Aurais-tu oublié qu'on a juste dix mois de différence ? As-tu vu ? (Élaine jeta un coup d'œil sur le magazine de sa sœur. Madonna était en couverture.) Trouves-tu qu'elle paraît plus jeune que moi ?

— Non, mais elle triche.

— Tout le monde triche ! déclara Chantal en riant. Ne me regarde pas avec ton grand air. Toi aussi, tu triches.

— Oui, je teins mes cheveux, je me maquille...

— Élaine, à d'autres ! Ça prend plus qu'une teinture et deux ou trois coups de pinceau pour paraître aussi jeune que tu le fais.

— Tu me fatigues. On dirait que ta vie tourne autour de ton épiderme. Tu n'as pas autre chose à penser ?

Justement, c'était là que le bât blessait. Ce n'était pas tant son âge qui lui pesait que le dénuement du cœur dans lequel elle se trouvait. Chantal n'avait qu'elle-même au monde et ce petit salon de coiffure qui heureusement la faisait bien vivre. Sa vie amoureuse était lamentable. Elle faisait tomber les hommes les uns après les autres, à défaut de ne pouvoir en retenir un seul. Elle avait au moins eu l'intelligence de ne pas mettre d'enfant au monde. En société, elle jouait admirablement son rôle de femme libre et émancipée mais, dans son for intérieur, elle éprouvait un grand vide.

— J'ai eu vraiment peur que tu ne viennes pas, que Gabriel te fasse changer d'idée.

— J'ai en effet passé à un cheveu de tout annuler.

— Il ne voulait pas que tu partes ?

— Cela n'a rien à voir. J'hésitais parce que ce voyage ne me disait rien de bon et puis…

Élaine cessa net de parler.

— Je déteste quand tu me fais ça. Finis ce que t'as commencé à dire, étole !

— Je ne suis pas certaine que ce soit une bonne idée. Puis, après un court silence, elle lança : Tu tiens absolument à le savoir ?

— Accouche !

— La vraie raison, c'est que tu n'es pas reposante.

— Parce que tu penses l'être ?

— J'aurais dû me taire.

— Je suis extravertie, pas reposante comme tu dis, et je m'emballe facilement.

— Et dès qu'il y a un bel homme dans les parages, tu perds les pédales.

— J'suis pas morte, moi !

— Moi non plus.

— Ouin. Mettons que…

— Désirez-vous boire quelque chose, mesdames ? leur demanda le garçon.

Chantal lui décocha son plus beau sourire avant de lui répondre :

— Une coupe de vin blanc, s'il vous plaît.

Elles le regardèrent silencieusement emplir leur verre. Puis elles trinquèrent aux vacances.

— As-tu vu le regard aguicheur qu'il m'a jeté ?

« Une adolescente en chaleur qui se conte des pipes. Décidément, elle ne changera jamais. »

— Je ne veux pas te faire de peine, Chantal, mais c'est son travail d'être charmant. En tout cas, je suis contente de constater que tu t'es vite remise de ta pseudo-dépression.

— Même si je pleurniche de temps en temps, je prends encore plaisir à vivre. Tu devrais suivre mon exemple.

Élaine avala son vin de travers.

— Mon Dieu ! Pincez-moi, je rêve ! lança-t-elle en même temps que quelques éclats de rire.

Chantal s'amusait à la voir réagir, surtout quand elle s'offusquait de ses boutades. Mais il ne fallait pas s'y méprendre, elle prisait plus que tout leur amitié.

— Je crève de faim, grogna l'exubérante blonde. Veux-tu ben me dire quand est-ce qu'y vont se décider à nous donner à manger ?

— À l'heure où les Espagnols se mettent à table, puisqu'on voyage sur Iberia.

— Et ils soupent à quelle heure ?

— Rarement avant 21 heures.

— Pas vrai !... Le type assis en avant, tu crois qu'il me vendrait la moitié du sous-marin qu'il est en train de bouffer ?

— J'ai une boîte de Glosette aux arachides dans mon sac, tu la veux ?

— Seigneur, oui !

Finalement, au grand dam des sœurs Doucet, on ne servit le repas que vers vingt-deux heures. Ensuite, Chantal inclina son siège dans l'espoir de dormir tandis qu'Élaine se plongea dans un bon roman.

Le temps passa plus ou moins vite.

Voilà qu'à présent on sentait une certaine fébrilité, sans doute parce que le moment de l'atterrissage approchait. Le personnel s'activait à ramasser les oreillers et les couvertures qui avaient servi aux passagers durant la nuit.

Élaine retoucha habilement le peu de maquillage qu'il lui restait. Chantal fit pareillement.

Les nouvelles étaient bonnes. Le soleil brillait sur Madrid et la température s'élevait à 25 degrés Celsius.

— Je suis contente d'arriver, lâcha Chantal en s'étirant.

— Je te rappelle que Madrid n'est qu'une escale.

C'était la désolation partout dans l'aéroport Madrid-Barajas. Les détritus s'amoncelaient çà et là. On aurait dit qu'une tornade avait balayé les lieux. Des soldats armés de mitraillettes faisaient le guet, en raison de l'agitation survenue la veille. Le conflit de travail des employés de l'endroit avait dégénéré.

Chantal et Élaine avançaient craintivement dans ce qui ressemblait désormais à un site de guerre.

— Je déteste les aéroports. Je ne m'y suis jamais sentie bien, déclara Élaine. Il y a toujours trop de monde, trop de gens qui ont l'air bizarre. Tu peux t'imaginer comment je me sens, là, maintenant, entourée d'armes…

— Ils ne vont pas nous tirer dessus. Reste calme.

— Qu'est-ce que tu en sais ?

— Tu lis trop de romans, Élaine.

— Et toi, tu manques d'information.

Pas Élaine, en tout cas, car elle lisait beaucoup et se tenait à l'affût autant des nouvelles nationales qu'internationales. Elle était loin cependant de gober toute l'information qu'elle glanait. « Le plus difficile, disait-elle, c'est de distinguer le vrai du faux, parce que je sais bien que nous sommes manipulés. » D'un ton grave, elle ajouta :

— Ce ne serait pas la première fois que des militaires perdraient les pédales… et, de plus, tu n'as pas l'air d'être au courant qu'il y a eu plusieurs attentats terroristes ici, dont un à la voiture piégée, il n'y a pas si longtemps.

— Bon, bon… arrête !

— Regarde, il y a deux places à l'écart, là-bas.

Elles allèrent s'y asseoir sans dire un mot, puis elles prirent leur mal en patience puisque les boutiques et les restos étaient fermés.

Quatre heures plus tard, après un atterrissage à Malaga, elles arrivèrent enfin à Torremolinos. Elles étaient descendues au Melia. À priori, l'hôtel leur parut de bon confort.

On conduisit sans tarder ces dames à leur chambre. Chantal entra la première.

— Je te mens pas, je suis plus épuisée que si j'avais coiffé pendant douze heures. Viens voir la vue ! La Méditerranée ! dit-elle encore avec fougue.

Élaine avança vers la porte-fenêtre sans grand enthousiasme.

— La vue est belle. Quant au reste...

— C'est parfait !

— Plutôt modeste.

— Qu'est-ce qu'il te faut de plus ?

— Rien, c'est seulement que je m'attendais à plus de luxe.

— Tu n'es pas avec ton chirurgien de mari. Je ne t'ai jamais dit qu'on logerait dans un palace.

— Je sais. C'est juste que je m'étais imaginé l'endroit autrement.

Là-dessus, Élaine se laissa tomber sur un des lits jumeaux.

— Jette un coup d'œil dans la salle de bains. Du beau marbre blanc, tu vas aimer. Bon ! Moi, je me change en vitesse puis je vais voir les alentours. Tu viens ?

— Je croyais que tu étais épuisée ?

— J'ai comme un petit regain d'énergie. Ces vacances me coûtent assez cher, pas question que je gaspille mon temps.

— Tu iras sans moi. J'ai besoin d'au moins deux heures de sommeil.

Tandis que Chantal occupait la salle de bains, Élaine examina les coins et les recoins de la chambre. La pièce était d'une propreté impeccable. Dieu merci, parce qu'elle n'aurait pas supporté qu'il en soit autrement. Trop lasse pour défaire ses bagages, en attendant de pouvoir prendre une douche à son tour, elle s'allongea. Cela faisait des lunes qu'elle n'avait pas dormi dans un lit aussi petit. Cela lui rappelait l'époque où elle était étudiante à l'université. Elle sourit. Puis elle lutta vainement contre le sommeil.

CHANTAL SE SENTAIT D'ATTAQUE. Elle fit un bond hors de sa couchette, puis se précipita à la fenêtre. Ensuite, elle tira les affreux rideaux verts pour permettre à la lumière du jour de se répandre dans la pièce. Elle resta quelques secondes à jouir de la vue sur la mer avant de s'écrier :

— Élaine !... réveille !

— Pour l'amour du ciel ! Quelle heure est-il ?

— Sept heures. Il fait beau, y a pas un seul nuage à l'horizon. Grouille ! On s'en va à la plage.

— Ce matin !

— Pourquoi pas ? C'est le meilleur moment pour éviter d'attraper un coup de soleil. Je prends d'abord la salle de bains.

— Oui, oui, vas-y...

Chantal était visiblement de bonne humeur. Elle avait l'heureux pressentiment que ses vacances en Espagne seraient inoubliables. Après s'être douchée, enduite de crème puis habillée, elle remonta sa longue crinière sur le dessus de sa tête, ébouriffa quelques mèches de cheveux qu'elle ramena habilement vers son visage.

— Tadam ! lança-t-elle en sortant du cabinet de toilette. Que penses-tu de mon nouveau maillot ?

— La couleur est superbe.

— C'est la première fois que j'en porte un de couleur orange. (Elle se déhanchait devant le miroir de la commode brune placée en face des lits jumeaux. Comme d'habitude, Madame se jugeait avec beaucoup de complaisance et cherchait les compliments.) Il me fait bien, hein ?

Élaine, qui s'était esquivée dans la salle de bains, fit mine de ne pas l'avoir bien entendue.

— Quoi ?

— Mes seins ont l'air plus gros et mes jambes encore plus longues.

« Ce qu'elle peut me fatiguer des fois… », se dit-elle avant de l'envoyer paître subtilement.

— Sous la douche, je ne t'entends pas !

— Laisse faire !

Chantal ramassa ses traîneries et remplit ensuite son sac de ses indispensables pour une journée à la plage : crème solaire, brosse à cheveux, miroir…

Au bout d'une quinzaine de minutes, elle se mit à talonner sa sœur.

— Es-tu bientôt prête ?

— Il me reste juste à me mettre du rouge à lèvres.

— Du rouge à lèvres ! Après déjeuner, on s'en va à la plage !

— Ça fait trente ans que je ne sors jamais sans rouge à lèvres.
Je ne vais pas commencer à faire autrement aujourd'hui.
T'as bien les cils bourrés de mascara, toi !

La plage du Melia fourmillait déjà de touristes pres-
sés de se dorer au soleil ou de plonger dans l'eau saline de
la Méditerranée. Plusieurs dizaines de parasols aux co-
loris pétillants s'alignaient le long de l'océan. Les chaises
longues appareillées aux ombrelles étaient déjà presque
toutes occupées. L'une et l'autre désespéraient de trouver
enfin un coin où s'installer, jusqu'à ce qu'un type d'allure
assez singulière ne les interpelle. Le gaillard faisait un peu
peur. Il ressemblait tout à fait à l'image qu'elles se faisaient
d'un vieux loup de mer : une poitrine velue, de gros biceps
tatoués, une peau ridée par le soleil et un visage balafré.
L'individu marmonna quelques mots en espagnol.

— Tu comprends quelque chose, toi ? s'enquit Chantal.

— Absolument rien.

Sur ce, l'homme enchaîna en français.

— J'ai cru que vous étiez Américaines. Je refuse de parler
américain. Mais pour les belles Québécoises, je veux bien
parler français. Je m'appelle Pablo. Je m'occupe de la plage
du Melia. Suivez-moi, j'ai deux places pour vous. Si vous
désirez quoi que ce soit, des rafraîchissements, des glaces…
des serviettes supplémentaires, faites-moi signe.

— *Gracias !* scanda Élaine.

— J'ai besoin de votre numéro de chambre.

— Bien sûr.

Elles s'installèrent à leur aise ; Chantal en plein soleil, Élaine à l'abri de ses néfastes rayons. Tout semblait parfait, enfin presque.

— On est entourées de petits vieux !

— Chut ! Ne parle pas si fort. Puis Élaine ajouta en riant : Aurais-tu déjà oublié que tu n'es toi-même plus jeune, jeune ? CINQUANTE ANS ! Ouf !

— Grande haïssable ! Toi non plus, parle pas si fort.

Calé dans sa chaise de plage, l'œil vif, Karim les observait tendancieusement. L'une se regardait pour la énième fois dans le miroir, l'autre n'en finissait plus d'enduire son corps de crème. Et puis, elles papotaient et riaient. « Elles jacassent comme des pies ! » Il les jugeait telles qu'il les avait imaginées, belles et insignifiantes.

Chantal se retourna pour zieuter un peu partout.

Voilà que cette grande pimbêche regardait vers lui. Il baissa la tête. Il ne voulait surtout pas attirer son attention. Pas encore.

— Élaine, viens-tu te promener ?

— Pas déjà ? Reste donc tranquille un peu. On vient d'arriver.

Rester à ne rien faire tout comme rester seule la rendait malade. Il fallait qu'elle bouge, qu'elle danse, qu'elle s'étourdisse au point de s'engourdir l'esprit.

Chantal envisagea sa sœur d'un air perplexe. « Comment fait-elle pour être toujours aussi zen ? » Elle réitéra sa demande.

— Tu ne viens pas, t'es certaine ?

— Tantôt peut-être, mais pas maintenant. Mais vas-y, ne te prive pas.

Elle se leva de sa chaise. « Bon ! Y a sûrement une *coupe* de beaux mecs quelque part sur cette plage... »

Karim l'observait. Où allait-elle tout d'un coup ? Il réagit instinctivement en la suivant. Les pieds dans l'eau, elle marchait lentement. Ses yeux se promenaient çà et là sur la plage. Elle semblait chercher quelque chose ou quelqu'un. Prudent, il traînait à distance en attendant le bon moment pour se manifester. Il n'éprouvait aucun scrupule à se servir des femmes, même s'il affirmait les aimer. Tantôt il les préférait fortes et indépendantes, tantôt fragiles et soumises ; sans doute parce qu'il avait grandi à cheval sur deux mondes diamétralement opposés.

Chantal marchait le long du rivage depuis bientôt une demi-heure. Accablée par la chaleur, elle cherchait quelque part où aller se désaltérer. Tout à coup elle aperçut, à deux pas, directement sur le bord de mer, un bar qui lui rappelait les guinguettes en plein air des Caraïbes. Quatre comptoirs logés sous un même toit délimitaient le périmètre du petit établissement carré. L'endroit était charmant, typiquement espagnol. Sur le dessus des comptoirs en céramique, on avait peint à la main des branches, des feuilles, des fleurs et des oiseaux joliment teintés de vert émeraude, de bleu lapis-lazuli et de jaune citrine.

— *Buenos días, señora. Puedo ayudarle*[1] ?

---

1 — Bonjour, madame. Est-ce que je peux vous aider ?

Chantal fit un large sourire à son interlocuteur avant de demander :

— De l'eau, *por favor*.

— *Agua para la señora*[2], reprit le garçon.

Il avait compris. Elle était soulagée parce qu'elle avait craint, pour se faire comprendre, de devoir jouer à « Fais-moi un dessin ». Le jeune barman déposa devant elle une petite bouteille d'eau ainsi qu'une coupe remplie de glaçons.

Elle s'en vida un grand verre, en avala ensuite une bonne gorgée. « Maudite marde ! Pas de l'eau minérale, j'haïs ça pour mourir ! » Elle poussa dédaigneusement son verre.

— Non, non ! dit-elle en montrant la bouteille au barman. De l'eau… de l'eau ordinaire.

— *La señora quiere agua.*

— Oui, *agua*. De l'eau.

— *Es agua.*

— Pourquoi il comprend rien ? laissa échapper Chantal d'un air exaspéré.

Karim saisit sa chance. Il s'adressa d'abord au barman, avant de l'aborder.

— Voulez-vous également un peu de citron ?

Elle sourit en hochant la tête pour dire oui.

« Ah, mon Dieu ! je rêve… On dirait Olivier Martinez. »

Le barman la débarrassa de son eau minérale en riant.

— Que lui avez-vous dit pour le faire rire comme ça ?

— Simplement que vous vouliez de l'eau.

---

2 — De l'eau pour madame, reprit le garçon.

— Vraiment ? dit-elle, l'air pas convaincu du tout. (Il se contenta de sourire.) Je vous laisse le bénéfice du doute.

— Vous m'en voyez ravi.

« Ayayaïe !... Méchant pétard ! Reste calme, Chantal. »

— Dites-moi, enchaîna-t-il, est-ce votre premier séjour en Espagne ?

— Oui.

— Jusqu'à présent, le pays vous plaît-il ?

— Je suis ici depuis hier seulement. Mais si tous les Espagnols sont aussi charmants que vous l'êtes, je suis bien prête à y passer ma vie !

— Oh ! Mais je ne suis pas Espagnol...

— Je le croyais. Votre teint basané, vos cheveux...

— Eh non ! Il ne faut pas se fier aux apparences. L'accent, par contre, ne trompe pas. Vous êtes Québécoise, madame ?

— Oui. Mais appelez-moi Chantal.

— Vous permettez que je baise votre main, Chantal ?

Elle sourit en guise de réponse. Le moment était tout à fait délicieux.

— Je m'appelle Lambert.

— Lambert, reprit-elle. Votre nom a un « je ne sais quoi » de très glamour. Il vous va bien. (Il sourit.) D'où venez-vous, Lambert ?

— J'habite près de la frontière. Je suis Français.

Chantal ne l'écoutait plus. Elle fixait sa bouche, de peur de se perdre dans ses yeux. « Ç'a pas d'allure d'être beau de même. Perds pas les pédales, il est sûrement pas venu en Espagne tout seul ! »

— Et vous ? demanda-t-il.

— Pardon ?

— Vous habitez Montréal ?

— Oui.

— Votre mari…

Elle le coupa net en déclarant :

— Je n'en ai pas. Et vous ?

— Je n'ai pas de mari non plus.

— Tant mieux ! (Ils rirent.) Je voyage avec ma sœur. Nous sommes descendues au Melia.

— Formidable ! J'y suis aussi.

« Que vous êtes bon pour moi. Merci, mon Dieu ! Merci ! » Chantal jubilait. Elle se voyait déjà en pleine romance.

— En parlant de ma sœur, elle doit s'inquiéter.

— Me permettez-vous de vous raccompagner jusqu'à l'hôtel ?

— Cela me ferait vraiment plaisir.

Élaine referma son livre. Comme elle aimait humer l'air salin et se laisser caresser par la brise capiteuse du bord de mer. L'instant présent était divin. Elle ferma les yeux pour cristalliser ce merveilleux moment de solitude où elle pouvait s'abandonner à elle-même. Mais, très vite, l'image de ses enfants apparut sur la toile blanche de ses pensées. Elle leur traça un sourire aux lèvres. Il fallait qu'elle les voie heureux pour se sentir bien, à plus forte raison quand elle séjournait à l'étranger. Après un moment à observer les allées et venues des uns et des autres, elle commença à s'inquiéter de sa sœur qui était partie se promener depuis bientôt une heure. Elle s'étira le cou à droite et à gauche dans l'espoir de l'apercevoir. Droit devant, le sourire fendu jusqu'aux oreilles, Chantal lui faisait signe. « Décidément, elle n'a pas perdu de temps. » Elle l'observait qui avançait d'un pas joyeux et l'air débonnaire. « C'est le cas de le dire, la pêche a été bonne. Pourvu qu'elle ne soit pas tombée sur un agrès. »

— Élaine ! me revoilà et en bonne compagnie. Je te présente Lambert.

— Enchantée, monsieur.

Elle baissa timidement la tête. Il y avait bien longtemps qu'un homme ne l'avait regardée avec une telle intensité.

— Lambert est gentiment venu à mon secours.

Élaine se sentait outrageusement et dangereusement observée. Quant à Chantal, les baguettes en l'air, elle continuait de faire son numéro. Au bout d'un moment, Lambert s'inclina respectueusement devant elle.

— Ce fut un plaisir pour moi de faire votre connaissance, Madame. (Une fois encore, elle esquiva son regard.) Chantal, nous aurons sans doute l'occasion de nous revoir.

— Tu nous quittes déjà !

Élaine eut un rire intérieur. « Tu !... Elle n'a pas mis de temps. Une heure de plus et puis... »

— Il le faut. À bientôt, mesdames.

Il s'éloigna lentement en direction de l'hôtel.

— Envoye ! envoye, dis-le ! s'exclama Chantal.

— Dis-le *quoi* ?

— Que j'ai *pogné* le *jackpot*.

— Ouin.

— Viens pas me dire que tu le trouves pas beau ?

— Il est beau, très beau même.

Tout à fait le genre d'homme pour qui Élaine aurait autrefois craqué : un corps de rêve, un regard ensorcelant et une aura dévastatrice.

— As-tu vu de quelle manière il me regardait ? Quel âge lui donnes-tu ?

— Trente-sept, trente-huit ans.

— Penses-tu qu'il se doute que…

— Tu es une vieille de cinquante ans ? la coupa malicieusement Élaine. Non.

— Évidemment. Je n'aurais même pas dû te poser la question. (Silence) Lambert, quel beau nom.

— Il t'a dit d'où il venait ?

— De France.

— Laisse-moi te dire que ce mec-là ne ressemble pas du tout à un Français.

— Sois pas si suspicieuse. C'est pas toi qui disais y a pas si longtemps qu'en Europe les races sont toutes mélangées ? C'est un Français à la peau basanée. Un gène qu'il tient de ses ancêtres. (Silence) Pis j'en ai rien à foutre de son arbre généalogique !

Élaine éclata de rire.

— Je m'en doute. Viens-t'en, je suis fatiguée d'être à la plage.

« Une chatte en chaleur ! »

Lambert se félicitait de la facilité avec laquelle il l'avait enjôlée.

Il accéléra le pas en direction de l'hôtel.

Un gros ballon de plage roula vers lui. Il se pencha pour le ramasser. Droit devant, l'air inquiet, un gamin attendait qu'il lui fasse une passe. Le père et la mère du bambin se tenaient derrière. Il leur sourit puis renvoya le ballon au petit garçon.

— *Gracias*…, poussa timidement l'enfant avant de se réfugier dans les bras de son père.

« Cet homme a de la chance… une chance que je n'aurai jamais. »

Il avait rêvé sa vie autrement, à l'image de celle qu'avaient vécue ses parents.

À vingt ans, il croyait en sa bonne étoile, était amoureux fou, promu à un brillant avenir et il songeait au mariage. Mais il avait été évincé brutalement par la famille de sa dulcinée : « Fabiola est chiite. Il est hors de question qu'elle épouse le fils d'un sunnite et d'une chrétienne ! »

— *Je t'aime et tu m'aimes, n'est-ce pas tout ce qui compte aux yeux d'Allah ? Laissons ces pauvres d'esprit. Sauvons-nous, au bout du monde s'il le faut !*

— *Karim, tu sais bien que ces choses-là ne se font pas.*

Il lui arrivait de se demander ce qu'aurait été sa vie si Fabiola l'avait suivi. Il n'avait jamais plus rencontré l'amour. Aujourd'hui, il vivait au Canada. Deux ans auparavant, il avait acheté un petit commerce spécialisé dans l'importation de tapis orientaux. L'affaire était d'autant plus intéressante qu'elle lui permettait de voyager sous couvert d'activités commerciales. Sa vie à Montréal lui plaisait assez. La population était accueillante et chaleureuse. Elle était aussi d'une tolérance aveugle envers tous les groupuscules, même extrémistes ! Elle péchait par naïveté. Personnellement, il n'allait pas s'en plaindre puisqu'il pouvait mener ses affaires en toute tranquillité.

Arrivé à l'hôtel, il monta immédiatement à sa chambre.

Une enveloppe blanche se trouvait bien en vue sur sa taie d'oreiller.

Il l'ouvrit.

Alarbaa 14 mayo

Elsaa khamsa

Plaza de Toros

Malaga[3]

Il n'osait présumer de ce qui l'attendait. Chose certaine, il disposait de bien peu de temps et il ne pouvait se permettre la moindre erreur.

---

3 Mercredi 14 mai
   17 heures
   Plaza de Toros
   Malaga

CHANTAL ET ÉLAINE PASSÈRENT UNE PARTIE de l'après-
midi à explorer les alentours de leur hôtel. À première
vue, Torremolinos ressemblait à ces nombreuses stations
balnéaires du monde où règne une ambiance internationale. Mais, en s'éloignant de l'avenue du bord de mer, elles
eurent la merveilleuse surprise de découvrir ce qu'il restait
du charmant petit village de pêcheurs d'antan : des rues
étroites et dallées où s'édifient, collées les unes aux autres,
de ravissantes petites maisons blanches typiquement espa-
gnoles avec leurs fenêtres grillagées et leurs balcons en fer
forgé. Les bâtiments y sont si joliment fleuris que même les
maisons décrépites sont magnifiques !

— Je me sens bien ici, déclara Élaine. Les gens sont beaux
et fiers. La ville est propre.

— Avoir les moyens, c'est le genre d'endroit où j'aimerais
avoir un pied-à-terre. Je pourrais peut-être m'ouvrir un salon de coiffure en Espagne ? Qu'est-ce que t'en dis ?

— J'en dis que c'est le genre de chose auquel on pense mais
qu'on ne fait jamais.

— T'as bien raison. On rentre à l'hôtel ?

— Oui.

En pénétrant dans leur chambre, elles furent agréablement surprises. Un énorme bouquet de fleurs trônait bien en vue sur la petite table ronde placée devant la porte-fenêtre.

— Regarde ! s'exclama Chantal. Je parie que c'est Gabriel qui nous les envoie pour se faire pardonner de ne pas nous avoir conduites à l'aéroport.

— Ça me surprendrait énormément, parce que ça ne lui ressemble pas.

Chantal lut avec empressement la petite carte qui était accrochée à la gerbe de lis blancs.

— Tu ne devineras jamais ! dit-elle en riant.

— C'est une délicatesse de l'hôtel pour nous souhaiter la bienvenue ?

— Mieux que ça… c'est Lambert !

— Qui ?

— Lambert, le beau mec de la plage.

— Pas possible. Il ne perd pas de temps celui-là.

— Tu vas aimer sa plume. Écoute ça :

Il y a parfois de ces rencontres fortuites
qui s'imprègnent en nous tel un parfum capiteux.
Je me permets d'espérer
que vous me ferez bientôt l'honneur de partager ma table.

— Paroles et paroles… comme dans la chanson de Dalida.

— Et puis après ?

— C'est exactement le genre d'homme que tu dois fuir comme la peste !

— T'as besoin de lunettes. L'as-tu vu comme il faut ? Je suis toute mouillée rien que d'y penser… Et puis je suis en vacances, pas dans la vraie vie, alors je serais bien folle de pas en profiter.

— Qu'est-ce que tu fais ?

— Je l'appelle !

— Tu ne te laisses même pas désirer un peu…

— Jamais de la vie ! J'ai bien trop peur de manquer mon coup !

Élaine se retira dans la salle de bains en murmurant entre ses dents : « Je le savais ! Je n'aurais jamais dû partir en voyage avec elle. »

Chantal patienta au bout de la ligne sans succès.

— Tu vas être contente, ça ne répond pas. (Élaine resta de glace.) Tu ne vas pas me bouder ?

— Je te ferai remarquer que l'immature, c'est toi, pas moi !

— Ah ! ce que tu peux être chiante !

— Fais ce que tu veux, couche avec qui tu veux, mais ne me fais surtout pas niaiser.

— Franchement, Élaine, tu me connais mieux que ça !

Pendant ce temps, Lambert faisait le guet dans le hall de l'hôtel. Il était tôt, très tôt en début de soirée mais il ne voulait surtout pas les louper.

En entrant dans le portique, les deux blondes attirèrent bien des regards. La belle chevelure ondulée de Chantal lui tombait sur les épaules et sa robe jaune épousait ses formes divinement. La coupe d'Élaine rappelait les années folles. Sa robe noire, sans manches et décolletée en v, était tout à fait à son image : élégante et sophistiquée. Elles affichaient l'une et l'autre une beauté mûre et l'assurance de leur âge.

— Que vous êtes belles, mesdames ! lança Lambert en se levant de son siège.

Chantal bénissait cet heureux hasard.

— Merci ! Tu es adorable. Ma sœur et moi te remercions pour le magnifique bouquet.

Il regarda Élaine, qui se sentit obligée de le remercier à son tour.

— Puis-je commettre une indiscrétion ? Vous êtes si belles. Où donc allez-vous dîner ?

— Nous n'en avons pas la moindre idée, affirma Chantal.

— Je suis ici depuis quelques jours. J'ai fait de très belles découvertes. Puis-je me permettre de vous recommander un endroit ou deux… ?

— Tu peux faire bien mieux. Accompagne-nous !

— Je ne voudrais surtout pas m'imposer, Chantal. Et puis, je crains de n'être pas suffisamment chic.

— Tu es parfait ! renchérit-elle en entourant son bras droit du sien. Ne nous prive pas de ce plaisir. N'est-ce pas, Élaine ?

— Mais peut-être Lambert a-t-il des projets ?

— Je n'en ai aucun.

— Eh bien, c'est réglé, tu viens avec nous ! proclama Chantal.

— Je vais nous demander un taxi.

Il se dirigea vers la réception.

— Ne fais pas cette tête-là, Élaine. Il est charmant.

— Un peu trop, justement.

— Laisse la chance au coureur. Je suis certaine que nous allons passer une très belle soirée.

— C'est fait ! lança-t-il en revenant. Cependant, il est encore bien tôt pour aller se restaurer.

— Mais je crève de faim ! s'écria Chantal.

Là-dessus, son sang ne fit qu'un tour. Cette expression lui faisait horreur.

— Nous devrions peut-être nous rendre immédiatement à l'hôpital ? envoya-t-il sur un ton très sarcastique.

Chantal fronça les sourcils.

Élaine jubilait. « Tiens, tiens ! *Chassez le naturel, il revient au galop.* »

Sentant le malaise, il poussa un éclat de rire.

— N'entendez pas malice à ma verve. C'est que je ne voudrais surtout pas que vous tombiez malades. *Mieux vaut prévenir que guérir.* Nous avons tant de choses à découvrir ensemble…

Élaine applaudit sa vivacité d'esprit. Il venait sans le savoir de lui donner une raison de plus de s'en méfier.

— Il est passé 19 h 30. J'avoue que je ressens également une petite fringale. Vous croyez qu'il est vraiment trop tôt ?

— Avant une heure encore, je le crains.

— Bon ! Que faisons-nous alors ? s'inquiéta Chantal.

— Un tour de ville ?

Elles accueillirent favorablement cette suggestion.

Quand vint le temps d'aller à table, Lambert les amena jusqu'à une très jolie place sur Paseo Maritimo. Elles s'emballèrent immédiatement en entrant dans la cour intérieure.

— Wow ! comme c'est beau ! s'exclama Chantal.

— Jamais, derrière cette petite entrée, je ne me serais imaginé trouver un endroit aussi charmant.

— C'est pratiquement toujours ainsi en Espagne. Tout s'ordonne autour d'un patio central. Généralement, il est enjolivé par une fontaine et, comme vous pouvez le constater, les fleurs y sont à l'honneur.

— Nous sommes emmurés, encagés par les quatre murs d'un bâtiment et pourtant je ne me sens pas oppressée le moins du monde, souligna Élaine.

— Tout est si beau ! Ces balcons fleuris à tous les étages, le pavé qui recouvre le sol…

— J'étais persuadé que l'endroit vous plairait. Nous avons le choix quant au restaurant. Que désirez-vous manger ?

— Nous avons une préférence pour les fruits de mer, précisa Chantal.

— Cela me convient parfaitement. Suivez-moi.

Le décor du petit resto était typiquement espagnol : des poutres apparentes au plafond, des lustres massifs et un mobilier en bois foncé.

Le garçon de table s'adressa à eux en français.

Une fois qu'elles eurent choisi leur menu, Lambert poursuivit la conversation en espagnol avec le jeune serveur. Élaine prêta l'oreille. Étonnamment, elle comprit le sens général de leur conversation.

— De toute évidence, lui dit-elle, vous maîtrisez très bien l'espagnol.

— Oui. Je l'ai appris assez facilement. L'espagnol et le français ont des racines communes, ce sont des langues latines.

— N'empêche, vous êtes doué pour les langues.

— En effet. Je suis plurilingue.

— Quelles langues parles-tu ? lui demanda Chantal.

— Le français, l'espagnol et l'anglais.

— Vous en oubliez une ? remarqua Élaine.

— Non.

— Vous avez dit plurilingue, pas trilingue.

— J'ai dit ça, moi ?

— Oui.

Élaine lui rappelait sa mère. Non seulement elle était belle mais on ne pouvait pas la trigauder facilement. Il savait pertinemment que depuis le 11 septembre les Occidentaux avaient une névrose d'angoisse envers pratiquement tous les Arabes. Il pensa vite. Étant donné que lui révéler parler la langue de l'islam équivalait à se tirer lui-même dans le pied, il la regarda droit dans les yeux et déclara plutôt :

— Je n'osais vous dire, chère Madame, que c'est la langue de l'amour que je manie le mieux.

Élaine baissa les yeux.

Chantal éclata de rire puis roucoula :

— Oh là là ! Ça promet.

— Êtes-vous toujours aussi exubérante ?

— Toujours! s'empressa de répondre sa sœur. Chantal en déplace de l'air. Elle agite ses baguettes en l'air, elle parle fort. Elle aime attirer les regards.

— Pas vous?

Chantal sourit et la somma malicieusement de répondre.

— Réponds et sois honnête!

— Oui, mais ni de la même manière ni pour les mêmes raisons que toi.

— C'est sûr! (Elle leva les yeux vers le ciel.) Tu es remplie de vertus. En tout cas, on ne s'ennuie pas avec moi.

— Lambert, que faites-vous dans la vie?

— J'importe des luminaires, des bibelots... D'ailleurs, je suis en Espagne par affaires. J'espère dénicher de beaux objets rares. Et vous, Élaine?

— Moi *quoi*?

— Vous êtes également coiffeuse?

— Non, pas du tout.

Elle était embarrassée de devoir s'expliquer. Elle ne pouvait s'en prendre qu'à elle-même, puisque c'était elle qui avait mis la question sur le tapis. Généralement, la perception qu'on avait d'elle changeait faussement dès qu'elle affirmait ne plus être activement sur le marché du travail.

— À présent, je suis à la retraite.

— Elle peut se le permettre, son mari a du foin.

— Chantal!

— Quoi? C'est vrai!

— Je suis diplômée en finance. J'ai longtemps travaillé dans l'industrie pharmaceutique. Puis je me suis mariée. Ensuite, j'ai eu des enfants. À la naissance de ma cadette, j'ai opté pour une carrière de mère à temps plein.

— Et vous êtes heureuse ?

— Comment pourrais-je me plaindre ?

Sa réponse lui plut.

Le garçon de table remplit leur coupe de vin rouge, puis ils trinquèrent aux vacances. Lambert scanda :

— *Viva España !*

À brûle-pourpoint, Élaine posa une dernière question.

— Êtes-vous marié ?

— Non.

— Vous l'avez été ? demanda encore Chantal.

— Non.

— Nous avons ça en commun.

Élaine s'interrogeait.

Sa sœur était toujours célibataire. Il n'y avait là rien de surprenant, elle manquait de jugeote. Elle préférait les beaux merles aux honnêtes hommes. « Mais lui, en supposant qu'il ait dit vrai, pourquoi ne s'est-il jamais marié ? »

La soirée passa rapidement et d'agréable manière, si ce n'est que le beau brunet s'éclipsa un peu trop tôt au goût de Chantal. C'est sans succès qu'elle lui proposa de prendre un dernier verre.

— Pas ce soir. Mais n'oubliez pas ma proposition, je compte sur vous demain !

Il les salua et fila ensuite vers sa chambre.

— Il est plus sage que toi, fit remarquer Élaine.

— Ce n'est que partie remise. Que fait-on maintenant ?

— Moi, je vais me coucher.

— Tout de suite ?

— Oui.

Déçue, Chantal regagna aussi leur chambre.

— Demain, que fait-on ?

Élaine la dévisagea avant de répondre.

— Toi et moi, nous devions passer des vacances tranquilles. L'aurais-tu déjà oublié ?

— Tranquille, ça ne veut pas dire tout seul dans son coin.

— Tu m'as tourmentée pour que je parte en voyage avec toi. Tu étais soi-disant déprimée. (Silence) Dois-je également te rappeler que tu voulais prendre un temps d'arrêt pour voir clair dans ta vie amoureuse, pour faire dorénavant de meilleurs choix ? Et voilà que tu es prête à tomber dans les bras du premier venu. Le pire, c'est que tu te fiches éperdument que ça me déplaise de passer mon temps avec ce type. Et puis tu ne sais même pas qui il est vraiment.

— Je vois clair. Il est beau, intelligent… et cultivé, c'est toi-même qui l'as dit.

— Et puis après ? Ça ne fait pas de lui quelqu'un de recommandable.

— Il est marchand, pas brigand !

— Ne me dis pas que tu as cru tout ce qu'il nous a raconté !

— Bon ! Tu viens ou pas ?

— Si je comprends bien, ta décision est prise, que j'y aille ou pas ?

— Ce n'est pas ce que j'ai dit. Mais sois pas « casseuse de party ». Qu'est-ce qui t'arrive, Élaine ? Tu étais pas mal plus drôle avant.

Avant son mariage. Quand elle s'élançait dans la vie avec l'impétuosité de sa jeunesse. Elle avait changé. Elle se plaisait à dire que la femme d'autrefois était morte et enterrée. En fait, elle veillait à la garder profondément endormie, de peur que sa vie n'éclate en mille morceaux.

— Je trouve que ce n'est pas prudent de s'aventurer en voiture, dans un pays étranger, avec quelqu'un qu'on ne connaît pas. Mais je vais réfléchir, la nuit porte conseil.

— Avoue qu'il n'a pas l'air bien dangereux ?

— Voyons donc ! Les journaux sont remplis de photos d'individus à qui on donnerait le bon Dieu sans confession, comme dit maman, et qui sont pourtant de dangereux psychopathes !

— À t'entendre, il faudrait se méfier de tout le monde... Faut pas charrier, quand même.

— Bon ! Dormons.

— C'est ça, bonne nuit !

À Paris, il faisait beau. Pourtant, Sabine percevait la lumière grise d'un jour sans soleil. Depuis quarante-huit heures, à toute heure elle tentait sans succès de joindre son fils.

Karim n'était déjà plus à Montréal. Il était disparu dans la nature.

Une bien triste nouvelle s'abattait sur leur famille. Son beau-frère Saïd avait rendu l'âme dans des circonstances tragiques. Victime d'un attentat à la voiture piégée, il s'était trouvé au mauvais endroit au mauvais moment.

Sabine s'affaissa au pied de son lit.

« Quand cette sale guerre finira-t-elle ? »

Les morts civils se comptaient par dizaines de milliers, mais bien sûr, on avait libéré les Irakiens des griffes de Saddam ! Même s'il avait fallu mettre la baraque à feu et à sang pour faire le nettoyage. Attendu que l'enfer est pavé de bonnes intentions. Certainement qu'on avait voulu donner un gouvernement démocratique à l'Irak, à condition qu'il soit à la solde des intérêts américains. Sous prétexte d'instaurer une démocratie, de lutter contre le terrorisme et de confisquer des armes de destruction massive s'inscrivaient des enjeux beaucoup moins nobles comme s'approprier les puits de pétrole irakiens et prendre le contrôle du golfe Persique afin de se positionner militairement, histoire d'imposer la suprématie américaine dans cette partie du monde. Certains analystes parlaient également d'une guerre idéologique où l'Amérique se proclamait défenseur de la liberté dans le monde, considérant de son devoir de lutter contre les extrémistes islamiques, les terroristes sous leur gouverne de même que leurs amis. Le plus aberrant, c'était que Saddam lui-même redoutait pour son régime la férule de ces fanatiques religieux.

« Secoue-toi ! Ça ne sert à rien de pleurer. » Sabine essuya son visage puis elle se leva de son lit. Malgré le danger, elle se préparait à partir pour l'Irak, par amitié et par compassion pour sa belle-sœur Farah qui était complètement anéantie. Elle alla dans le fond de sa garde-robe pour y prendre une vieille boîte de carton.

— *J'ai un cadeau pour toi, Sabine.*

— *Ce n'est pourtant pas mon anniversaire.*

— *Je sais,* avait répondu sa cousine Jamila. *Mais tu es chère à mon cœur, alors prends ! Cela pourrait peut-être te servir un jour.*

Sabine sourit en étalant sur son lit sa précieuse abbaya. Elle l'avait gardée comme une relique, loin de se douter que cette vêture lui sauverait peut-être un jour la vie. En Irak, elle devrait cacher son corps sous cette longue tunique noire et voiler son visage. Elle ne porterait rien qui puisse révéler qu'elle était une Occidentale et de surcroît une chrétienne.

Dernièrement, les prises d'otages s'étaient multipliées. Les instigateurs de ces rapts sauvages appartenaient à différents groupes armés de la guérilla. Parmi ceux qui fomentaient la résistance irakienne, il n'y avait pas que les anciens baasistes de Saddam Hussein et certains islamistes purs et durs. Les djihadistes étrangers (les protagonistes de la guerre sainte imposée par le Coran pour la conversion des non-musulmans) étaient aussi du combat, sans oublier les salafistes, qui eux aussi revendiquaient un retour à l'islam d'origine. Le danger d'être kidnappé était bel et bien présent non seulement pour les ressortissants des pays membres de la coalition mais aussi pour quiconque représentait un intérêt monnayable. Sabine se savait une cible potentielle. D'autant plus qu'on déclamait contre sa mère patrie, parce que la France soutenait l'Israël et qu'elle s'opposait au voile islamique.

Elle avait peur d'y retourner. Pourtant il le fallait.

Elle userait de prudence.

Même s'il lui semblait relativement simple de passer incognito dans ce pays majoritairement musulman, elle ne pouvait sous-estimer le risque d'être démystifiée et dénoncée. Elle restait néanmoins confiante. Sans doute se fondrait-elle sans problèmes dans l'uniformité de la gent féminine irakienne. Surtout qu'elle ne risquait plus d'attirer les regards puisqu'elle était vieille maintenant. Encore faudrait-il qu'elle se taise, car son arabe était bon mais pas sans accent.

Il lui tardait de revoir sa belle-sœur. Elle lui ouvrirait ses bras, comme Farah l'avait fait un an plus tôt quand Salim avait été tué. N'eût été la mort tragique de Saïd et de sa très grande amitié pour sa belle-sœur, elle n'aurait sans doute plus eu le courage de traverser la frontière irakienne. Elle y voyait du bon. Elle pourrait y puiser de nouvelles informations, sonder le pouls de la population et rapporter des nouvelles fraîches. En espérant qu'un éditeur lui achète une fois encore ses articles. Elle ne voulait pas qu'on oublie cette maudite guerre. Tout n'avait pas été dit.

— Maman ! c'est moi !

Raya était de retour, plus radieuse que jamais. Toutefois, en apercevant l'abbaya noire étendue sur le lit, son beau visage s'assombrit.

— Qu'est-ce que tu fais ?

— Tu le vois bien ! Je fais mes bagages.

— Je croyais pourtant que tu avais renoncé à partir... ?

— Je ne peux pas.

Comment aurait-elle pu abandonner Farah à son triste sort ? Elle n'était pas que sa belle-sœur, elle était son amie. Autrefois, Farah lui avait présenté son frère Salim et elle n'avait pas hésité à intercéder en sa faveur auprès de ses parents. Même si l'islam permettait à un musulman d'épouser une chrétienne (l'inverse est cependant interdit), évidemment ils avaient rêvé pour leur fils d'une épouse ayant la même confession qu'eux.

Aujourd'hui, son amie avait besoin d'elle.

Raya s'enflamma.

— Tu agis comme une parfaite égoïste, maman !

— Quand tu es en cavale avec ton « Roméo » sans te soucier de moi, ce n'est pas de l'égoïsme ?

— Je ne mets pas ma vie en danger inutilement !

— Inutilement !

— Oui, inutilement !

— Ta tante a besoin de moi.

— Moi aussi !

— Tu parles comme si tu étais encore une gamine. Tu as trente ans, Raya ! Tu es en amour, tu te la coules douce…

— Par moments, ce que tu peux être sans-cœur…

— C'est toi qui me dis ça ?

— Tu es tout ce qu'il me reste. Papa est mort. Karim demeure au diable vauvert, comme tu le dis si bien. Et tu vas aller risquer ta vie en Irak ? Ce maudit pays ne nous a apporté que du malheur ! Raye-le donc de ta vie une fois pour toutes !

— Ce pays, c'est le mien et c'est d'autant plus le tien que tu y as vu le jour. Et puis tu as la mémoire courte ! Nous y avons vécu de merveilleux moments…

Subitement, elle prit conscience que les souvenirs heureux auxquels elle faisait allusion remontaient au temps où sa fille était une enfant. « C'est bien loin tout ça pour elle. » Sabine la regarda avec tendresse. Elle revoyait et entendait soudainement la jeune adolescente d'autrefois terrifiée à l'idée de mourir sous les bombes.

— *J'ai peur, maman. Je ne veux plus rester ici. Je veux m'en aller.*

— Calme-toi. Je ne vais pas mourir.

— Qu'est-ce que tu en sais ?

— Je le sais, c'est tout. (Raya ferma les yeux pour retenir ses larmes.) Il faut bien que quelqu'un témoigne de ce qui se passe là-bas. Pense aux femmes et aux enfants !

— Je ne comprends pas pourquoi tu t'acharnes autant. T'imagines-tu sérieusement que tes articles vont changer quelque chose ?

— Il n'y a pas qu'une manière de faire la guerre. Personnellement, je préfère la plume au fusil. C'est très efficace pour contrer la cupidité et l'ignorance sans causer de dommages collatéraux.

Raya renonça à la convaincre de rester à Paris.

— Eh bien, moi, tout ce que je désire, c'est la sainte paix !

— Oh là là ! Ai-je été une si mauvaise mère ? Nous sommes tous liés les uns aux autres. Les plus éclairés de ce monde ont le devoir de faire avancer les choses, parce que ta si précieuse liberté ne tient désormais plus qu'à un fil.

— Les éclairés… De qui parles-tu, des musulmans ou des chrétiens ?

— Je parle de quiconque se veut le promoteur du respect de la liberté et de l'égalité des citoyens. Le totalitarisme, politique ou religieux, doit être systématiquement condamné. Pas la politique, pas la religion, mais les régimes despotiques qui les régissent. La société ne doit pas tolérer la prépotence d'un sexe sur un autre et les entourloupettes qui tendent à ces fins. Tenir un être humain dans l'asservissement, sous la tyrannie d'un prétendument érudit qui prêche comme une vérité incontestable des légendes, c'est péché! Camus disait : « L'absurde… ne mène pas à Dieu. L'absurde, c'est le péché sans Dieu. » Dans une vraie démocratie, il n'y a pas de place pour l'exploitation des enfants, l'assujettissement des femmes par les hommes et l'hégémonie d'un peuple sur un autre.

Raya éprouvait une grande admiration pour sa mère. Elle aurait tant aimé lui ressembler davantage, posséder son courage et sa détermination ; même si être sa fille lui était par moments invivable.

PAS UN SEUL NUAGE NE MARBRAIT LE CIEL DE
TORREMOLINOS. Chacune à leur manière, les sœurs Doucet
profitaient de ce délicieux moment de vacances. Chantal,
les yeux fermés, savourait les chaudes caresses du soleil
et Élaine lisait, installée sous une ombrelle. De temps en
temps, elle relevait la tête pour regarder la mer déferler sur
le rivage. Elle se sentait merveilleusement bien.

— Nous n'avons pas encore vu Lambert. J'espère qu'il n'a
pas changé d'idée, s'inquiéta Chantal.

— Quand on parle du loup, on en voit la queue.

— Quoi ?

— Rien.

Élaine voulut garder pour elle seule l'image que lui offrait Lambert en sortant de l'eau. Un spectacle qui rivalisait
dangereusement avec la splendeur du paysage marin. D'un
mouvement de tête assuré, il ramena ses cheveux mouillés
vers l'arrière. Son corps était naturellement musclé, ses
épaules larges, ses fesses fermes et ses jambes bien galbées. Il avait l'allure d'un danseur ou d'un mannequin, avec
en prime une masculinité à n'en point douter. Craignant

qu'il ne remarque qu'elle l'observait, elle s'enfonça dans son bouquin.

— *Buenos días, señora*[4] !

Élaine lui fit un signe de tête pour le saluer puis replongea dans son livre.

Chantal se redressa instantanément sur sa chaise longue.

— Lambert ! Justement, je parlais de toi. J'avais peur que tu aies changé d'idée.

— J'en déduis que vous m'accompagnez à Malaga ?

— Élaine branle dans le manche.

— Branle dans le manche… (Il rigola.) Qu'est-ce que cela veut dire ?

— Qu'elle hésite.

Lambert se tourna vers Élaine.

— Pourquoi donc ?

— Pour être franche, il me semble bien téméraire de partir en voiture avec un étranger, fût-il aussi charmant que vous l'êtes.

— Vous ne serez pas plus en danger qu'hier soir ! s'étonna-t-il. Nous prendrons un taxi.

— Je croyais que vous aviez l'intention de louer une automobile… ?

— Pas du tout. Torremolinos est à 15 kilomètres de Malaga. Vous appellerez vous-même le taxi, si cela peut vous rassurer. Cela dit, je comprends tout à fait votre méfiance.

Il sourit. Élaine resta impassible.

---

4 — Bonjour, madame !

— Ma sœur lit trop.

— Je ne crois pas que l'on puisse trop lire. Elle est simplement prudente.

— Ne me dis pas que tu hésites encore ? réitéra Chantal.

— Oui. Assister à une corrida, j'ai l'impression que c'est encourager le vice.

— Vous ignorez sans doute que Malaga est la ville natale de Picasso. Cela vous donnerait l'occasion d'aller aussi au musée des Beaux-Arts où les toutes premières œuvres du peintre sont exposées.

— Allez, Élaine, ne te fais plus prier !

— Bon ! D'accord.

Lambert devait être à la Plaza de Toros de Malaga pour 17 heures, comme l'indiquait la missive reçue la veille. Il ne savait pas qui, ni comment, mais assurément quelqu'un prendrait contact avec lui. En attendant, il devait faire le joli cœur et jouer au touriste. Dans le taxi qui les conduisait à Malaga, l'atmosphère était détendue. Ensemble, ils bavardaient et admiraient le paysage.

— Il est déjà 15 heures. Je crains, Élaine, que nous n'ayons pas assez de temps pour aller au musée.

— De toute façon, je n'y tiens plus. Il fait tellement beau, j'aimerais autant faire un tour de ville.

— Tant mieux ! soupira Chantal.

— Voyons ce que nous pourrions découvrir d'intéressant. (Il sortit de son sac de voyage un petit fascicule bleu.) Ça va nous être utile.

— Drôle d'adon ! Notre agent de voyages nous a donné le même, fit remarquer Élaine.

Il réagit vite.

— Ce n'est pas étonnant, ces petits guides sont distribués partout dans le monde.

Pendant une fraction de seconde, il s'en voulut d'avoir agi aussi bêtement. Elles devaient ignorer non seulement qui il était mais aussi d'où il venait. Élaine était une fine observatrice et il soupçonnait Chantal de cacher derrière son étourderie une intelligence plutôt vive. « Tu ferais une grave erreur de les sous-estimer. »

Il prit quelques minutes pour lire la rubrique *Quoi visiter à Malaga.*

— Nous pourrions nous rendre au Castillo de Gibralfaro. Il semble que ce soit l'endroit idéal pour avoir une belle vue panoramique de la ville.

— Qu'est-ce que c'est, le Castillo machin chouette ? demanda Chantal.

— Une forteresse d'origine phénicienne. Si je me fie au plan de la ville, nous serions tout près de la Plaza de Toros. Je vais vérifier tout cela auprès du chauffeur.

Malaga compte environ un demi-million d'habitants. Bâtie au bord d'une baie magnifique, entourée de montagnes et parée d'une végétation tropicale luxuriante, la ville mérite d'être vue.

La voiture roula d'abord le long du port sur le Paseo del Parque, puis emprunta le chemin qui conduit à la cathédrale de Malaga. L'édifice Renaissance était plutôt austère. Construit de biais, le Palais épiscopal de style baroque contrastait avec la sobriété de l'église. La voiture passa ensuite devant la forteresse arabe Alcazaba, avant de s'arrêter sur le mont Gibralfaro, tout près du château portant le même nom.

— Je vais demander au chauffeur qu'il nous attende ici, précisa Lambert.

Ils débarquèrent de l'automobile et prirent le temps d'admirer la vue exceptionnelle de la mer et de la ville.

À 16 h 30, le taxi s'arrêta devant la billetterie de l'arène.

Les deux femmes fouillèrent dans leur sac pour prendre leur portefeuille. Lambert intervint immédiatement.

— Laissez, c'est moi qui vais régler.

Elles insistèrent pour assumer une partie de la dépense, mais Lambert s'y opposa fermement.

— Je vous ai invitées, donc je paie.

Élaine appréciait la courtoisie avec laquelle il les traitait. Cependant, elle craignait de lui en être redevable. Mais finalement elle lâcha prise.

À présent, elle examinait la Plaza de Toros avec une impression de déjà-vu.

— L'endroit me rappelle le Colisée romain.

— Il lui ressemble en effet, mais c'est une bien pâle réplique.

— J'irai peut-être un jour moi aussi, lança Chantal en se glissant derrière la file d'attente.

Ils allèrent s'asseoir assez rapidement dans les gradins.

— Ce n'est pas la cohue, constata l'exubérante blonde.

— Certaines équipes attirent plus de spectateurs que d'autres. C'est comme au foot ou au hockey chez vous ; il y a les ligues mineures et les ligues majeures.

Chantal s'étira le cou pour zieuter un peu partout autour d'elle. L'assistance était vraiment clairsemée. N'eût été le type qui prenait place juste derrière eux, il n'y aurait eu personne aux alentours.

— En tout cas, c'est un bon *spot* pour se faire un chum, y a pratiquement pas de femmes !

— Je regrette déjà d'être ici. Ça sue la testostérone.

— Relaxez.

C'était le genre de chose qu'Élaine ne supportait pas qu'on lui dise.

— Ça sue la testostérone ! répéta Chantal d'un ton plaisantin, à la limite égrillard. C'est quoi ton problème ?

— Je ne trouve pas ça correct de faire souffrir une pauvre bête sans défense.

— Sans défense ! (Lambert éclata de rire.) Attendez de voir le taureau, vous allez changer d'idée.

La corrida débuta à l'heure prévue par un défilé spectaculaire soumis au rythme d'un « tacatchac tacatchac » appelé le *paso doble.* En tête du cortège, les *alguaciles,* vêtus comme des seigneurs de l'époque Renaissance, furent accueillis par la foule. Ces policiers à cheval ont pour mission de veiller au respect des règlements. Puis, les matadors firent leur entrée.

— Wow ! s'enthousiasma Chantal avant de chuchoter à l'oreille de sa sœur : Leur as-tu vu les fesses !

— Le moins qu'on puisse dire, c'est qu'ils sont sexy.

Là-dessus, Lambert ajouta :

— Je savais que cela vous plairait. Bien peu de femmes restent insensibles au charme des toreros.

Chantal dévisagea sa sœur.

— Pourquoi ris-tu tout d'un coup ?

— J'ai dit à Joëlle avant de partir que ça me prenait plus qu'une belle paire de fesses dans un pantalon moulant pour me faire frémir. (Elle rit.) Pour être beaux, ils sont beaux ! et si jeunes !

Ils paradaient dans l'arène avec une élégance excentrique. Les costumes, tous de couleurs vives, brodés de paillettes d'or, étaient éblouissants.

— Derrière eux, précisa Lambert, suivent les *peones,* qui sont les aides du matador. Viennent ensuite à cheval les *picadores.* On dit que leur rôle est de tester la bravoure du taureau avec leur pique. Mais, personnellement, je crois que c'est davantage d'affaiblir la bête. Tous sont des toreros et tous ont un rôle bien précis au cours de la corrida. En dernier, avec les attelages de mules qui serviront à enlever les taureaux morts dans l'arène, nous apercevons les *areneros.*

Bien que réfractaire à ce genre d'attraction, Élaine en appréciait tout le décorum.

Une agitation fébrile s'éleva brusquement dans l'assistance.

— Attention, mesdames ! le spectacle va commencer.

La foule salua l'arrivée du taureau en poussant des cris de joie.

La bête, tête baissée, fonça à toute allure d'un côté et de l'autre de l'arène.

L'animal s'immobilisa. La foule hurlait. Irrité, les cornes en avant, le taureau gratta le sol avec sa patte.

— Oh là là ! Y fait peur, lâcha Chantal.

Le matador et ses *peones* s'avancèrent lentement. Puis, ils testèrent l'animal avec des passes de cape. Tour à tour, les toreros défièrent et incitèrent la bête à charger. Leurs mouvements de cape s'effectuaient avec une telle grâce qu'ils s'apparentaient aux chorégraphies minutieusement réglées d'un grand ballet.

L'atmosphère baignait à présent dans une euphorie communicative. Les « olé » se multipliaient. Chantal jouait le jeu. Elle s'en donnait à cœur joie.

Bien en selle, les *picadores* entrèrent dans l'arène. Leurs membres inférieurs, comme ceux de leur monture, étaient protégés par une armure.

Lambert se pencha pour regarder Élaine.

— Ça va ? (Elle fit signe que oui.) Les choses vont se corser, lui dit-il.

La musique accentuait la tension nerveuse dans les gradins.

Tout à coup, le taureau chargea de plein fouet. Le cavalier réussit à amortir le choc avec son pique. Puis, un *peon* entraîna le taureau ailleurs jusqu'à ce que le *picador* le provoque de nouveau et lui assène un autre coup de pique.

— C'est déloyal ! lança Élaine.

— Pourquoi ? lui demanda Lambert. Vous prenez pour le taureau ?

Chantal se pâma de rire.

— Envoye, Élaine ! déride un peu… Olé ! lança-t-elle en se moquant de nouveau.

— Ah ! ce qu'il fait chaud ! Heureusement que nous sommes assis à l'ombre…

De fait, le soleil tapait dur sur une bonne partie de l'assistance. La température s'élevait à au moins 30 degrés Celsius. Élaine enviait ses voisines. Pour se rafraîchir, les deux dames agitaient avec grâce leur bel éventail.

On entama la deuxième partie de la corrida.

Un torero, armé de harpons joliment enrubannés de papier de couleur, prit une pose sculpturale. Les bras à la hauteur des épaules, il pointait les banderilles vers le sol en cambrant outrageusement les reins. Cette partie très élégante du combat consiste à poser trois paires de banderilles sur le garrot de la bête.

L'animal avait perdu de sa férocité. Affaibli, il était à présent moins prompt à répondre aux appels. Le matador changea de leurre. Une étoffe rouge accrochée à un bâton remplaça sa cape.

— C'est maintenant la troisième et dernière partie du rituel. Celle où le matador prépare le taureau à la mort, précisa Lambert.

La foule était déchaînée. Chacune des passes suscitait le olé de l'assistance. La foule démente n'attendait plus que la mise à mort de l'animal.

— Va-t-on le laisser souffrir encore longtemps ? s'inquiéta Élaine.

— C'est bientôt fini.

Le matador, armé de son épée longue de 90 centimètres, se préparait à tuer l'animal. Sans rien perdre de son élégance, il brava le danger et lui enfonça sa lame dans les vertèbres dorsales. Le taureau dégueula. La pauvre bête n'était plus que l'ombre d'elle-même. La langue pendante, il s'écrasa au sol.

Un *peon* lui donna son coup de grâce.

Dans l'arène, le matador victorieux faisait un tour de piste en saluant la foule. Comblés, certains spectateurs lui lançaient des fleurs. L'individu assis derrière eux semblait lui aussi satisfait du spectacle. Il baragouina deux ou trois mots avec enthousiasme avant de sortir des gradins. L'instant d'après, Lambert s'excusa de devoir s'absenter quelques instants et promit de leur rapporter des bouteilles d'eau.

Au centre, on s'affairait maintenant à nettoyer la piste.

— Mon Dieu ! On dirait qu'ils se préparent déjà pour un autre carnage. J'ai besoin de prendre l'air un peu. Tu viens ?

— Je préfère attendre que Lambert revienne.

« Je préfère attendre que Lambert revienne… » Élaine haussa les épaules. Chantal dut patienter seule une bonne dizaine de minutes avant qu'il ne revienne.

— Où est Élaine ? s'enquit-il.

— Partie prendre l'air.

— Ta sœur et toi, vous êtes très différentes.

— Ça n'a pas toujours été ainsi. On dirait qu'elle ne sait plus s'amuser.

— Ce qui apparemment n'est pas ton problème.

— La vie est bien trop courte pour que je la prenne trop au sérieux.

Au bout d'un certain temps, lasse d'être seule, Élaine retourna s'asseoir auprès d'eux.

— Bon ! Enfin, te revoilà.

— Tenez, Élaine, votre bouteille d'eau.

— Merci.

Elle dévissa le bouchon et en but une bonne gorgée.

Elle supporta sans dire un mot le combat en cours. Mais, quand il fut enfin terminé, elle grommela :

— Ils vont en martyriser combien encore ?

— Normalement, durant une corrida, il y a six taureaux de mis à mort.

— Six ! C'est trop pour moi.

— Manifestez-vous toujours autant de sensiblerie ?

— Elle est bien bonne celle-là !

Voyant qu'il l'avait froissée, il s'excusa.

— Pardonnez-moi, je ne voulais pas vous vexer.

Mais Élaine était piquée au vif.

— Il n'y a pas un seul animal sur terre qui mérite d'être traité de la sorte.

— C'est probablement vrai. Mais c'est un mal pour un bien. C'est un exutoire à la violence humaine. Élevez-vous également la voix pour dénoncer ceux qui bafouent les droits de l'Homme, pour réclamer la justice au nom des innocents qui périssent quotidiennement sous les bombes ou sous la torture ? (Silence) Personnellement, j'enverrais volontiers tous les taureaux de la planète au bûcher des horreurs pour canaliser ne serait-ce qu'un tant soit peu la violence des Hommes envers leurs semblables.

— Ce n'est pas parce que je me porte à la défense des animaux que je ne m'indigne pas également contre la violence faite aux Hommes.

— J'avais oublié, vous vivez en Amérique, vous avez encore le luxe de pouvoir choisir vos combats.

— Calmez-vous le pompon tous les deux ! s'interposa Chantal.

— Excusez ma maladresse. J'ai parfois de la difficulté à dire ce que je ressens sans blesser les gens. Vous me pardonnez, Élaine ? (Elle acquiesça d'un signe de tête.) Eh bien, si Chantal est d'accord, partons maintenant.

C'était la moindre des choses qu'il leur propose de quitter les lieux, d'autant qu'il n'avait plus rien à faire là puisque son contact s'était déjà manifesté. Le reste de la soirée se passa relativement bien. Comme d'habitude Chantal afficha un égocentrisme démesuré, assaisonné fort heureusement d'un humour très divertissant.

8

« J'y suis ! » L'avion venait d'atterrir au cœur de l'ancienne Mésopotamie. Sabine était dans un état de grande nervosité. Elle trépignait d'impatience à l'idée de rentrer chez elle après une trop longue absence et de revoir enfin les siens. L'excitation joyeuse qui l'animait se mêlait toutefois à la peur, celle d'y laisser sa peau. À Bagdad, la mort rôdait partout, tout le temps. Elle devrait faire preuve d'une extrême prudence.

Elle enfila son abbaya noire. Tout d'un coup, elle ne se sentait plus tout à fait la même. C'est fou ce qu'un vêtement peut susciter comme effet. Certes, *l'habit ne fait pas le moine*, mais il sert ou dessert. Force lui était d'avouer que pour l'heure, cela avait du bon. À l'image des autres femmes du pays pratiquement toutes aussi tristement affublées, elle passerait sans doute inaperçue.

On ouvrit enfin les portes de l'avion.

Dehors, non sans un certain plaisir, elle redécouvrait la moiteur étouffante de l'air et les miasmes de la mégalopole. Mais une fois dans l'aéroport, son cœur se mit à battre la chamade. Elle regardait autour sans la voir. Elle craignait qu'il ne lui soit arrivé malheur. Dieu merci, soudain elle reconnut le visage à demi voilé de Farah. Étranglées par l'émotion, les yeux noyés de larmes, elles restèrent momentanément muettes. Sabine communiait tout à fait avec la détresse qui étreignait le cœur et l'âme de son amie.

— Tu ne peux pas t'imaginer combien je suis heureuse que tu sois ici.

— Crois-moi, c'est partagé.

Sabine se garda néanmoins de lui révéler que son élan d'enthousiasme était par moments tavelé de frayeur. Qu'importe ! Elle était là.

Quand il n'était pas stoppé malgré lui par un tronçon de route impraticable ou par un des nombreux « check points » américains, Brahim conduisait son véhicule à vive allure. Assise sur la banquette arrière, Sabine écarquillait les yeux pour ne rien manquer du paysage urbain qui défilait devant elle. Par moments, elle ne reconnaissait plus les lieux. Certains édifices avaient été rasés, d'autres tombaient en ruine et on ne comptait plus les murs de béton qui s'élevaient un peu partout afin de sécuriser les places. Çà et là, des amas de décombres teignaient tristement la toile bagdadienne. Malgré tout, elle trouvait la capitale encore belle. Bagdad ressemblait à ces femmes d'âge mûr dont les rides ne ternissent pas la beauté. À ses yeux, elle était toujours Bagdad la magnifique, la ville des *Mille et Une Nuits*.

Les détours obligatoires pour contourner les murailles de protection, pour éviter les rues fermées ou bloquées, rendirent la route jusqu'à Kadhimiya interminable. Farah habitait un quartier majoritairement sunnite. Elle partageait le quotidien de sa belle-mère Fatma, de son beau-frère Brahim ainsi que de son épouse et de leur fils, de même que celui de sa jeune belle-sœur Aïcha. Comme bon nombre de familles irakiennes, ils formaient une coalition d'intérêts. En temps de guerre, mettre tout en commun est une question de survie.

— Nous partagerons la même chambre, la mienne. Viens !

Elles montèrent à l'étage. La pièce était obscure et presque nue. Comme ailleurs dans la maison, les fenêtres avaient été barricadées et on tenait les rideaux fermés à longueur d'année.

— Prendrais-tu une tasse de thé ?

— Volontiers.

Elle disparut le temps de préparer l'infusion. Au retour, elle enleva son foulard et sa tunique. Sabine la regardait lui verser le thé et constatait à regret que le beau visage de Farah était cruellement marqué par les vicissitudes de la vie.

— Mmm !... Même à Paris, je n'en trouve pas d'aussi bon. J'ai quelque chose pour toi. (Farah sourit.) J'attendais le moment opportun pour te les donner.

— Des cigarettes ! (Elle porta instantanément sa main à sa bouche, redoutant d'avoir parlé un peu fort.) Que je suis bête ! Ils ne comprennent pas un mot français.

— Ils t'empêchent de fumer maintenant ?

— Bah ! dit-elle en haussant les épaules. Viens, suis-moi !

Elles sortirent sur le toit terrasse de la maison. La vue s'étendait à l'ouest sur le soleil couchant et à l'est sur le Tigre, où le sinueux fleuve semblait se perdre dans les terres. Un calme heureux, qu'elles auraient aimé imperturbable, régnait tout à coup aux alentours.

Farah s'alluma une cigarette, avant d'entraîner son amie dans le vice.

— Tu en veux une ?

— Pourquoi pas ! En souvenir du bon vieux temps, dit-elle encore en riant.

Il y avait des lunes que Sabine n'avait pas fumé.

Farah aspira une bonne bouffée de fumée puis elle l'expira lentement par le nez.

— Ah ! que c'est bon. Ça me rappelle quand nous nous cachions pour boire. T'en souviens-tu, Sabine ?

— Comme si c'était hier. Nous étions jeunes et belles.

— Toi, plus que moi, avec ta longue crinière rousse.

— D'où me sors-tu cette fausse modestie ?

— Tu avais tous les hommes à tes pieds ! Mais tu étais aveugle, tu ne voyais que mon frère.

— Farah, tu ne donnais pas ta place non plus. Tes beaux grands yeux de biche en ont séduit plus d'un.

— C'est fou comme on change.

— Si cela peut te consoler, tout change.

— Malheureusement, pas toujours pour le mieux.

Farah tourna son regard vers l'horizon. Comme la lumière chatoyante du crépuscule, elle se mourait lentement.

— J'ai tout perdu, affirma-t-elle d'une voix déchirée par l'émotion. D'abord mon fils et puis mon mari. Entre Saïd et moi, ce n'était plus l'amour fou depuis longtemps. Nous vivions comme frère et sœur. Mais il a toujours été bon envers moi. Il prenait mon parti, me protégeait contre sa famille. Maintenant, qui va me défendre ? Elle s'effondra en larmes. Je n'ai plus de travail, reprit-elle. J'ai perdu jusqu'à mon identité. J'en suis rendue à me cacher, comme si être née femme était en soi un crime particulièrement odieux. Mes beaux principes de liberté ont pris le bord. J'ai honte.

— Ne sois pas si dure envers toi.

— Tu as raison. Ici, l'essentiel, c'est de survivre. La pression de la famille était tellement forte, j'ai cédé. Que voulais-tu que je fasse ? Eux-mêmes étaient menacés, à cause de moi.

— Par qui ?

— Des radicaux. La vie n'était déjà pas rose quand Saïd était vivant. J'ai bien peur d'avoir à présent un vrai statut d'esclave.

Sabine avait le visage mouillé. Les larmes de son amie étaient contagieuses. Elle ne savait pas quoi dire pour lui remonter le moral. Comme toutes les Irakiennes ayant pris mari, elle vivait dans sa belle-famille et lui était assujettie du matin au soir. L'étau se refermait sur Farah.

— Ce n'est pas croyable ! Je suis instruite, j'ai un Doctorat en histoire et pourtant j'en suis réduite à espérer que ma belle-famille me trouve un mari. En espérant qu'il soit prince comme dans les contes pour enfants…, ironisa-t-elle. Mais voilà, les princes se font rares. Et puis regarde-moi, j'ai cinquante-huit ans et on m'en donnerait dix de plus. Qui voudrait d'une vieille femme ?... Je me haïs de tenir un discours semblable.

— Eh bien, ne le tiens pas. Sois forte. Il n'y a jamais de situation sans issue.

— Sais-tu à quoi je rêve ?

— Au bonheur, comme nous toutes.

— Je n'en demande pas tant. Je voudrais juste un coin, un petit coin à moi toute seule, de quoi manger trois fois par jour avec en prime la liberté et la paix. Crois-tu que c'est trop demander ?

Enveloppé dans la quiétude de la nuit, à l'exception de Sabine, tout le monde dormait. Mouillée, dégoulinante de sueur, elle n'arrivait plus à fermer l'œil. Elle avait perdu l'habitude de ces nuits étouffantes. Depuis son difficile passage de la pré-ménopause, elle ne se rappelait plus avoir eu aussi chaud. Et pour cause, le générateur d'électricité était fermé. Le climatiseur était essentiel le jour quand la température atteignait 50 degrés Celsius, pas la nuit. Résignée à avoir chaud, elle fixait le plafond en pensant à cette maudite guerre. Qui servait-elle ? Sûrement pas les Irakiens et encore moins les Irakiennes. La difficulté d'être une femme était particulièrement vraie ici. Couchée directement sur le sol afin de goûter à la bien ténue fraîcheur des dalles, Sabine se tournait puis se retournait. Ses pensées vagabondaient sans se fixer sur rien.

« Pourquoi, mon Dieu, pourquoi… Je me demande bien ce que fait Raya… Et où se trouve donc Karim ? Pourvu qu'il ne fasse pas de bêtises. »

Finalement, elle tomba dans un sommeil peuplé de rêves étranges. Elle se tenait debout à l'avant du navire, le regard fixant le lointain rivage. Une voix, sortie de nulle part, s'éleva mélodieusement. Sa complainte était envoûtante comme le chant des sirènes qui attirent les marins sur les écueils. Un homme l'implorait de venir à sa rencontre. « Salim ?... Salim, c'est toi ? »

Elle rouvrit brusquement les yeux.

Le muezzin de la première prière de la journée venait de l'arracher de son demi-sommeil. Il appelait les fidèles du haut du minaret de la mosquée voisine. Sa voix chaude et puissante avait quelque chose de grisant.

Sabine referma les yeux.

Elle se rappelait le temps passé où Salim et elle s'aimaient jusqu'au premier chant du muezzin.

Farah s'étira et jeta ensuite un coup d'œil sur son invitée.

— Déjà réveillée ? Tu n'as pas bien dormi ?

— Si, mais moins que je l'aurais voulu.

Sabine ne voulait pas casser la tête de son amie avec ses petits problèmes.

« Elle aussi doit avoir eu chaud », se dit-elle.

— C'est une chance que tu te sois réveillée de si bonne heure. Tu pourras passer à la salle de bains la première.

— Cela ne presse pas.

— Crois-moi, Sabine, c'est préférable.

Tout le quartier était encore privé d'eau courante. La situation était pourtant beaucoup moins explosive qu'elle ne l'avait été. Alors, pourquoi les infrastructures faisaient-elles toujours défaut? Comment expliquer l'inertie des autorités, tant religieuses que politiques, si ce n'est qu'ils défendaient leurs intérêts avant tout en se foutant royalement de la gueule des gens ordinaires?

Farah remplit un grand bol d'eau propre afin que son amie puisse se faire un brin de toilette.

— Pauvre Sabine! Toi qui es habituée au confort parisien.

— Je ne suis pas à plaindre, contrairement au peuple irakien qui endure cette situation à longueur d'année. C'est sûr que j'aimerais prendre un bon bain, mais bon! Nous irons à la piscine.

— Ce serait chouette. Mais la période de bain libre offerte aux femmes, c'est une fois par semaine seulement et ce n'est pas aujourd'hui.

9

« Ah ! la belle vie ! » Étendue sur le ventre, la tête écrasée sur un petit oreiller, Chantal sentait le long de sa colonne vertébrale la pression plus ou moins vive des doigts expérimentés de la masseuse. C'était douloureusement jouissif ! Quant à Élaine, elle avait préféré une cure aux algues marines. Sans croire aux miracles, elle reconnaissait toutefois les bienfaits psychologiques de ces traitements-là. En attendant que sa sœur finisse de se faire dorloter, elle patientait sur le bord de la piscine, buvait de l'eau embouteillée et observait les gens.

Chantal la rejoignit avec le sourire aux lèvres.

— Le temps qu'on va être ici, c'est comme ça qu'on devrait commencer la journée tous les matins ! lança-t-elle.

— As-tu une idée de ce que ça nous coûterait ?

— Au diable la dépense ! Au point où j'en suis…

— Il me semblait que tes affaires allaient bien ?

— Oui… (Chantal laissa échapper un rire.) Mais vive le crédit !

— Ne me dis pas que tu t'es endettée pour venir ici ?

— Qu'est-ce que tu crois… C'est sûr !

Sa sœur l'envisagea avec des yeux ronds.

— Personnellement, quand je n'ai pas les moyens de partir, je reste chez moi.

Chantal haussa les épaules en répliquant :

— Quand est-ce que tu n'as pas les moyens ? Elle fit une pause et ajouta ensuite : La vie est courte. Aussi bien en profiter, parce que je peux mourir n'importe quand.

— Des fois, j'aimerais ça être comme toi. Insouciante.

— Attention ! Je suis d'une insouciance calculée !

Le soleil était fidèle au rendez-vous et la plage du Melia encore bondée. Pablo leur trouva une place où s'installer. Élaine ouvrit son livre et Chantal réagit sur-le-champ en lui lançant sa jolie sandale dorée.

— Tu ne vas pas encore me lire en pleine face !

— Pourquoi pas ?

— Reluque un peu toi aussi. Cherche, tu vas finir par trouver.

— Trouver quoi ?

— Un mec !

— Je n'ai pas de temps à perdre.

Elle rouvrit son livre.

Chantal se sentait haïssable. Elle avait juste envie de la taquiner, de l'asticoter pour le simple plaisir.

— Eille, eille ! lui, lui, lui… regarde ! dit-elle d'un ton pince-sans-rire.

— Qui ?

— Lui, là-bas… avec le costume brun.

— Es-tu malade ?

— Un fois bien habillé…

Chantal riait comme une folle.

Amusée, sa sœur replongea dans son livre.

— Élaine! Élaine, lève la tête! Ce coup-là, ça vaut la peine.

— Arrête donc, grande folle! (Le type devait avoir quatre-vingt-dix ans.) Et puis, as-tu fini de rire du monde de même? Si maman te voyait faire…

— De grâce, ne gâche pas nos vacances!

Sachant qu'elle ne la laisserait pas tranquille, Élaine referma son bouquin pour de bon.

— Lui, par exemple…

— Il n'est pas si mal. Mais, quant à tromper mon mari, je le prendrais plus jeune.

— On ne trompe pas quelqu'un avec qui on n'a aucune intimité…

— Arrête avec ta morale élastique. C'est encore mon mari que je sache.

— Cherches-tu à devenir une sainte?

— Jamais de la vie. Je le suis déjà.

— Ah, *shit*! tu vas me faire pisser dans ma culotte!

Elles s'amusaient follement, comme à l'époque où, ensemble, elles faisaient la tournée des discothèques.

— Les années 80, c'était hier! Maudit que ça a passé vite! Je me sens comme une adolescente en vacances. Sauf que j'ai le biceps un peu flasque.

— Tiens! Tes démons ressortent.

— Fais-moi pas à croire que t'aimes ça vieillir?

— Je préfère vieillir à mourir.

— Y aurait pas moyen de vivre sans ratatiner ?

— Tu ne devrais pas te plaindre, Chantal. Tu parais facilement sept ans plus jeune que ton âge.

— J'ai eu un *face-lift* pis j'ai le visage rempli de botox.

— Encore heureux que tu puisses te le permettre. Il y a une gang de femmes qui voudraient bien changer de place avec toi.

— Je le sais.

— Ton problème, c'est que tu n'acceptes pas le changement.

— Mets-en !

— Tout se transforme continuellement. Prends les fleurs. Elles poussent, se fanent, certaines malheureusement plus vite que d'autres, tu me diras, mais toutes finissent par mourir. C'est pareil pour les humains.

— C'est mal fait.

— Tu te prends pour Dieu maintenant ?

— On devrait venir au monde, grandir jusqu'à maturité, vivre un temps puis mourir.

— Tu peux bien être malheureuse !

— Parce que tu ne l'es pas, toi ?

— Probablement moins que tu ne l'es. Je ne m'accroche pas désespérément à la forme des choses.

— Hein !

— Je me raisonne. Tu ne sembles pas réaliser qu'après une intervention chirurgicale, le corps ne reste pas figé dans le temps ; il continue de vieillir. Tôt ou tard, il faut faire face à la musique. Tu te vois à soixante-dix ans en train de te refaire lisser le visage ou remonter les seins pour la énième fois ?

— Pourquoi pas !

— Eh bien, moi, j'espère être rendue ailleurs.

— Ailleurs…

— Je me souhaite d'atteindre la sérénité d'accepter l'impermanence des choses, de m'aimer telle que je suis à chaque instant de ma vie.

— Pas moi !

— Ça ne m'étonne pas. Tu agis pareil en amour.

— Qu'est-ce que tu racontes ?

— Dès que le vent se lève, qu'un petit orage se déclare, tu te sauves en courant. Tu repars ailleurs à la recherche du beau temps. Tu es rendue à cinquante ans. Combien d'hommes as-tu eu dans ta vie ?... Je parle uniquement de ceux avec qui tu as cohabité.

— Cinq ou six. Je sais que c'est pas reluisant. Mais je suis pas certaine que ta situation soit ben mieux que la mienne.

— Tu as du sexe sans amour. J'ai de l'amour sans sexe.

— Parce que ça existe ?... Je n'endurerais pas ça, moi.

— J'accepte. Cela m'a pris du temps à comprendre que la seule manière de ne pas souffrir, c'est d'accepter. Chacun a son lot d'épreuves.

— Tu aurais pu le quitter. D'ailleurs, tu pourrais encore partir.

— Ça me donnerait quoi ?

— Du cul !... La chance de rencontrer quelqu'un qui t'aime et qui te comble, c't' affaire.

— Nous vivons sur terre, pas au paradis que je sache ! Je suis déjà passablement choyée. Je ne manque de rien, je vis dans le luxe. J'ai de beaux enfants, en santé et intelligents...

— Ouin... une vraie sainte !

— Non ! Juste une démone repentie.

— Envoye ! Viens-t'en te saucer avant de redevenir trop sérieuse.

Jusqu'à présent les événements se déroulaient bien. Lambert avait gagné la confiance des sœurs Doucet. Et, contrairement à ce qu'il avait craint, la compagnie de ces dames était loin d'être désagréable.

— Que vous êtes élégantes ! Avez-vous passé une agréable journée ?

— Excellente ! Et toi ? le relança Chantal.

— J'ai fait de belles trouvailles. Je vous raconterai en dînant. Nous y allons ?

— Amusez-vous bien.

— Vous ne venez pas, Élaine ?

— Pas ce soir. Je vais rester sagement à l'hôtel.

— Bon ! On y va ? le pressa vivement Chantal, qui ne tenait absolument pas à ce qu'il la fasse changer d'idée.

« Pour une fois que je vais être toute seule avec lui. »

La tournure des événements l'embêtait. Il avait l'impression de perdre un tantinet le contrôle. Il prit garde toutefois de ne rien laisser paraître.

— Ma chère Chantal, la soirée est à nous !

Plus souvent qu'autrement, Chantal manifestait un trop-plein de vie. Dans les circonstances, cela l'arrangeait. En donnant préséance au plaisir sur la bienséance, ils ressemblaient tout à fait à ces trop nombreux vacanciers, typiquement égocentriques, qui ne pensent qu'à s'amuser. Mais, si ce n'eût été la nécessité qu'elle lui serve de couverture, il ne s'en serait jamais approché. Les femmes de son genre, même belles, ne l'intéressaient tout simplement pas.

Après le souper, il l'amena au cabaret. Le vieil édifice en stuc était plein à craquer de touristes venus admirer les danseurs de flamenco.

Les artistes entrèrent sur la scène avec un port de tête assuré.

— N'est-ce pas qu'ils sont beaux ? observa-t-il.

Chapeautés à la manière de Zorro, les hommes portaient une chemise blanche à festons, sous un boléro assorti à un pantalon noir très ajusté. Côté élégance, les femmes n'étaient pas en reste.

— Ce genre de toilette t'irait à merveille.

Le compliment lui plut. Chantal possédait en effet l'assurance nécessaire pour mettre en valeur une telle robe, moulante et outrageusement décolletée jusqu'au bas du dos. Elle s'imaginait tout à fait en train de trousser cavalièrement sa jupe à frisons ; d'autant qu'elle adorait ces danses gitanes où la douceur et la violence sont si harmonieusement conjuguées. Elle s'amusait, claquait des doigts, battait des mains en même temps que les danseuses exprimaient avec grâce toute leur féminité. Quant aux danseurs, on ne peut plus virils, ils battaient le rythme avec les talons. Lambert aussi passait un bon moment. Il aimait le son de la guitare si délicieusement jouée. Les très nettes influences arabes de la musique populaire andalouse lui rappelaient, non sans nostalgie, les couleurs de son pays.

La nuit était magnifique, criblée d'étoiles.

— Quelle charmante soirée !

— Je suis ravi que le spectacle t'ait plu.

— Tout était parfait. La musique, les costumes…

Tout à coup, une jeune vagabonde sortie de nulle part interpella Chantal.

— *Señora !*… La bonne aventure ?

— Pardon ?

Lambert manifesta une vive opposition en la tirant par le bras.

— Laisse tomber. Ces gens-là racontent des sornettes.

Sourire aux lèvres, la diseuse de bonne aventure ignora complètement la remarque. Elle offrit encore une fois à Chantal de lui prédire son avenir.

Madame s'enthousiasma et lui présenta sa main droite sans attendre.

— Juste pour le fun, déclara-t-elle, histoire de se justifier.

— Vous êtes gauchère, alors donnez-moi votre autre main.

Chantal lorgna Lambert d'un air éberlué en s'exclamant :

— Comment a-t-elle deviné ?

La jolie bohémienne se contenta de sourire.

— Oh ! la *señora* est douée pour l'amour !

« Pour le sexe, ça oui. Pour l'amour, pas sûr ! »

— Bientôt, vous vivrez un changement radical. Mais ce sera pour le mieux.

— Que voulez-vous dire ?

— Vous vous détacherez de certaines choses pour vous attacher à d'autres. L'accouchement sera difficile, mais n'ayez crainte, vous êtes née sous une bonne étoile. Remerciez la vie d'être aussi généreuse à votre égard.

Puis elle se tourna vers Lambert.

— *Señior ?*

— Non merci, dit-il sèchement.

— Allez, Lambert… c'est juste pour le fun.

Il se prêta finalement au jeu.

— Je vois une femme. Elle est comme un phare pour vous. Mais… Elle se tut, lui referma la main et ajouta : Il vous faudra être fort. Vous n'êtes pas au bout de vos peines.

Lambert regrettait d'avoir écouté cet oiseau de mauvais augure. Il fouilla quand même dans sa poche pour lui remettre un billet.

Minuit. Élaine observait la trotteuse de sa pendulette de voyage. Égrenant ses secondes une à une, le temps semblait désespérément long. D'un geste rageur, elle lança son bouquin au pied de son lit. Elle avait l'impression de ne faire que ça, se mirer dans la vie de personnages fictifs au lieu de réécrire sa propre existence. « Ma vie ressemble à un gros gâteau sans crémage. » Elle nourrissait avec amertume le sentiment douloureux de mener une existence étriquée. Et pour cause, l'image dérangeante de Chantal, toute balbutiante, cédant au plaisir de la chair, la tourmentait de manière incessante. Même si elle savait pertinemment que sa sœur vivait dans le plaisir, pas dans le bonheur, sa raison ne venait pas à bout de son état d'âme. Ce soir-là, à tort ou à raison, elle en voulait profondément à son mari d'avoir tué leur amour.

Chantal rentra aux alentours d'une heure.

— Élaine, dors-tu ?

Le visage presque entièrement caché sous les couvertures, elle fit semblant de ne pas l'entendre. Déçue, Chantal se retira dans la salle de bains pour faire sa toilette. Mais au moment de se glisser dans son lit, elle se risqua une seconde fois à la déranger.

— Élaine…, dit-elle d'une voix presque éteinte. Élaine…

— Ah ! ce que tu es tannante !

— Tu ne dors pas ?

— Tu fais la stupide ou quoi ?

Chantal se pinça les lèvres pour ne pas rire.

— Tu aurais dû venir. Le spectacle était merveilleux.

— Tu devrais te dépêcher de dormir. Demain matin, l'autobus part à 7 heures.

— Je ne suis plus certaine de vouloir y aller.

— Tu me lâches ?

— Je préférerais battre le fer pendant qu'il est chaud.

— Si je comprends bien, entre Lambert et toi, ce n'est pas encore fait ?

— Eh bien, non.

Élaine était drôlement contente mais se sentait vachement mesquine.

10

ÉLAINE TIRA LES RIDEAUX ET SCRUTA L'HORIZON. De gros nuages marbraient le ciel andalou. « Tant qu'il ne pleut pas, c'est parfait ! Il fera moins chaud pour visiter. »

— Allez, Chantal, lève !

— Ouf !...

— Allez, grouille ! Il te reste quarante-cinq minutes pour te préparer.

— Je suis trop fatiguée, je n'y vais pas.

— Tu ne vas pas me faire ça ?

— J'ai un mal de bloc.

— N'en rajoute pas ! Aie au moins la décence de te taire…

— Ce n'est pas ce que tu crois.

— Je vais en avoir du plaisir à Grenade, toute seule comme un chien !... En plus, j'ai payé pour toi ! Tu peux être sûre que tu vas me rembourser jusqu'à la dernière *cenne*.

— Tu ne seras pas toute seule, c'est un voyage organisé !

— Tais-toi donc !

En sortant de la chambre, Élaine claqua la porte. Elle était en beau fusil contre elle-même. « Comment ai-je pu me laisser embobiner par ses belles promesses ? »

Chantal la faisait suer plus souvent qu'autrement. Pourtant, elle ne se résignait pas à couper les ponts.

La salle à manger de l'hôtel était presque vide et personne n'assurait le service aux tables de si tôt matin. Contrairement à son habitude, elle se servit toute une assiettée : des fruits, du yaourt, une brioche et un petit pain au chocolat. Elle se bourra la fraise comme il faut, en se disant que la journée aurait au moins cela de bon.

À 7 heures tapantes, l'autocar s'arrêta devant le Melia pour prendre les quelques touristes qui participaient à l'excursion. « Qu'est-ce qu'il fait ici ? » se dit-elle en apercevant Lambert assis au fond du véhicule. Elle hésita entre l'ignorer ou le saluer. En fin de compte, elle inclina la tête, en signe de bonjour, puis elle alla s'asseoir seule contre une fenêtre. « C'est Chantal qui va être déçue. Tant pis pour elle ! »

Lambert était drôlement embêté. « Bordel ! Comment se fait-il qu'elle soit toute seule ? » Il n'avait su que tard la veille qu'il serait du voyage à Grenade. Quelqu'un veillait scrupuleusement à ce qu'il ne perde pas de vue les sœurs Doucet, en particulier Chantal. Curieux, ce quelqu'un les épiait normalement avec une habileté et une efficacité redoutables.

Il se leva de son siège et alla retrouver Élaine.

— Bonjour ! Puis-je m'asseoir près de vous ? (Elle accepta à contrecœur.) J'ai l'impression que vous me boudez.

— Pas du tout.

— Tant mieux! Pourquoi Chantal n'est-elle pas avec vous?

— Elle est bien bonne celle-là! Je vous retourne la question, puisqu'elle est restée à l'hôtel pour demeurer avec vous.

— Ah! C'est manqué! (Élaine retint un rire.) J'avais prévu cette excursion depuis un moment déjà mais j'ignorais tout à fait que vous seriez du voyage.

— Hier soir, Chantal ne vous a pas dit que nous allions à Grenade ce matin?

— Non.

« L'espèce de grande tête à claques! Elle n'a jamais eu l'intention de m'accompagner. »

Un petit homme au crâne dégarni prit le micro. Il s'adressa aux passagers d'abord en espagnol puis en français.

Bienvenue à bord! répéta-t-il d'un ton allègre. *Je m'appelle Pedro. J'aurai le plaisir de vous accompagner dans l'une des plus belles villes d'Andalousie, Granada. Vous constaterez que l'empreinte arabe y est plus présente que n'importe où ailleurs au sud de l'Espagne. Pendant plus de huit siècles, les musulmans ont régné sur cette ville. Ce n'est qu'en 1492 qu'elle tomba sous le joug des chrétiens. J'aurai l'occasion de vous en reparler. Pour l'instant, profitez du paysage exceptionnel du bord de mer. Merci!*

— Vous aussi, vous portez le voile, lança Lambert comme on largue une bombe.

— Pardon?

— Vous êtes voilée. Évidemment pas comme une islamique, mais n'empêche que vous l'êtes.

Elle écarquilla les yeux.

— Pour l'amour du ciel, de quoi parlez-vous ?

— De cette apparente froideur qui vous sert de paravent. De qui ou de quoi vous protégez-vous ?

Elle se surprit à répondre :

— De moi.

— Mais encore ?

Élaine riposta du tac au tac :

— Est-ce une investigation officielle ?

— Nous avons plus ou moins deux heures à combler avant d'arriver à destination, aussi bien les utiliser à bon escient en faisant plus ample connaissance.

— Jouons à vérité ou conséquence. Que faites-vous dans cet autobus ? enchaîna-t-elle malicieusement.

— La même chose que vous. Je m'en vais à Granada.

— Pourquoi est-ce que je n'arrive jamais à vous croire tout à fait ?

— Parce que moi aussi je me cache.

— Sous un voile ?

— Pire. Sous une armure.

— Vous n'êtes pas Français ?

— À moitié.

— Et l'autre ?

— Stop ! C'est à mon tour de poser une question. Pourquoi votre mari ne vous a-t-il pas accompagnée ?

— Parce que c'est un idiot. Pourquoi errez-vous en solitaire ?

— Parce que je suis un idiot.

— C'est trop facile !

— Franchement, je ne sais pas. Mes parents s'aimaient passionnément. Je n'ai jamais retrouvé dans les yeux d'une femme la flamme qui brillait dans ceux de ma mère quand elle regardait mon père. Je suis un idéaliste. Et je crois que vous l'êtes aussi.

— Je suis malheureusement de plus en plus désillusionnée.

— Par ?

— L'inaptitude des Hommes à aimer.

— Vous croyez que les femmes sont plus douées ?

— Probablement. Mais enfin, je parlais de la race humaine. De cette propension qu'ont les Hommes à s'entretuer.

— Ce n'est pas près de changer !

— D'autant que nous faisons tous plus ou moins preuve de nombrilisme.

— Décidément, vous ne cesserez pas de m'épater.

— Parce que je suis blonde et intelligente ?... Misogyne !
Il rit.

— Je me répète, je sais. Mais comment diable pouvez-vous être à ce point différente de votre sœur ? Vous avez pourtant grandi dans la même famille, non ?

— Contrairement à moi, Chantal n'a jamais eu d'enfants. Et la maternité change une femme profondément.

— Vous croyez que cela fait de vous une personne plus intéressante ?

— Pas nécessairement. Une chose est sûre, je ne suis plus centrée sur moi-même. Je suis devenue plus raisonnable.

— Pas sûr ! Quand je vous ai rencontrée la première fois, ce n'est pas la mère que j'ai vue en vous mais la femme, une femme passionnée et débordante de sensualité.

Sans le savoir, il venait de flatter sa douleur. Voilà des années qu'elle s'efforçait de mater son tempérament brûlant de peur de perdre son âme.

— Merci. C'est un compliment qu'on ne m'avait pas fait depuis longtemps. Ce serait triste d'avoir développé ma fibre maternelle au détriment du reste.

— Cela arrive.

— Personnellement, être parent me donne toutes les raisons de me dépasser, d'être meilleure. Je vis aujourd'hui plus raisonnablement qu'autrefois. N'empêche que pour un homme, Chantal est bien plus attrayante que je ne le suis.

— Ça dépend de ce qu'on recherche.

— De toute manière ça m'indiffère, je suis mariée.

— Vous êtes heureuse ?

— C'est très indiscret comme question.

— Vous ne l'êtes pas, enfin pas comme vous le voudriez.

— Qu'est-ce qui vous permet d'affirmer une chose semblable ?

— Vos yeux vous trahissent.

Chantal était de bonne humeur. Madame se promettait un tête-à-tête torride avec le beau Lambert. Les doigts enfoncés dans sa magnifique chevelure ambrée, elle se regardait avec complaisance. Sous son vaporeux pantalon de crêpe Georgette noir, elle portait son plus seyant maillot de bain ; d'une seule pièce et audacieusement décolleté jusqu'à la taille, il convenait à la perfection à ses seins haut perchés. Quelques mois plus tôt, son chirurgien avait remodelé sa poitrine avec une habileté remarquable. Pas même sa sœur n'avait remarqué qu'elle était passée sous le bistouri, croyait-elle. En réalité, Chantal manquait d'assurance, voilà pourquoi elle cherchait constamment à être remarquée et complimentée. Elle souffrait d'avoir aussi peu d'instruction et craignait que cela ne se voie. Il n'en demeurait pas moins qu'elle savait toujours se tirer d'affaire avec intelligence.

À cette heure-là, la salle à manger du Melia se vidait. La plupart des touristes avaient déjà pris leur repas du matin. Elle balaya l'endroit du regard. Lambert n'y était pas. Elle se résigna à manger seule. Cependant, dictée par la peur de prendre quelques livres, elle se contenta d'un jus d'agrume, d'un café et d'une salade de fruits. Elle ne traîna pas longtemps à table. « Le mieux, c'est que je m'en aille à la plage tout de suite. »

La Costa del Sol prenait soudainement un air tempétueux. Les nuages teintés de nacre glissaient sur la voûte céleste tandis que la brise exhalait les effluves salins de la Méditerranée.

— *Buenos días !* La belle *señora* est seule ce matin ?

— Oui. Ma sœur m'a abandonnée. Mais avez-vous vu Lambert ?

— Le *mudéjar* ?

— Pardon ?

— L'*arbi* ?

Chantal ne comprenait rien de son baragouinage.

— Le grand brun, précisa-t-elle.

— Non.

L'air désappointé, elle parcourut l'horizon en déclarant :

— Le temps est à la pluie. Je me demande si je ne devrais pas rentrer à l'hôtel.

— La pluie ne s'abattra pas avant plusieurs heures. Fiez-vous à moi, j'ai du nez… un vrai baromètre ! Voulez-vous une chaise ?

— Non, deux. Je ne resterai pas toute seule longtemps.

Pablo sourit.

— Prenez celles qui vous plaisent.

Elle s'installa. Ensuite, les pieds dans l'eau, elle marcha nonchalamment vers la guinguette où, trois jours plutôt, elle avait fait la connaissance de Lambert Leroy. Peut-être s'y trouverait-il, accoudé au bar, en train de siroter une sangria. Elle l'espérait.

Sabine, attablée avec ses hôtes autour d'un bon mais maigre repas, causait de choses et d'autres. Parler arabe lui plaisait assez, d'autant qu'elle n'avait plus guère d'occasions de le pratiquer, sauf de temps en temps avec son fils.

Une fois encore, l'électricité tomba. Au-dessus de la table, les palmes du ventilateur cessèrent progressivement d'éventer les dîneurs. Une touffeur invivable pesait à présent sur eux. Ce faisant, ils s'éclipsèrent les uns après les autres, à l'exception de Farah et de Sabine qui desservaient la table. Les assiettes de faïence étaient vides. Ils n'en avaient pas laissé une miette. Un chien ne les aurait pas mieux léchées. Malgré les temps durs, ils réussissaient à se nourrir convenablement. Cependant, les rations avaient diminué de moitié.

— Notre revenu familial assure tout juste notre pitance. De toute manière, personne ne trouve à se ravitailler facilement.

Sabine compatissait aux vicissitudes de ses amis irakiens.

— Quand nous aurons terminé, j'aimerais faire quelques emplettes. Elle voulait les libérer, du moins momentanément, de leur souci de provende. Crois-tu cela possible ? dit-elle encore.

— Bien sûr.

— Et puis, sortir d'ici et prendre l'air nous fera du bien.

Il n'y avait rien de moins sûr.

— Parle-moi de Raya. Comment va-t-elle ?

— Plutôt bien, même si elle désespérait de me voir partir pour l'Irak.

— En vieillissant, te ressemble-t-elle ?

— Pas du tout. Elle passerait davantage pour ta fille. Elle a de grands yeux bruns presque noirs, une longue et épaisse crinière à faire envie. Elle ressemble à une Shéhérazade mais elle mène une vie d'Occidentale !

— Cela ne t'inquiète pas ?

— Non. Je devrais ?

— Peut-être. Personnellement, je le serais.

— À l'heure actuelle, elle est en Espagne avec son amoureux.

Étonnée, Farah laissa échapper :

— Tu acceptes ce libertinage ?

— Elle est adulte, libre et responsable de ses faits et gestes.

— Sans vouloir te vexer, je trouve qu'en Occident les femmes n'ont pas d'honneur. Tout ce dévergondage… Elles s'affichent publiquement, sans réserve aucune. Comment peuvent-elles aspirer à être respectées ? Elles ne se respectent pas elles-mêmes. On n'a qu'à regarder la manière dont elles s'accoutrent.

— Est-ce plus respectable d'être voilé ? En Occident, plusieurs pensent que le port du voile est une pratique avilissante.

— Toi, qu'en penses-tu ?

— Je crois que les humains, où qu'ils soient dans le monde, font à bien des égards pitié. La vertu est noble. Encore faut-il qu'elle soit volontaire. Aucune religion ne devrait avoir autorité sur ce que nous pensons ou faisons. D'autant que tous les beaux préceptes qu'elles véhiculent n'ont souvent rien à voir avec le Divin.

Je suis une créature de Dieu et je n'ai pas à me cacher. Mais qui suis-je pour imposer ma façon de voir les choses ? Chaque humain n'a-t-il pas la responsabilité de s'affranchir lui-même ?

— Attention ! Certaines le portent par conviction.

— En es-tu vraiment certaine ? C'est compliqué tout ça. Une chose est sûre, je suis en faveur de la liberté de penser, d'agir et d'être. Cela dit, dévergondage ou pas, Raya ne fait de mal à personne si ce n'est à elle-même. (Farah craignait d'avoir blessé sa meilleure amie.) Bon ! Pas d'eau. Que faisons-nous de toute cette vaisselle sale ?

— Dehors, il y en a un baril qui chauffe au soleil. Je vais aller en chercher un bol. C'est ce que je trouve le plus difficile, être privée d'eau courante. J'ai dû faire mon deuil des bains. Quand on est affligé d'un 50 degrés Celsius comme aujourd'hui, ce n'est pas facile. Parfois, je rêve qu'il pleut sur Bagdad, me crois-tu ?

— Sûr que je te crois !

— Je chante et je danse sous la pluie, comme dans ce vieux film américain. Et c'est un pur bonheur !

Du belvédère, la vue était impressionnante. Élaine se pâmait devant le panorama exceptionnel de la Alhambra et des montagnes enneigées de la Sierra Nevada, en arrière-plan.

— C'est époustouflant !

Pedro profita de ce premier arrêt pour faire le panégyrique de Grenade.

Comme vous pouvez le constater, le palais et la forteresse de la Alhambra surplombent la ville. Granada était autrefois la capitale d'un important royaume arabe. En 1492, les rois catholiques gagnent leur guerre contre l'Espagne musulmane, la ville tombe sous le joug des chrétiens. Commotionnés par un esprit d'intolérance et d'exclusion, les juifs et les musulmans finiront d'ailleurs par en être expulsés. Granada s'enlisera et se mourra lentement.

— Cinq cents ans plus tard, on en est encore là…

— À se faire la guerre pour des raisons d'ordre religieux, conclut Lambert.

— Allons donc ! laissa échapper Élaine d'un air hautain. Ne me dites pas que vous vous laissez aussi bêtement… « enfiferouâper » ?

— Enfiferouâper !

Il éclata de rire.

« Monsieur me colle comme une sangsue et ne se gêne pas pour rire de moi. Pourquoi je me priverais de lui dire ce que je pense ? »

— Il faut être bien naïf pour prêter à la guerre un motif aussi honorable. La religion ne sert qu'à déguiser les vraies causes, qui sont toujours politiques et économiques. Et, quant à mon français, Monsieur, je le colore volontairement de ces jolis mots qui font la richesse de la langue française de chez nous.

Lambert n'ajouta pas le moindre mot. Il était préoccupé. « Quel imbécile m'a collé cette gonzesse ? La règle est pourtant claire : elles ne doivent être ni trop belles, ni trop riches, ni trop intelligentes. » Élaine Doucet ne répondait à aucun de ces critères.

Dans l'autocar, le temps que se décrispe l'atmosphère, il jugea préférable de se tenir peinard. Et, une fois arrivé à destination, il prit ses distances sans toutefois la perdre de vue.

Visiter la Alhambra, c'est rêver aux *Mille et Une Nuits* en déambulant à travers des salles fastueuses qui s'ouvrent tantôt sur des cours intérieures, tantôt sur des patios extérieurs, c'est flâner dans des jardins fleuris où clapote délicieusement l'eau des fontaines.

Le salon des Embajadores, *précisa Pedro, est incontestablement la plus belle de toutes les pièces de la Alhambra. Remarquez les inscriptions arabes qui ornent les murs ; ce sont des versets du Coran. Dans la vie d'un Arabe, Dieu se veut présent partout.*

Les visiteurs se trimbalèrent ensuite jusqu'à la cour des Lions, sans doute la plus célèbre du palais. Plus tard, Pedro les conduisit à la résidence d'été appelée *Generalife*. Ses jardins exceptionnels font sa célébrité. C'est un éden de verdure où les arbres, les bosquets et les fleurs s'épanouissent autour d'une pièce d'eau.

Le visage d'Élaine respirait à présent la bénignité.

Lambert tenta un rapprochement.

— Regardez toutes ces fleurs ! s'exclama-t-elle en le voyant arriver. Des callas. Ce sont mes préférées. Puis elle débita de manière très théâtrale : « Observez les lis des champs, comme ils croissent : ils ne peinent ni ne filent, et, je vous le dis, Salomon lui-même, dans toute sa gloire, n'a jamais été vêtu comme l'un deux[5] ! »

Contre toute attente, Lambert enchaîna spontanément la suite du verset.

— « Si Dieu habille ainsi l'herbe des champs, qui est là aujourd'hui et qui demain sera jetée au feu, ne fera-t-il pas bien plus pour vous, gens de peu de foi[6] ! »

Le visage d'Élaine s'était illuminé.

— J'aime ce passage de la Bible. C'est beau, n'est-ce pas ?

— Juste avant, quand il parle des oiseaux, ce n'est pas mal non plus.

— Je suis agréablement surprise.

— Je sais.

À mesure que le ciel céruléen s'embrouillait, les baigneurs désertaient la plage.

---

5 *La Bible*, Mt 6.28-29.
6 *La Bible*, Mt 6.30.

Chantal ramassa ses pénates. Puis elle erra comme une âme en peine avant d'aller finalement s'attabler à la terrasse d'un petit café. Elle regardait partout, désespérant d'y voir Lambert. Depuis le matin qu'elle traînait dans les parages du Melia, sans succès. Elle se résigna à casser la croûte toute seule. Après quelques hésitations, elle commanda le menu du jour : un mérou au cari. Mais Madame bouda son assiette. Le plat avait une apparence trop exotique à son goût. De gros morceaux de banane et de cantaloup recouvraient le poisson. Elle n'y goûta même pas. Elle se contenta de siroter une coupe de vin blanc.

« Je commence à croire que j'aurais dû aller à Grenade moi aussi. Où est-ce qu'il peut bien être passé ? »

Elle resta là un bon bout de temps à ruminer.

Comme elle sortait de l'endroit, la pluie commença à tomber. « Maudite marde ! Mes cheveux. De quoi je vais avoir l'air astheure ? »

L'atmosphère entre Élaine et Lambert était à présent détendue, presque amicale. Surpris par une ondée, ils s'étaient abrités sous une des nombreuses arcades du *Generalife*.

— Dommage qu'il ne fasse pas soleil, fit-il remarquer.

— Personnellement, je ne me laisse jamais perturber par le temps qu'il fait. Et puis, il en faut de l'eau pour arroser ces fleurs magnifiques.

— Saviez-vous que pour la civilisation arabo-musulmane, l'eau est un don de Dieu ? Pour ces peuples originaires du désert, l'eau est un symbole de vie et de joie ici-bas comme au paradis.

— Il y a de l'eau au paradis ?

— N'est-ce pas l'image que nous en avons tous, un somptueux jardin où coule une eau cristalline ?

Élaine sourit.

— Probablement.

La pluie cessa soudainement de tomber et le ciel accoucha d'une belle éclaircie.

— Nous marchons ? demanda-t-elle.

— Oui. Mais méfiez-vous du... (Elle glissa sur le sol en évitant de justesse une chute avant qu'il n'ait eu le temps de terminer sa phrase.) ...pavé encore humide.

— Aïe, ouille ! Je me suis foulé le pied, dit-elle en grimaçant.

Lambert lui conseilla de s'asseoir sur le banc vert qui se trouvait à deux pas devant eux.

— Vous auriez dû mettre les chaussures que vous portiez hier.

— Mes ballerines ?

— Oui, celles qui ressemblent à des chaussons de danse.

— Vous avez remarqué mes souliers ? Eh bien !... (Elle sourit.) Gabriel, mon mari, n'est pas foutu de distinguer mes vêtements neufs de mes vieux.

— Moi, rien ne m'échappe.

Tel ce type qui, comme par hasard, convoitait les mêmes places qu'eux. Un homme que rien ne distinguait des autres touristes, mais qui assurément les filait depuis le matin.

Lambert s'accroupit devant elle.

— Je peux jeter un coup d'œil ?

Mais, avant qu'elle n'ait pu manifester la moindre opposition, il lui empoigna la cheville. Sans mot dire, elle le regardait qui lui effleurait le pied doucement tout en la caressant de l'œil. Il y avait si longtemps qu'on ne l'avait pas touchée. Il était beau à voir, comme un homme aimant peut l'être quand il s'agenouille devant sa maîtresse ; à ses pieds, ces oubliés que seuls les amants doués savent honorer. Un je ne sais quoi de frémissant traversait sa chair et elle redoutait à présent qu'il ne lise le désir instinctif qui montait en elle.

— Fermez les yeux, Élaine, et prenez une grande respiration.

— Pour quoi faire ?

— Faites-moi confiance, allez !

Bien que craintive, elle s'abandonna à ses bons soins.

— Han ! laissa-t-elle échapper.

D'un mouvement brusque, il venait de lui remettre en place le pied et les idées !

— Maintenant, levez-vous doucement. Ça va mieux ?

— C'est beaucoup moins sensible. Où avez-vous appris à faire ça ?

— Au champ de bataille.

— C'est vrai ?

— Bien sûr que non. C'est un don.

— Un don ?

— Un don, reprit-il catégoriquement.

— Bon, bon… encore des mystères…

— Il va falloir ménager votre pied. Le mieux, c'est que nous restions assis ici jusqu'au moment de partir pour la cathédrale.

— Je n'y vois pas d'inconvénient. C'est tellement beau ! Mais ne vous privez pas pour moi. Je suis habituée à rester seule.

Il connaissait aussi la solitude ; celle qui inspire comme celle qui pèse. Il vivait emmuré dans ses secrets et mystifié par le mensonge. Cependant, la cause qu'il servait valait le sacrifice de sa propre vie. Mais elle ?

— J'ai peine à croire qu'une femme telle que vous puisse être abandonnée à sa solitude.

— Mon mari travaille beaucoup. Mes enfants, de grands ados, vivent à présent leur vie. C'est normal. Je ne m'en plains pas. Je n'ai plus vingt ans. Je ne ressens plus le besoin d'être entourée continuellement.

— N'empêche, je reste avec vous.

À l'heure prévue, ils se rendirent à la cathédrale de Grenade. L'église est considérée comme l'un des plus beaux monuments gothico-Renaissance d'Espagne. Une fois la visite terminée, ils disposèrent d'un peu de temps pour fouiner dans les boutiques.

— J'entre ici. Vous m'accompagnez ? dit-elle.

— Bien sûr.

Le petit commerce regorgeait de beaux objets. Élaine aimait fureter dans ce genre de brocante, particulièrement quand elle était à l'étranger.

— Votre boutique parisienne ressemble-t-elle à cet endroit ?

— Pas tout à fait, se contenta-t-il de répondre.

Puis il s'éloigna en faisant mine de s'intéresser à un candélabre exposé au fond de la galerie. Entre-temps, Élaine fit une jolie trouvaille.

— Lambert, s'il vous plaît, donnez-moi votre avis. Ils sont beaux, mais valent-ils 550 euros ?

Il n'avait rien d'un expert. Contrairement à son père, il ne connaissait pas grand-chose en matière d'antiquité. Mais, à l'instar de sa mère, il avait l'art de se démerder facilement. Il examina les deux chandeliers. Leur base était en marbre de couleur terre et le support destiné à recevoir les chandelles représentait un petit chérubin chapeauté de trois branches, en argent.

— Vous les aimez ?

— Beaucoup, affirma-t-elle.

— Alors, ils le valent.

Élaine sourit.

— Je les prends !

— Pas si vite. Je peux sûrement vous obtenir un meilleur prix.

Il marchanda jusqu'à ce que la somme demandée lui paraisse équitable pour les deux partis. Élaine était contente.

Grâce à Lambert, elle venait de bénéficier d'un rabais de trente pour cent.

Dehors, l'air était lourd et le temps à la pluie.

Ils s'arrêtèrent au coin d'une rue.

— Je tiens dans ce sac mon souvenir de cet après-midi à Grenade. Dans le livre de ma vie, vous êtes maintenant le personnage du gentil négociateur.

Il esquissa un sourire.

Élaine n'était qu'un pion sur l'échiquier. Lui-même ne connaissait pas tous les tenants et les aboutissants de la partie qui se jouait. Voilà qu'il craignait que madame écrive en ce moment les premières lignes d'un chapitre maudit.

Puis, soudain, une pluie battante commença à tomber.

Il lui saisit la main.

Elle éprouva une sensation de gêne. Sa main était le prolongement de son cœur. C'était elle qui donnait, caressait et aimait. Qui recevait, aussi. Sa paume embrassait la sienne. Elle se sentait vulnérable et coupable d'y prendre du plaisir.

Il courut en l'entraînant sous un arbre.

Elle tenta de dégager sa main de la sienne, mais il l'en empêcha en la déshabillant du regard.

Par-delà sa réserve se cachait une sensualité troublante. Par expérience, il savait que ces femmes bon chic bon genre, l'air réservé, très distingué, ces femmes-là qui ne se laissaient pas apprivoiser facilement, quand elles se donnaient, c'était souvent sans inhibition aucune. Élaine était de celles-là.

Elle baissa les yeux.

— Oh là là ! Mon pauvre pied.

Il lâcha prise.

Assise dans le hall de l'hôtel, Chantal désespérait de voir rentrer sa sœur. Elle se leva pour aller jeter un coup d'œil à l'extérieur. L'autobus était enfin arrivé et les passagers descendaient lentement à la queue leu leu. Elle sourit en apercevant Élaine mais déchanta en constatant que Lambert descendait juste derrière elle. « C'est pas vrai ! Maudit chien de marde ! Dire que je me suis emmerdée ici toute la journée. » Elle les observa sans se faire voir.

— Élaine, attendez ! s'écria Lambert.

Elle se tourna vers lui. Il se rapprocha d'elle et, d'un geste alangui, il lui caressa le bras en ajoutant :

— J'ai passé une très agréable journée en votre compagnie.

— C'est réciproque.

— Tant mieux ! N'oubliez pas, faites tremper votre pied dans l'eau.

Puis, chacun s'en alla de son côté.

Chantal était en maudit, mais elle se garda de le montrer.

— Salut ! Tu as fait un bon voyage ?

— Excellent. Et toi, ton mal de tête ?

11

TORREMOLINOS S'ÉVEILLAIT. On ouvrait les ombrelles et on habillait les chaises longues de gros coussins aux couleurs flamboyantes. Déjà, le soleil tapait dur. Lambert ne s'en plaignait pas. À son goût, il ne faisait jamais assez chaud, jamais assez beau. Il trouvait fort agréable de faire du jogging le long de la plage et d'avoir pour toile de fond la mer infinie. Il éprouvait une délicieuse sensation de bien-être. Pour un peu, il aurait oublié l'objet de sa présence en Espagne.

— *Latanzor khalfak. Egry*, lui ordonna un complice de la cause. *Ay na el welaïtein*[7] ?

— *Tayeb.*

---

7 — Ne te retourne pas et continue de courir, lui ordonna un complice de la cause. Où en es-tu avec les deux gonzesses ?

— Ça va.

— Tu en es sûr ?

— Absolument.

— Aujourd'hui, au plus tard demain, tu devras louer une voiture.

— Pour quoi faire ?

— Tu le sauras bien assez vite. Arrange-toi pour que ce soit une de ces putains qui fasse officiellement la location. Compris ?

— Oui.

— Ne t'éloigne pas de la ville. Maintenant, penche-toi pour rattacher tes lacets pendant que je te double.

— *Anta wasek ?*

— *Darrori.*

— *Ennahrda abl bokra, lazem te agar sayara.*

— *Le maza teemel haza ?*

— *Ha teeraf sarian. Etsaraf an waheda men el shramites te aggar el sayara rasmeyan ?*

— *Naam.*

— *La tab ed an el madina. Wel an en heni alash torbot el gazma le hein amshi men hena.*

Il exécuta l'ordre sur-le-champ.

Le mystère restait entier. Il était prématuré de conclure que la cible visée se trouvait en dehors de Torremolinos simplement parce qu'on le sommait de louer un véhicule.

Face à la mer, le regard fixé sur l'horizon, voilà qu'il soupesait le pour et le contre de son engagement politique. « Une petite vie tranquille, ce serait bien ! » Il se laissa tomber dans le sable. Aveuglé par le soleil, il ferma vite les yeux. Des flashs de lumière intense, analogues à la luminescence des bombes, tapissaient l'écran noir de ses paupières.

Soudainement, des visions insupportables resurgirent de son passé.

La veille, Chantal avait traîné au bar de l'hôtel toute la soirée dans l'espoir d'y voir Lambert. Elle était rentrée bredouille. Quant à Élaine, elle s'était montrée fort discrète au sujet de son voyage à Grenade. Évidemment, Chantal ne l'avait pas questionnée de peur de laisser paraître son sentiment de frustration. Mais, ce matin, elle était dévorée par la curiosité.

— Comment c'était hier ?

— Bien.

— Il faisait beau ?

— Non.

— Dis quelque chose.

— Qu'est-ce que tu veux savoir ?

— Je ne sais pas, euh !... Comment étaient les châteaux ?

— Les châteaux !

Élaine éclata de rire.

Blessée dans son amour-propre, Chantal répliqua sèchement :

— J'ai dit de quoi rire, peut-être ?

— Les châteaux ! (Elle leva les yeux vers le ciel.) Tu n'en as rien à foutre ! C'est autre chose qui te chicote. Après un court silence, elle enchaîna : Oui, j'ai passé la journée entière avec ton Lambert. T'avais rien qu'à suivre. Je me serais fait un plaisir de te le laisser.

— Ah ! Ç'a été si pire que ça ?

— Pas du tout. Il a été charmant. Franchement, il gagne à être connu.

— Ah bon ! Raconte un peu.

— Je n'ai rien à raconter. Il a été gentil, c'est tout.

Ce petit quelque chose de nouveau dans la voix d'Élaine l'inquiétait plus que jamais.

— Tu viens déjeuner ?

— Non. Pas tout de suite. Vas-y sans moi.

— Tu me rejoindras à la plage.

— En passant, son père est Algérien. Je te l'avais dit qu'il n'avait pas une tête de Français.

Élaine prit tout son temps. C'était là une douce vengeance que de faire attendre Chantal. En arrivant à la plage, elle ne la trouva pas.

— *Buenos días, señora !*

— Bonjour, Pablo !

— Ne cherchez pas votre sœur, elle est partie se promener.

— Où nous avez-vous installées ce matin ?

— Juste ici.

— Voulez-vous me donner une bouteille d'eau plate, s'il vous plaît ?

— Bien sûr.

Elle lui tendit quelques euros.

— *Gracias !*

Elle répéta à son tour « gracias ! » en faisant joliment rouler le *r* à la manière des Espagnols.

Allongée bien à l'abri du soleil, elle fixait l'horizon en repensant à la délicieuse journée qu'elle avait passée la veille. Elle s'interrogeait aussi sur les vraies intentions de Lambert. « Il pourrait avoir n'importe quelle beauté de son âge. C'est quand même curieux qu'il s'intéresse à Chantal et à moi. Bah ! Cesse de te questionner inutilement. Considère cela pour ce que c'est : un flirt. À trois !... C'est peut-être ce qui le branche ? Si c'est ça, il perd son temps. »

Elle sortit de son sac de plage un nouveau bouquin. Ensuite, elle s'isola mentalement et plongea dans sa lecture. La bulle dans laquelle elle s'était enfermée fut cependant bien vite crevée.

— Bonjour, Élaine !

Lambert se laissa tomber, plein soleil, juste à côté d'elle.

— Bonjour !

— Il fait beau aujourd'hui.

— Très.

Il s'étendit de tout son long dans le sable chaud.

Elle jeta les yeux sur son torse nu. Une fine ligne de poils très noirs et luisants entourait son nombril et remontait jusqu'à son sternum. « Dieu ! Ce qu'il est beau... » Elle salivait en imaginant son sexe viril, dur et outrageusement retroussé, lui rendant hommage.

— Que lis-tu ? (Elle lui montra la couverture.) Ça traite de quoi ?

« C'est ça. Parle-moi, questionne-moi que je me change les idées. »

— C'est l'autopsie des attentats terroristes du 11 septembre 2001.

— Et c'est bon ?

— Je ne sais pas encore, j'ai lu seulement dix pages.

— C'est un événement qui t'a marquée ?

— Évidemment. Je me rappelle de ce matin-là comme si c'était hier. J'étais en train de déjeuner. J'écoutais RDI, une chaîne d'information continue. Tout d'un coup, on a interrompu l'émission en cours pour diffuser des images en direct de New York. Les étages supérieurs de l'une des tours du World Trade Center flambaient. Au début, les journalistes nageaient dans l'incertitude. Tantôt on parlait d'un accident, tantôt d'un attentat. J'étais rivée à mon téléviseur. Et puis… l'horreur. Comme des millions de gens, j'ai vu en direct un gros porteur emboutir la deuxième tour. Je me tenais le visage à deux mains en répétant : « C'est épouvantable ! Mais c'est épouvantable ! » Le choc passé, j'ai immédiatement téléphoné à ma mère. Comme elle ne répondait pas, j'ai sauté dans mon auto et filé chez elle. Je savais qu'elle y était. Je cognais sur sa porte comme une débile.

— *Mon doux Seigneur, qu'est-ce qui se passe ?*

— *Ouvre ta télé. Le World Trade Center est en feu. C'est un attentat terroriste.*

Elle n'a pas bougé. Elle est restée très calme et elle m'a dit :

— *Ça ne m'étonne même pas.*

— Elle a dit cela ?

— Certainement.

— Pourquoi ?

— Parce qu'elle est profondément convaincue qu'on récolte ce qu'on sème.

— Et toi ?

— Je le pense aussi.

— Donc, tu crois que c'était mérité ?

— Mérité ! Un instant. Il n'y a pas un seul individu sur toute la terre qui mérite d'être sauvagement assassiné.

— On récolte ce qu'on sème sans le mériter, explique.

— Ça n'a rien à voir avec le mérite. C'est le principe de causalité. Tout événement découle d'une cause. À quoi peut-on s'attendre quand on pratique une politique étrangère oppressive ? Tôt ou tard, la marmite saute. Le plus triste, c'est que ce sont des gens comme toi et moi qui en ont payé le prix. Ensuite, l'Amérique s'est-elle seulement posé les bonnes questions ? Pas sûr. D'ailleurs, c'est ça le pire. On est plutôt partis à la chasse aux sorcières. L'Irak a servi de bouc émissaire. Qu'importe ! Les morts de l'autre côté, du côté de l'ennemi, ça ne compte pas. C'est lamentable. Rien que d'y penser, j'en ai un haut-le-cœur. (Silence) Pourquoi tu ne dis rien ? Tu n'es pas d'accord ?

Il ne savait pas s'il devait se réjouir ou pleurer de l'entendre ; parce qu'à présent plus rien ne serait simple. « Qui es-tu, Élaine Doucet ? Pourquoi a-t-il fallu que ce soit toi ? »

— Si. Assez bavardé maintenant. Montre-moi ton pied. Il te fait encore mal ?

— À peine.

— Laisse-moi voir quand même. Il s'agenouilla puis il appuya délicatement son pouce là où elle s'était blessée. C'est sensible ?

— Non. Je ne sens presque plus rien.

— Et la douceur de ma main, tu la sens ? dit-il en lui caressant la plante du pied.

— Faut-il vraiment que je réponde à ça ?

— J'y tiens ! J'ai besoin d'être rassuré sur mes talents, lança-t-il à la blague.

— Je crains d'être bien mauvais juge ; il m'en faut si peu pour que mes sens soient excités. J'ai la sensibilité à fleur de peau…

— Oh là là.

Élaine poussa un éclat de rire.

Chantal se rapprochait d'eux. Elle n'aimait pas du tout ce qu'elle voyait. Il tripotait le pied de sa sœur. Et voilà que tout d'un coup Madame se mettait à rire comme une folle. Elle se centra sur elle-même pour calmer ses émotions, après quoi elle adopta une attitude désinvolte et entra dans le jeu.

— Salut !

Lambert garda une contenance assurée tout en cessant de promener ses mains sur le pied d'Élaine.

— Où étais-tu passée ? lui demanda sa sœur.

— J'étais pas ben loin. Je marchais sous le soleil. Il faut que j'entretienne mon bronzage. Pas question que je revienne au Québec la peau blanche.

— Pour une nordique, tu bronzes facilement.

— J'ai de la chance.

— Quel dommage qu'hier tu n'aies pas été avec nous pour visiter Granada, dit-il encore.

— J'avais la migraine.

Élaine se tourna vers Lambert en agitant une petite boîte de bonbons à la menthe.

— En veux-tu un ?

« Calvaire ! Elle le tutoie maintenant. »

— Toi, Chantal ?

— Non, merci.

— Pour compenser, que dirais-tu, ma chère Chantal, si ce soir nous allions visiter un vignoble ?

— Super !

— Élaine, tu viens avec nous.

« Désespoir ! Une autre sortie à trois. »

— L'idéal serait de louer une automobile, ajouta-t-il.

— C'est une bonne idée. J'insiste cependant pour que nous payions notre part.

— Pas de problème. Si nous partions vers 15 heures, cela vous conviendrait-il ?

Elles ne manifestèrent aucune opposition.

— Bon ! Moi, je vais me baigner, déclara Chantal en tapotant sa longue crinière blonde. Lambert, tu m'accompagnes ?

Élaine les regarda s'éloigner vers la mer. « Elle est en rogne. » Effectivement, quand Chantal se jouait dans les cheveux en prenant un grand air au-dessus de ses affaires, c'était qu'elle se sentait frustrée, voire menacée.

Sabine se trouvait dans un état de semi-torpeur. Malgré la chaleur accablante, elle s'était couchée avec l'espoir de passer une bonne nuit de sommeil. Une explosion vint soudainement briser la quiétude de toute la maisonnée. Elle sursauta. Farah avait les yeux grands ouverts. Une deuxième explosion se produisit, plus forte celle-là, puis une fusillade, suivie d'un cri. Serrées par l'angoisse face à l'imminence d'un danger, ni l'une ni l'autre n'osait parler. Et puis, soudain, un silence formidable se fit.

— Crois-tu que c'est terminé ?

— Je ne sais pas, répondit très honnêtement Farah.

Les hélicoptères rappliquèrent rapidement. Ils restèrent longtemps à vriller au-dessus du quartier.

— Je commençais à peine à m'endormir. Je crains maintenant que ce soit foutu. Pauvres enfants ! Comme ce doit être traumatisant pour eux.

— Ils finissent par s'y faire eux aussi. D'une certaine manière on s'habitue à l'idée de la mort parce qu'ici elle rode partout, tout le temps.

— Toutes ces enfances volées, martelées par la guerre. Quel gâchis !

Elle ne retint pas ses larmes. Elle aurait tant voulu cueillir les souffrances de toutes ces petites âmes. Mais pour seuls outils, elle n'avait que sa plume et ses prières.

L'heure du déjeuner arriva trop vite.

Farah prépara le thé pour toute la famille tandis qu'elle dressait la table. Quand elle était seule avec son amie Irakienne, elle parlait toujours en français. Mais, dès que de la compagnie se présentait, c'est en arabe qu'elle communiquait. Deux jours avaient suffi pour ramener à sa mémoire tout son vocabulaire.

Tout le monde s'assit à table. Évidemment, la conversation tourna autour des événements perturbateurs de la nuit. Tous semblaient croire que l'assaut avait été mené par une poignée de rebelles. Sabine s'indigna contre ces extrémistes. Brahim la rabroua et lui imposa son point de vue.

— La violence est parfois nécessaire. (Silence) Nous vivons sous un régime d'occupation. Quiconque s'en prend à ces despotes d'Américains pour libérer l'Irak fait le bien. Ces gens font partie de la résistance et la résistance est bien. Je condamne néanmoins les véritables terroristes qui tuent froidement de pauvres innocents.

Sabine respecta son hôte et s'enferma dans le silence. Elle comprenait parfaitement qu'on puisse ressentir envers l'envahisseur une haine impitoyable. Cependant, elle était profondément convaincue que la riposte ne faisait qu'alimenter le feu de la guerre.

Dans la cuisine, il ne restait que les deux vieilles amies.

— Tantôt, mon beau-frère a été assez sanglant.

— Disons qu'il n'y est pas allé avec le dos de la cuillère.

— N'empêche que je partage son avis.

— Quand j'étais petite, il m'arrivait assez souvent de me quereller avec ma sœur. Des fois, nous en venions aux coups. J'entends encore ma mère nous dire : « Qui donc sera la plus intelligente et arrêtera la première ? »

— Ta comparaison est boiteuse.

— Pas tant que ça. Pour que vienne la paix, il faut d'abord désarmer la haine et la colère.

— Tu voudrais qu'on baisse les bras devant ces salauds, ces monstres qui ont assiégé notre pays et qui encore aujourd'hui s'en prennent à des civils innocents ?

— Je rêve de paix et elle passe par le désarmement du cœur.

— Tu ne veux pas venger la mort de Salim ?

— Quel bienfait en retirerais-je ? Je me haïrais plutôt d'être pareille à ceux que je condamne.

— Je n'ai pas ta grandeur d'âme. Moi, je crie vengeance pour mon mari et mon fils.

— Une fois vengée, ta peine sera-t-elle moins grande ?

— Rien n'apaisera jamais ma peine.

— Le pardon libère.

— Je m'étonne d'avoir cette conversation avec toi.

— Je ne devrais pas prendre le risque de te parler ainsi, je sais. Mais tu es mon amie.

— Ne crains rien. Nous sommes amies, même si un monde nous sépare.

Les heures à la plage passèrent rapidement. Lambert nourrit habilement les attentes de l'une et de l'autre. Chantal retrouva son humeur folâtre et Élaine nagea dans la joie tout l'après-midi. Les regards et les sourires furtifs, échangés entre Lambert et elle, cachaient une arrière-pensée d'entente dont elle se réjouissait.

Vers 14 heures, le trio se sépara le temps de se préparer pour une visite à la campagne. Lambert alla les attendre au bar terrasse de l'hôtel. Il se commanda une sangria puis révisa mentalement son scénario.

— Je suis vraiment navré, déclara-t-il en allant à leur rencontre. Un de mes fournisseurs part pour l'étranger ce soir. Un imprévu, semble-t-il. Je n'ai pas le choix, il faut absolument que j'aille le rencontrer tout de suite.

— C'est dommage. Je me faisais une telle joie de visiter ce vignoble, déclara Élaine.

— Nous irons quand même. Je vais me dépêcher.

— Que fait-on pour l'auto ?

— Malheureusement, je n'ai pas le temps…

— Ce n'est pas un problème, Chantal et moi allons nous en occuper.

— Cela ne vous ennuie pas ? insista-t-il.

— Pas du tout, réaffirma Élaine.

— Je vais payer la location pour me faire pardonner.

— Ce n'est pas nécessaire. Nous partagerons les frais comme nous en avions convenu, insista Élaine. Après tout, tu n'y es pour rien.

— Nous réglerons tout cela tantôt, répliqua-t-il. Il jeta ensuite un coup d'œil sur sa montre en ajoutant : Retrouvons-nous ici dans environ une heure.

Ils sortirent tous ensemble de l'hôtel.

Il leur héla un taxi avant de partir du côté opposé où, pour tuer le temps, il disparut derrière les murs d'un cybercafé.

12

Le préposé au bureau des véhicules automobiles s'exécuta avec une efficacité remarquable. Les sœurs Doucet rentrèrent rapidement à l'hôtel, contrairement à Lambert qui se fit volontairement désirer.

À son retour, le beau joua de finesse.

— J'ai fait aussi vite que possible. J'espère que vous ne m'attendez pas depuis longtemps ?

— Non, non, soupira Élaine. Mais ne perdons pas de temps. Je me suis informée et les visites au vignoble se terminent à 18 h 30.

Ils sortirent du bar terrasse et marchèrent d'un pas pressé jusqu'au stationnement.

— Qui va conduire ? les interrogea Chantal en agitant les clés de la voiture.

Il trancha sans hésitation.

— Moi.

Elle déverrouilla les portières du véhicule à l'aide du porte-clés télécommande puis le lui lança. Ensuite, en moins de deux, elle se faufila sur la banquette avant de la

Fiat à côté de la place du conducteur. Élaine n'en fit pas de cas.

L'automobile filait en direction de Malaga.

Comme d'habitude, Chantal blablatait avec exubérance. Assise en arrière, sa sœur appréciait en silence le paysage champêtre qui s'offrait à son regard.

— Qu'est-ce qui t'arrive, Élaine, tu ne dis rien ?

— Ce n'est pas nécessaire de toujours parler.

Lambert sourit discrètement.

Chantal haussa les épaules puis alluma la radio. Elle pitonna jusqu'à ce qu'elle entende enfin une musique entraînante.

— C'est Julio ! s'exclama-t-elle. Ton préféré.

Puis elle se mit à chanter à tue-tête *Vous les femmes*. Sa bonne humeur était contagieuse. Élaine poussa aussi la chansonnette. C'était un beau moment de folie.

Même Lambert s'époumonait.

— Ah ! ce que tu chantes bien !

Élaine sourcilla. « Il chanterait comme une corneille qu'elle trouverait le moyen de le flatter. »

Chantal se faisait fine mouche. À plus forte raison qu'elle était résolument décidée à mettre sa sœur knock-out. Elle n'était pas dupe. Elle ne sentait plus de tension entre Élaine et lui. Durant leur escapade à Grenade, ils s'étaient de toute évidence trouvé quelques atomes crochus. Elle n'avait pas l'intention de baisser les bras pour autant. « Tu n'es pas de taille, ma chère. Cet homme-là est à moi. »

Quelque part entre Torremolinos et Malaga, ils découvraient à présent le pays vigneron du Bodegas Quitapenas. Le guide de la prestigieuse maison les amena d'abord se promener à travers les champs de vignes plantées en ouillère. Le soleil jouait dans les feuillages et la chaleur accablait les pauvres touristes. Même Chantal, qui habituellement se gorgeait de ses chauds rayons, trouvait à se plaindre.

— Y a pas un petit vent. C'est ben simple, je m'endure plus.

Élaine écarquilla les yeux. Sa mémoire venait soudainement de se dérouiller. Elle s'en voulait de ne pas y avoir pensé plus tôt. Elle sortit de son sac à main un joli éventail qu'elle agita d'un mouvement de va-et-vient.

— Où est-ce que tu as trouvé ça, maudite chanceuse ?

— À Grenade.

Elle s'éventa, s'éventa et s'éventa encore, pour son plus grand plaisir et sans doute aussi pour faire suer sa sœur qui s'accrochait à Lambert comme une sangsue.

Maintenant qu'ils connaissaient tout ce qu'un oenophile devait savoir sur le *vitis vinifera*, on les guida vers le bâtiment principal, où ils assistèrent à une présentation sur la fabrication des vins ; un exposé fragmentaire mais ayant au moins le mérite d'être clair. Puis ils furent invités à une dégustation.

Ensemble, ils portèrent un toast aux heureux hasards de la vie.

Bien sûr, Chantal folichonnait et s'amusait à faire de croustillants sous-entendus.

— Tu ne bois pas, lui fit remarquer Lambert.

— Je fais durer le plaisir. Je trempe d'abord mes lèvres dedans.

Là-dessus, elle poussa un rire extatique, provocant, comme elle en était capable.

Élaine en avait marre de l'entendre débiter toutes ses calembredaines. Elle se retrancha dans ses pensées jusqu'à ce qu'une gamine vienne lui faire du charme. La jeune enfant se dandinait en tortillant le rebord de sa robe entre ses doigts. Elle lui décocha un large sourire. La demoiselle baissa les yeux timidement.

— Ce que tu es belle ! lui lança doucement Élaine.

Mais la fillette ne réagit pas.

Lambert se désintéressa soudainement de Chantal.

— Je crois qu'elle est hypnotisée par ta blondeur.

— Veux-tu lui demander son nom ? Et dis-lui que je la trouve mignonne.

— *¿Cómo te llamas[8]?*

Avant de répondre, la gamine chercha du regard l'approbation de sa maman, qui était attablée tout près. Rassurée, la petite hésita quand même avant de décliner son prénom.

— *Penelope*, murmura-t-elle.

— Tu portes le nom d'une célébrité. Ta maman a eu du flair, parce que tu en as tout le panache. (La belle donna l'impression d'avoir compris le baragouinage d'Élaine.) Elle me rappelle ma fille à cet âge-là. Joëlle riait tout le temps.

8 — Comment tu t'appelles ?

Un vrai petit boute-en-train. Il fallait la surveiller de près. Elle aimait jouer, se cacher, et elle abordait n'importe qui.

— Comment est-elle aujourd'hui ?

— Curieusement, très réservée. Jamais on ne l'aurait cru.

— Elle te ressemble ?

— Physiquement, oui. Pour le reste, nous sommes très différentes. (Le petit chou leur envoya un gros bisou avant de disparaître dans les bras de sa mère.) Elle est adorable. Bye-bye ! lui dit-elle en lui rendant la pareille.

— Et ton fils ?

— Il est tout le contraire de sa sœur.

Un long dialogue s'installa entre eux. Il n'en finissait plus de la questionner à propos de ses enfants. D'habitude, Élaine se cantonnait dans une réserve prudente ; mais là, étonnamment, elle parlait avec une loquacité remarquable. Chantal, qui se sentait reléguée aux oubliettes, réussit à se contenir un temps, mais elle manifesta bien vite quelques mouvements d'impatience. Finalement, son mécontentement explosa.

— J'en ai plein le casque d'être ici.

Lambert l'envisagea amicalement en posant sa main sur la sienne.

— Où veux-tu que nous allions ?

— J'ai faim. Pas vous ?

De concert, ils décidèrent de rentrer à Torremolinos.

Au restaurant, il s'arrangea pour ne pas se mettre Chantal à dos.

Ce qui, a priori, devait être un jeu d'enfant semblait prendre une tangente on ne peut plus compliquée. « Je devais lui faire du baratin, me l'envoyer au besoin. Me voilà pris entre l'arbre et l'écorce. »

Après le souper, ils traînèrent, attablés à une terrasse du centre-ville. La soirée était exquise. Elles auraient aimé la prolonger mais leur compagnon exprima le désir de rentrer.

— Je ne me sens pas très bien, dit-il en se frottant la poitrine.

— Rien de grave, j'espère ? compatit Élaine.

— Je ne crois pas. Cela ressemble à une indisposition causée par un excès de table. Je l'ai bien méritée.

Ils réglèrent leur addition et partirent aussitôt.

Arrivé à l'hôtel, il s'excusa une dernière fois de devoir leur fausser compagnie.

— Je vais de ce pas me chercher une eau gazeuse, puis je monte immédiatement me coucher.

Élaine tira sa révérence sans attendre.

Chantal voulut s'imposer.

— Je t'accompagne !

— Non, répliqua-t-il sèchement. Conscient de son impair, il se reprit. Merci de ta sollicitude, mais ça va aller.

Elle courut rejoindre sa sœur dans l'ascenseur. L'atmosphère était pesante. Son silence boudeur en disait long sur son état d'esprit. Elle commençait à redouter qu'il ne lui préfère Élaine. Mais perdre la face était encore ce qu'elle craignait le plus. « Mon cher, je ne te donnerai pas le plaisir de me laisser tomber comme une vulgaire chaussette ! »

Pour sa part, Lambert se reprochait de s'être empêtré comme un néophyte. Maintenant qu'un fil le liait à Élaine, aussi ténu fût-il, il était dans le pétrin. Soit il l'indisposait furieusement en couchant avec sa sœur, soit il continuait de repousser les ardeurs de Chantal en se mettant l'exubérante blonde dangereusement à dos. S'il fallait que l'une ou l'autre le prenne en aversion, il risquait d'être mis sur le carreau parce que, tôt ou tard, leur solidarité aurait raison de lui. Il était donc impératif de caser Chantal. Il avait besoin qu'on lui prête main-forte, rapidement, puisque pour rien au monde il ne devait mettre sa mission en péril.

La consigne était formelle : ne jamais utiliser de téléphone fixe ou de cellulaire, de messagerie postale ou informatique, car ces moyens de communication laissent à coup sûr la carte de visite du destinateur. « Chaque fois que tu quitteras ta chambre, veille à ce que les rideaux soient grand tirés. Passé une heure du matin, s'ils le sont toujours, nous comprendrons que tu veux nous contacter. Tu n'auras qu'à flâner dans les parages de l'hôtel. Nous te trouverons. » Il se savait surveillé en permanence. On ne tarderait pas à se manifester.

Il regarda sa montre : 0 h 38.

Dehors, le vent berceur de la nuit susurrait sa musique et la mer scintillait sous la lune. Il s'arrêta, s'assit sur un rocher. Soudain, ne voilà-t-il pas qu'il distinguait la Voie lactée. Il resta là, songeur, inquiet. Quelque chose l'appelait à être plus grand que lui. Il soupira. En était-il seulement capable ?

Au bout d'un long moment, voyant qu'on ne venait toujours pas, il décida de rentrer au Melia. Au bar de l'hôtel, quelques bambocheurs traînaient encore. Il se commanda un stinger en faisant remarquer au barman que la place était bien tranquille.

— *No es la buena noche para encontrar una « poulette »*[9], dit-il en riant.

Lambert resta accoudé au comptoir. Ils causèrent familièrement comme le font souvent les hommes.

— *Tú tienes suerte. Mira quien entra !*

Une jolie brunette d'une trentaine d'années, moulée dans un jeans bleu, faisait son entrée. D'un regard hardi, elle parcourut la place très brièvement avant de se précipiter vers le bar. Elle échangea un sourire avec le serveur.

— *Una limonada por favor*, demanda-t-elle avec un fort accent français.

Lambert l'observait discrètement faire du charme. Elle n'avait rien de remarquable. Une belle fille comme tant d'autres.

— *Gracias !* lança-t-elle en prenant son verre.

— *¿Habla usted español ?* lui demanda le barman.

— *Solo un poquito.*

---

9 — Ce n'est pas le bon soir pour rencontrer une « poulette ».
  — Tu es un veinard. Regarde qui entre !
  — Une limonade, s'il vous plaît.
  — Vous parlez espagnol ?
  — Juste un petit peu.
  — Votre voisin parle très bien français.

Le garçon semblait déçu.

— *Su vecino habla muy bien francés*, précisa-t-il en le montrant du doigt.

Elle feignit de ne pas comprendre. Il n'en tint pas compte et il s'éloigna.

Lambert intervint.

— Monsieur joue l'entremetteur.

Elle rit.

— Normalement, à cette heure-là, je dors. Pour une raison que j'ignore, je fais de l'insomnie.

— Moi aussi.

— Oui, je sais. Vos rideaux sont grands ouverts. (Elle but une gorgée de citronnade.) Allons droit au but. Comment puis-je vous aider ?

— J'ai une épine dans le pied. Il faudrait me l'enlever.

— Rien que ça ! Elle ponctua sa remarque d'un éclat de rire.

— Chantal pourrait devenir un problème. Trouvez-lui un mec, beau, jeune mais pas trop. Ça devrait arranger les choses.

— On s'en occupe.

— Attention, c'est une fêtarde mais elle n'est pas stupide.

La jeune émissaire déposa sa veste bien en vue sur le comptoir, en faisant signe au serveur qu'elle reviendrait dans quelques minutes. Avant de disparaître, elle se pencha vers Lambert en lui murmurant malicieusement :

— Je vous laisse trois minutes pour dégager le terrain.

Il cala le reste de son verre et salua le jeune homme derrière le bar.

— *¿Usted se va*[10]*?* s'écria-t-il.

— *Si, no es mi tipo de mujer.*

Les vagues de tristesse envahissaient de moins en moins Farah. N'empêche qu'elle peinait à retrouver sa joie de vivre.

Quel sens donner à la vie quand la famine, la misère et l'horreur sont au cœur de son quotidien ?

Quel sens donner à cette vie tristement, désespérément chaotique ?

— Pardonne-moi, Sabine, mais si Dieu existe il dort. Pire ! Il est dans le coma.

Sabine croyait en Dieu et sa foi était inébranlable.

— Tu aimais ton fils…

— Plus que tout.

— T'ingérais-tu indûment dans sa vie ?

— Non, mais ce n'est pas la même chose.

— Personnellement, je pense que ce n'est guère différent. J'aime profondément Karim et Raya. J'ai fait de mon mieux pour leur inculquer de bons principes. À maintes occasions, ils les ont pourtant transgressés. En mère aimante, je leur ai lancé des avertissements, je voulais leur épargner

---

10 — Vous partez ?
  — Oui. Ce n'est pas mon type de femme.

des souffrances. Ils n'en ont souvent fait qu'à leur tête et en ont souvent payé chèrement le prix. Cette vie-là est la leur. Je ne peux pas la vivre à leur place. Je crois qu'il en est ainsi pour Dieu à l'égard des humains.

— Contrairement à toi, je manque de foi. Je m'en veux de parler comme une Occidentale, de considérer la souffrance comme une injustice ou comme un échec.

— Aurais-tu oublié que je suis une Occidentale ?

— Tu es dans un cercle à part. Je suis une infidèle. Je me sens prisonnière dans ce pays qui affiche aujourd'hui des couleurs de plus en plus fondamentalistes. Pourtant, j'appartiens bel et bien à ce peuple fort et courageux. Je n'en suis pas digne.

— Ne dis pas ça. Tu es intelligente, sensible, remplie de compassion. Qu'importe que tu croies ou pas… Toi, tu as quelque chose que personne ne peut t'enlever : la liberté intérieure ; la liberté de briser tes chaînes, de ne pas sombrer dans le désespoir.

— Mon mari et mon fils me manquent.

— À moi aussi.

Tous s'accordent à dire que la mort fait partie de la vie. Perdre un être cher n'en demeure pas moins insoutenable, en particulier quand cela découle d'un acte de barbarie. Sabine était résolument décidée à élever la voix au nom des victimes de cette guerre ignoble et injuste. Il était temps qu'elle se mette au travail. Aussi prévoyait-elle revoir son vieil ami Malek.

— Tu m'accompagnes ?

— Je ne sais pas trop. Le quartier chrétien, enfin ce qu'il en reste, est l'un des plus dangereux de la ville. D'un autre côté, cela me changerait les idées.

— Ne t'y sens pas obligée.

Sabine s'était montrée généreuse et Brahim avait finalement accepté de la conduire là-bas.

Les yeux obscurcis de larmes, elle ne reconnaissait plus ce secteur de la ville où jadis elle avait été si heureuse ; ce quartier plein d'un passé humain où tous fraternisaient, chiites, sunnites, chrétiens... Çà et là, des murs décrépits, des débris et des tas d'immondices défiguraient Dora. Les charmantes venelles d'antan portaient désormais les traces indélébiles de la guerre. Elle trouvait ô combien difficile de ne pas se laisser emporter par le flot de ses émotions. Pourtant il le fallait. « Ressaisis-toi ! S'apitoyer ne sert jamais personne. »

Brahim stationna l'automobile dans la cour intérieure. Voilée, cachée sous son abbaya noire, elle pressa le pas derrière lui. Elle se sentait observée ; à raison, puisque tout le monde s'épiait, se méfiait des uns et des autres. Ainsi accoutrée, elle ne craignait rien. Elle passait sans doute pour une cousine éloignée de Malek venue en promenade à Bagdad. La prudence était quand même de mise. Sur le seuil de l'humble demeure, les deux hommes échangèrent les politesses d'usage. Elle demeura stoïque jusqu'à ce que la porte se referme derrière elle.

Elle laissa enfin tomber son voile.

Les vieux amis restèrent immobiles et muets, se contentant, comme il se doit, de s'embrasser du regard. En présence de Brahim, il aurait été malséant, inconvenant, de se faire une accolade à la française.

Leur amitié remontait au temps où ils étaient étudiants à l'université de Moustansiriya. Homme de lettres et libre-penseur, il avait eu une carrière journalistique remarquable. D'une intelligence aguerrie, pendant des années, il avait su s'autocensurer brillamment. Puis, un jour, il avait dépassé la mesure. Ayant maille à partir avec le gouvernement Hussein, il s'était exilé en France, où il avait vécu en banlieue de Nice près d'une vingtaine d'années. Après la chute de Saddam, malgré la guerre, il était revenu vivre en Irak.

Auteur à succès, publié un peu partout en Europe, il vivait aujourd'hui de sa plume.

— Comment va ta vie ?

— Bien, répondit Sabine en illuminant son visage d'un large sourire. Et la tienne ?

— Malgré les circonstances, elle va bien aussi.

Un bruit métallique sonna soudainement le retour de l'électricité. Au-dessus de leur tête, les palmes du ventilateur reprirent lentement leur course.

— Béni soit Allah ! se réjouit Malek.

Il les invita à s'asseoir et se hâta d'aller faire du thé.

Tout à coup, des voix s'élevèrent. Cela provenait du poste de télévision installé du côté salon de la pièce. Curieux, Brahim se posta devant le téléviseur. On diffusait des clips musicaux. Apparemment, cela lui plaisait assez de pouvoir se changer les idées en regardant la télé. Malek lui donna la télécommande en lui accordant le droit de rester devant le petit écran tant qu'il le désirait, ou à tout le moins jusqu'à la prochaine coupure de courant. Ce qu'il fit, puisque de toute manière il les avait à l'œil.

Sabine huma sensuellement l'arôme de son thé au citron.

— Un *numi basrah*…

— Ton préféré. Je n'ai pas oublié.

Non. Il n'avait rien oublié.

Il la regardait se gorger de thé comme on se gorge de vin. Sa beauté capiteuse s'était perdue dans le temps. Pourtant, ni la ronde des saisons ni le cours des événements n'avaient altéré les sentiments qu'il éprouvait pour elle. Elle lui inspirait toujours l'amour. Un amour fort, puissant, profond, qu'il transportait en secret depuis sa jeunesse.

— Tu es belle.

Elle baissa timidement les yeux. Son secret en était un de polichinelle.

Elle lui avait préféré Salim. Maintenant qu'il était mort il se surprenait à rêver comme un vieux fou…

— Malek, parle-moi de la guerre.

Il éclata de rire.

— Tu veux que je te parle de la guerre ! Mais regarde autour de toi, tout parle de la guerre !

— Je veux que tu me parles de ce qu'on ne voit pas, de ce qu'on ne dit pas. (Il l'envisagea avec des yeux interrogateurs.)

Je ne veux pas qu'on oublie le peuple irakien. En Occident, cette guerre est déjà de l'histoire ancienne. Il faut réveiller les endormis, oser dire les vraies choses.

— Qui peut se targuer de connaître la vérité ? Il ferma les paupières en hochant la tête. Puis, il expira lentement avant de se laisser emporter. Renverser la dictature, créer l'égalité entre les hommes et les femmes, ouvrir les écoles aux filles, établir la démocratie… toutes ces raisons pour partir en guerre ne sont que foutaise ! Quand les Occidentaux, à commencer par les gens du commun, ceux qui lisent le journal du matin et qui écoutent le télé-journal du soir, comprendront-ils que nous ne sommes pas des Occidentaux, que nous n'aspirons pas aux mêmes choses, que la démocratie n'a pas la même couleur ici que chez eux ? Quand comprendront-ils qu'ils sont manipulés, eux aussi, autant que ces pauvres diables qui se font sauter au nom d'Allah ?

— J'ose croire qu'ils sont de plus en plus nombreux à le comprendre.

— Au début des hostilités entre l'Irak et les États-Unis, je me rappelle avoir regardé une émission télévisée, un de ces talk-shows ayant pour objet de mettre en boîte les invités, pour le plus grand plaisir des téléspectateurs. Ce soir-là, le jeune animateur interviewait la regrettée sœur Emmanuelle. Tu la connaissais ?

— Bien sûr.

— L'entrevue portait entre autres choses sur Bush et Hussein.

— J'ai vu cette émission.

— Il voulait que la religieuse prenne parti. Vous devez bien avoir un petit penchant ? lui demanda-t-il, insistant.

— Elle a déclaré prier pour les deux.

— Eh oui ! La guerre ne se résume pas en un combat entre gentils militaires venus renverser la dictature pour instaurer la démocratie et méchants islamistes, terroristes de surcroît, résolument décidés à malmener le monde. Ce serait trop simple.

— Ça, je le sais depuis longtemps.

— Le peuple irakien et ses fanatiques comme le peuple américain et ses militaires, tous, sont manipulés. Tous servent les puissants de ce monde qui ne sont jamais, au grand jamais, touchés par la violence et la misère.

— Sois plus précis. Qui appelles-tu les puissants de ce monde ?

— Les rois du pétrole. Leurs ramifications s'étendent dans toutes les sphères de la société. Les mouvements idéologiques, religieux et politiques de ce monde sont à leur solde. C'est un pouvoir invisible, éminemment puissant, qui ne défend pas la démocratie mais qui se bat pour garder son hégémonie.

— Serait-il invincible ?

— C'est un ennemi de taille, le diable incarné ! Et ses apôtres pullulent partout sur le globe.

— Je te croyais athée ?

— C'est un bien grand mot. (Il sourit avant de poursuivre.) D'un côté, on retrouve des militaires, de jeunes gens honnêtes, profondément convaincus de la noblesse de leur action, qui font la guerre pour défendre la démocratie ; de l'autre, des idéalistes qui donnent leur vie en prenant celle des autres au nom d'une vérité céleste. Leur action a beau être ignoble, leur démarche n'en est pas moins sincère. Les uns sont manipulés par le pouvoir politique, les autres par le pouvoir religieux. Ultimement, c'est le même ! Les gens de pouvoir mangent à la même table et ils vénèrent le même Dieu : l'argent.

— En Irak, qu'entraîne cette absence de vraies valeurs morales ?

— L'anarchie. Il faut comprendre que l'armée, les corps policiers, les forces spéciales… luttent non seulement contre les groupes terroristes mais aussi contre eux-mêmes, puisqu'ils n'hésitent pas à les combattre en agissant pareillement.

— Donne-moi des exemples. Essaie d'être plus précis.

— Les moyens utilisés pour lutter contre le terrorisme sont répréhensibles. Qu'importe la *Convention européenne des Droits de l'Homme* ! On arrête, torture, emprisonne, liquide de simples suspects. Et puis, on peut bien se le dire, quelle est la meilleure façon de justifier ces mesures répressives ?

— La désinformation.

— Et pourquoi ? Parce qu'on va même jusqu'à cautionner certains attentats. Un lien indéfectible existe entre le pouvoir militaire, politique et religieux. Tantôt il se relâche, tantôt il se resserre.

— Comment séparer l'ivraie du bon grain ?

— Pas facile. La preuve en est que plusieurs jeunes gens, écœurés et assoiffés de justice, se laissent embobiner par l'un ou l'autre de ces groupes armés.

— C'est bien triste.

— On n'en sort pas. C'est un cercle vicieux auquel l'humanité semble condamnée depuis la nuit des temps.

— Il ne faut pas sous-estimer la force de l'âme. Elle s'égare parfois en empruntant des chemins épineux et sombres. Mais, comme pour la femme qui enfante, sa douleur est porteuse d'une délivrance bienheureuse.

Malek posa sur Sabine un regard attendri. Une fois encore, elle l'emportait dans son orbite avec l'innocence de l'ange. Mais à quoi bon rêver? Une fois encore, elle distendrait les sangles de l'amour pour resserrer celles de l'amitié. Qu'à cela ne tienne. Aujourd'hui, il ne souffrait plus. Il prisait plutôt ce merveilleux tête-à-tête, ce pur moment de bonheur entre amis. La vie lui avait appris que le bonheur n'attend rien, qu'il se suffit à lui-même.

13

En vacances, on délaisse généralement ses habitudes pour en épouser d'autres. Les Doucet arrivèrent donc rituellement à la plage sur le coup de 9 heures. Cependant, une tranquillité inaccoutumée habitait Chantal, au point d'en inquiéter sa sœur.

— Qu'est-ce qui t'arrive ? Es-tu malade ?

— Hein ?

— Tu n'as pas dit un seul mot depuis près d'une heure.

— C'est pas nécessaire de toujours parler, ironisa-t-elle en reprenant mot pour mot les paroles qu'Élaine lui avait dites la veille.

— Tu vas finir par avoir du bon sens, lui envoya-t-elle en riant. (Elle rangea son livre.) Changement de propos, je me demande comment va Lambert ce matin. J'espère que ce n'était qu'une indigestion.

« Tant qu'à moi, y peut ben crever, l'enfant de chienne. Me faire niaiser de même. »

— J'ai pensé à ça, Élaine... on pourrait peut-être aller visiter Séville, juste nous deux ?

— Ma sainte foi ! Es-tu tombée sur la tête ?

— Quoi ! Si je veux que tu repartes encore en voyage avec moi, il faut bien que je me montre gentille.

Chantal nargua sa cadette en tirant la langue, puis elle fouilla dans son sac de plage pour prendre son indispensable miroir de poche.

Élaine n'était pas dupe. Sa sœur cachait si mal son état d'âme. Elle souffrait, se sentait blessée dans son amour-propre. La malheureuse ignorait que son plus grand ennemi était son ego démesuré. « Tu ne changeras jamais. Pauvre toi ! »

Histoire de se rassurer, à l'exemple de la méchante reine de *Blanche Neige et les sept nains*, Chantal interrogea son petit miroir. « … elle, mon œil ! Y voit pas clair. Pis y sait pas ce qu'y manque. Ah ! Pis va donc chier, Lambert Leroy. »

— Élaine, viens-tu te baigner ?

L'heure du dîner arriva somme toute assez vite.

À dix minutes de marche du Melia, directement sur le bord de mer, se trouvait un petit resto fort sympathique. Elles décidèrent de s'y rendre pour y casser la croûte. Sur place, le décor, l'ombre rafraîchissante, la voix chaude et languissante de Victoria April sur une musique d'Antonio Carlos Jobim… enfin, tout invitait à la flânerie.

— J'aime ces airs d'été, ces rythmes lancinants, bredouilla Élaine. Tu as bien fait d'insister. Finalement, je suis contente d'être en Espagne.

Chantal ne pipa mot. Le bonheur soudain de sa sœurette l'agaçait. La jalousie est un poison subtil qu'elle savait s'administrer avec l'ignorance du malheureux.

L'assiette de paella déposée au centre de la table était un régal pour les yeux. Des cœurs d'artichauts et des tomates hachées grossièrement partageaient, avec des moules, des palourdes et des crevettes, un lit de riz au safran. Une odeur exquise s'en échappait. L'une, le vague à l'âme, mangea sans appétit, l'autre, portée par un merveilleux sentiment de bien-être, avala goulûment.

— Que fait-on maintenant ?

— On retourne à la plage ? suggéra Élaine.

— D'accord, mais avant j'aimerais passer à l'hôtel pour me rafraîchir.

— Bonne idée.

Elles marchaient lentement vers leur gîte. Le soleil tapait dur mais elles ne s'en plaignaient pas. Cachées derrière de larges lunettes de soleil, juchées sur de jolies mules à talons hauts agencées à un énorme sac à bandoulière dernier cri, elles avaient du chic. Non loin derrière, un bel inconnu pressa la cadence de ses pas. Il les jalonna discrètement jusqu'à ce qu'il se décide à provoquer les choses. Il déposa sur le sol son jeune et innocent complice en lui chuchotant à l'oreille : « Vas-y, mon beau, fais-leur du charme. » La petite bête sembla comprendre. Quand le pékinois fut suffisamment près de ces dames, il lui cria :

— Picasso ! Ici, mon beau. Ici !

Là-dessus, elles se retournèrent pour voir qui on appelait.

— Ah ! le beau petit chien ! s'exclama Chantal. Je peux le flatter ?

L'homme acquiesça.

Élaine était, elle aussi, complètement sous le charme. Qui, en effet, aurait pu résister à ce joli minois aux beaux grands yeux ronds et au museau tout chiffonné ?

— Vous avez vraiment un beau petit chien, le complimenta-t-elle.

— Ce n'est pas le mien. Je l'ai emprunté.

— Emprunté ? reprit Chantal.

— C'est mon arme secrète.

— Vous partez en guerre ? ajouta-t-elle sur un ton amusé.

— Non ! À la chasse aux belles femmes.

— Et ça marche ?

— À vous de me le dire.

Chantal sourit. Elle le regarda mieux. Le type était séduisant : un faciès agréable, un teint basané, une magnifique chevelure ondulée et un corps svelte, naturellement musclé.

— Puis-je faire un bout de chemin avec vous ? osa-t-il lui demander.

— Certainement. Je m'en allais à la plage.

— Quelle heureuse coïncidence, je m'y rendais aussi.

En arrivant devant le Melia, Élaine lança malicieusement :

— Tu ne devais pas passer d'abord à l'hôtel ?

— Bof !... Je n'y tiens plus mais vas-y, toi. Tu me rejoindras tantôt.

Élaine leva les yeux vers le ciel. « Et c'est reparti ! » Puis elle alla son chemin.

À cette heure du jour, le rivage était tapissé de flâneurs et de baigneurs. Pablo leur trouva néanmoins un coin. Ils prirent leurs aises et une certaine familiarité s'installa rapidement entre eux.

— J'aime sentir le sable chaud sous mes pieds.

— Bronzé comme tu l'es, tu ne crains pas un cancer de la peau ?

— À quoi bon se faire des peurs… Après tout, je n'ai qu'une vie à vivre, conclut-il.

Jean-Paul lui plaisait assez.

— Je peux te demander…

Il l'interrompit promptement avec un brin d'effronterie, juste ce qu'il fallait pour la faire sourire.

— Oui ! Tu peux me demander TOUT ce que tu veux.

— Tout ?

— TOUT.

Elle l'envisagea avec un petit quelque chose de malin, de provocant dans le regard, avant, finalement, de lui tendre son tube de crème solaire !

Assise confortablement au bord de la piscine, les jambes étendues, Élaine observait le tumulte général. Des enfants couraient, se jetaient à l'eau. Des jeunes femmes au corps magnifique prenaient des poses, se trimbalaient à droite et à gauche. Elle se souvenait de cette époque pas si lointaine où, vêtue d'un très petit bikini, elle-même aimait se pavaner. Malgré ses formes graciles, elle ne rivalisait plus avec ces nymphettes. Mais elle ne regrettait pas le temps passé. La séduction de la jeunesse s'en était allée en même temps que la fragilité de l'âge. Aujourd'hui, quand elle plaisait, c'était de façon puissante, car elle avait su bâtir sa confiance sur autre chose que sur l'ineffable légèreté de l'être.

Catapultée chez elle par la force de ses pensées, voilà qu'elle s'inquiétait des siens. Mais elle tomba bien vite de la lune en entendant Lambert murmurer son prénom.

— Je peux ? lui demanda-t-il.

Elle poussa un peu ses jambes et il s'assit au pied de la chaise longue.

— Comment vas-tu ?

— Beaucoup mieux. Tu es toute seule ?

— Chantal est quelque part sur la plage. Elle s'est fait un nouvel ami.

— Ah ! dit-il sur un ton presque ravi, à peine voilé, tant il se réjouissait qu'on ait agi aussi rapidement.

Il jeta un coup d'œil sur le bouquin qui traînait par terre à côté d'eux.

— C'est le livre qui fait l'apologie des attentats du 11 septembre ? (Elle acquiesça d'un signe de tête.) Tu l'as enfin terminé ?

— Pas tout à fait.

— Tu lis souvent ce genre d'ouvrages ?

— Plutôt, oui.

— Tu es étonnante. Je crois bien n'avoir jamais rencontré une femme comme toi.

— Parce que je lis ? se moqua-t-elle.

— Non. Parce que tu es quelqu'un d'hétéroclite. Une intello très mondaine. (Il rit.) Toujours impeccable de la tête aux pieds... Tu passes sans doute pour une femme superficielle.

— Snob, vaniteuse et froide !

— C'est sûr. En fait, tu es simplement cuirassée. (Il la regarda un petit moment sans rien dire. Elle avait dans le fond des yeux une tristesse muette.) Qu'est-ce qui te fait tant peur dans la vie ? Mourir ?

— Je ne crois pas, non.

— Souffrir ?

— Bien sûr, comme tout le monde. Mais ce qui me fait vraiment peur... c'est la guerre.

— La guerre !

— Oui ! J'en ai une peur bleue depuis mon enfance.

— Y a-t-il un épisode de ta vie que je ne connais pas ?

Elle fronça les sourcils. Comment pouvait-il débiter une pareille ineptie ?

— Évidemment ! Puisque tu ignores tout de moi !

Il rit. Il en savait bien plus qu'elle ne pouvait le soupçonner.

— Tu as déjà vécu à l'étranger, en pays de guerre ?

— Non ! Non ! Non ! Je suis une Québécoise pure laine. J'ai grandi au Canada et j'y ai toujours vécu.

— Eh bien, alors, d'où te vient cette peur ?

— D'un rêve que j'ai fait quand j'étais petite.

— Ça devait être tout un cauchemar...

— C'était tellement réel. Je devais avoir neuf ans. Dans mon rêve aussi...

Il faisait noir. C'était un soir d'automne. Je portais un

béret et un joli manteau au col Claudine comme en avaient les fillettes dans les années 40 et 50. Je tenais ma maman par la main. Nous marchions sans dire un mot au hasard d'une ruelle. La chaussée était mouillée mais il ne pleuvait pas. Tout à coup, nous avons entendu du chahut, des cris et des pas de course. Et puis… quelqu'un, un militaire, un officier sorti de nulle part. Il nous a regardées. Nous étions terrorisées, figées sur place. Il a brandi son arme, et bang ! ma mère s'est écrasée sur le sol. Il l'avait abattue froidement. Mon petit cœur d'enfant a cessé de battre et je me suis réveillée en sursaut. Ce n'est qu'un vieux rêve pourtant…

Élaine agita ses mains devant son visage d'un mouvement de va-et-vient pour retenir ses larmes.

Chaque fois que je le raconte, je suis toute chavirée. C'est fou ! Cette nuit-là, je crois avoir pleuré toutes les larmes de mon corps. Je me suis réfugiée dans ses bras. Je lui répétais : « Maman, t'es morte. T'es morte, maman ? » « Élaine, regarde-moi, disait-elle, maman est là. » J'étais inconsolable. Je n'avais pas rêvé sa mort, je l'avais vécue. Cette expérience n'a jamais cessé de m'habiter. Alors, tu comprendras que la guerre m'horripile. Je me sens personnellement concernée chaque fois qu'il y en a une qui éclate, parce que je sais que quelque part une fillette va pleurer sa mère assassinée. Je la vois. Je connais sa douleur. Aucune enfant de ce monde, qu'elle soit blanche ou noire, chrétienne ou musulmane, ne mérite qu'on lui enlève sa mère si cruellement.

Lambert était muet.

Élaine se sentait dangereusement dévorée des yeux. Elle

reconnaissait le regard, le silence lourd de menaces de celui qui soudain bout de désir. À son tour, son corps s'affolait. L'envie d'assouvir sa chair, de consoler sa faim la tenaillait. La peur de l'irréparable aussi.

Fouetté par le désir de la goûter, de mouiller ses lèvres sur les siennes, il souffrait. Sa tête et son cœur luttaient. Il ne fallait pas. Il ne devait pas.

— Crois-tu que le destin se joue parfois de nous ? ânonna-t-il sans espoir de réponse.

Il avait longtemps rêvé d'une femme comme elle. « Toi, j'aurais pu t'aimer. »

— Salut ! (La bombe blonde était de retour. Elle lorgna Lambert avec un petit sourire en coin, l'air au-dessus de ses affaires.) Jean-Paul nous propose d'aller danser.

— Non, merci ! déclina sa frangine.

— Bon ! J'irai seule. Elle regarda sa montre. J'ai juste le temps d'aller me préparer, ajouta-t-elle avant de disparaître en coup de vent.

La soirée était encore jeune et fort prometteuse. Chantal passait du bon temps. L'humour débridé de Jean-Paul lui plaisait.

— J'aime le soleil, la plage, les filles bronzées et la vie facile !

— Tu gagnes ta vie comment ?

— Je suis vendeur.

— Tu vends quoi ?

— Je me vends ! lança-t-il très sérieusement avant d'éclater de rire.

— S'il te plaît, sois sérieux.

— Je vends n'importe quoi pourvu que ça paie ! Maintenant, terminé les questions.

Il lui vola un baiser pour lui fermer le bec.

« Oui, vaut mieux que je me taise. À force de le questionner, je vais peut-être finir par apprendre qu'il est marié et père d'une trâlée d'enfants. Gâche pas ton plaisir. Pas cette fois. »

Durant la soirée, partout où il l'avait amenée, elle s'était étonnée de ces Jean-Paul par-ci et de ces Jean-Paul par-là ! Monsieur avait décidément beaucoup de succès, particulièrement auprès des femmes. En entrant dans cette autre boîte de nuit, on l'assomma encore avec la même exclamation.

— Jean-Paul !

— *Annabella ! mi amor…*

Moulée dans une robe signée Prada, la brunette était magnifique.

— *Que lástima ! No puedo quedarme, Gilberto me espera*[11]*… Hay una super fiesta en el yate de Humberto. ¿Quiéres venir ?*

— *Puede ser.*

— *Voy a advertir para que te dejen subir. Chao !* lança-t-elle avant de s'évanouir aussitôt.

---

11 — Quel dommage ! Je ne peux pas rester, Gilberto m'attend… Il y a une bombe
   sur le yacht d'Humberto. Tu veux venir ?
— Peut-être.
— Je vais demander qu'on te laisse monter. Bye !

La jeune femme n'avait pas daigné adresser un seul regard à Chantal, qui se laissa tout de même convaincre d'aller sur ledit navire.

— D'ordinaire, il y a beaucoup de monde. Un tas de gens beaux et riches.

Une heure plus tard, ils embarquèrent à bord d'un cruiser qui faisait la navette entre la terre ferme et le luxueux yacht. Des bateaux comme celui-là, Chantal n'en avait jamais vu, sauf au cinéma. Un luxe raffiné s'étalait sur le pont comme partout ailleurs. Il n'y avait pas que de jeunes et belles personnes mais, à défaut de n'être pas tous canons, les invités avaient du chic.

— Champagne, Madame ? lui demanda un jeune homme tout de blanc vêtu.

Elle trinqua à la belle vie avec son nouvel ami.

Ils sablèrent le millésimé vin mousseux et dégustèrent le caviar à la cuillère.

— Ça te plaît ?

— Beaucoup.

— Viens. Suis-moi.

Il lui prit la main et la conduisit dans une cabine.

La chambre était somptueuse, l'harmonie des lignes et des couleurs parfaite. Le magnifique ciel de lit bleu d'azur était le centre d'attention de la pièce. Enfin, pas tout à fait.

— Wow ! Regarde la manne ! s'exclama-t-il en se ruant vers la table de chevet.

Un joli petit tas de poudre blanche et floconneuse traînait, là, bien en vue. Sans scrupule aucun, il en fit un premier trait. Tu en veux ?

— Ce n'est pas à nous, déclara-t-elle candidement.

— Voyons ! C'est pour qui en veut.

Prendre de l'âge l'ayant assagie, Chantal hésita. Il y avait des lunes qu'elle n'avait pas consommé de drogues. « Fais pas ta vieille. Sois cool. » Finalement, elle se laissa tenter.

— Le champagne me monte déjà à la tête. Ça va faire tout un cocktail.

Jean-Paul la relança en disant :

— À toi l'honneur !

Elle sniffa la coke avec une légèreté assumée, puis il en inhala une bonne lichette à son tour. Il s'essuya ensuite le nez avec les doigts.

— Ça va être ta fête, ma biche ! lui lança-t-il impudemment en la poussant dans le lit.

Elle lui offrit une moue irrésistible. Il entrouvrit la bouche, tira la langue et la lécha à petits coups. Elle se laissait goûter et griser. Son plaisir quintuplait chaque fois qu'il l'effleurait en déposant sur ses lèvres une traînée juteuse dont elle se délectait. L'euphorie n'avait pas atteint son paroxysme mais la fièvre grimpait dangereusement.

Elle le retint violemment et sa bouche gourmande épousa la sienne.

— Mmm... Il y a un mâle qui sommeille en toi, ma belle ! J'aime ça.

Son imagination vagabondait en même temps que sa main voyageuse découvrait la suavité de ses formes. Il se garda de la dévêtir. Il l'effeuillerait comme il se doit, lentement, afin que son corps alangui en bave, en demande et en redemande.

D'un geste viril, presque brutal, il la retourna sur le ventre puis dégrafa sa robe. Il l'arrosa de son souffle chaud en remontant doucement jusqu'au creux de sa nuque.

Elle se sentait glisser hors d'elle-même.

Sa peau se hérissait délicieusement.

— Dieu que c'est bon ! Ne t'arrête pas…, le supplia-t-elle.

« Ne t'en fais pas, tu vas en avoir pour ton argent. » Enfin, au prix qu'on l'avait payé, elle méritait d'atteindre le septième ciel.

— T'aimes ça ?

— Non. Mieux… j'adore, bredouilla-t-elle plaintivement.

Et puis, soudain, elle se retourna et prit les commandes. Elle tâta son sexe.

— Mmm…, ânonna-t-elle en salivant.

Sa verge lui rendait assurément un vibrant hommage. Elle sourit en plongeant son regard dans le sien. Il déboutonna sa chemise pour l'enlever mais elle l'en empêcha.

— Garde-la.

Il se leva, enleva son pantalon et son slip. La chemise ouverte, le sexe retroussé, il resta debout sans complexe.

« Dieu que c'est beau un homme ! »

À quatre pattes sur le lit, elle avança vers lui.

Il saisit son visage entre ses mains et il l'embrassa gloutonnement.

Elle l'empoigna aux hanches en lui disant :

— Viens !

Il comprit qu'elle voulait lui servir le plus exquis des hors-d'œuvre.

Elle le titilla juste ce qu'il fallait pour lui donner un savoureux avant-goût de son savoir-faire.

Un délicieux chassé-croisé s'amorça.

Sa petite culotte de dentelle rouge ne pendait plus qu'à une cuisse. Et, tandis qu'elle frémissait sous ses doigts vagabonds, il jouissait de la voir si belle. Son fragrant et singulier parfum lui chatouillait l'odorat. Surexcité, il n'avait plus qu'une seule envie : la prendre en pâture, se délecter de sa chair rose.

Il plongea tête première.

Les mains agrippées à la tête du lit, elle gémit plus d'une fois.

Ce n'était rien de plus que les heureuses prémices puisque la nuit ne faisait que commencer.

14

CES FINS D'APRÈS-MIDI SUR LE TOIT TERRASSE, à fumer en cachette, dans la douceur de l'amitié, Sabine et Farah les prisaient plus que tout. Elles y seraient restées encore, mais soudain, le bruissement régulier de la vie qui bat sembla s'éteindre. Et la chaleur, déjà accablante, augmenta brutalement, se faisant pesante et puissante bien plus que d'ordinaire. Le vent s'élevait. Le feuillage palmé des arbres gambillait. Le ciel s'obscurcissait dangereusement, passant du bleu au jaune.

— Vite, rentrons ! s'écria Farah.

La voûte céleste se colora d'orange et enfin de rouge tandis que le sable poudroyait, diaprait Bagdad d'une beauté irréelle.

Contrairement à sa belle-sœur, Sabine aimait le spectacle grandiose du désert. Il lui rappelait le temps de sa folle jeunesse où, tant que son amour l'entourait de sa présence, elle n'avait peur de rien, pas même de braver la nature.

— *Le sable me brûle les narines, Salim, et ça sent fort.*

— *Ça sent bon l'odeur du pétrole, ça sent la terre de mes ancêtres.*

Les deux veuves restèrent cantonnées dans la maison jusqu'au lendemain.

Au réveil, Farah vivait un autre de ses moments dépressifs.

— On dirait qu'une partie de moi s'est éteinte.

Sabine réagit.

Apporter du réconfort à son amie affligée par le décès tragique de son mari était la raison première de sa visite en Irak. Aussi voulut-elle la convaincre de sortir de son antre afin d'être distraite de sa douleur.

— Vis ta peine sans te laisser anéantir. Bien que cela soit difficile, c'est la seule solution. Je le sais d'expérience. Alors, sortons ! D'accord ?

— Où veux-tu que nous allions ?

— Chez Jamila ?

Farah dessina sur ses lèvres un semblant de sourire.

Plus tard en journée, Sabine passa un bref coup de fil à leur cousine. Son enthousiasme à les recevoir était de bon augure.

Rendu à destination, Brahim klaxonna discrètement et le portail de la luxueuse propriété s'ouvrit. Il pénétra à l'intérieur de l'enceinte, où il les déposa avant de repartir aussitôt.

— *Ahlan, wassahlan*[12] ! lança leur parente en les accueillant chaleureusement.

Jamila était vêtue à l'occidentale et sobrement maquillée.

---

12 Expression de bienvenue.

— Quel plaisir de te revoir. Comme tu es élégante ! souligna Sabine.

La riche citadine les invita à prendre leur aise. Elles dénouèrent leur foulard et enlevèrent leur tunique. Ensuite, elle les convia au salon.

Jamila compatit longuement au chagrin de sa cousine nouvellement endeuillée.

Farah, à son tour, s'inquiéta de son cousin.

— Comment va ton époux ?

— Bien. Azzam est parti très tôt ce matin. La tempête de sable d'hier n'est pas sans conséquences. Les personnes aux prises avec des problèmes respiratoires se multiplient. Cela ne fait qu'aggraver une situation déjà critique.

— Globalement, les choses se sont-elles améliorées dans les hôpitaux de la ville ? s'enquit Sabine.

— Oui, bien sûr. Dieu merci, les années de blocus sont terminées. Aujourd'hui, on s'approvisionne plus facilement en médicaments. Cependant, comme l'équipement médical n'est pas à la fine pointe de la technologie, on perd des vies qu'on sauverait ailleurs dans le monde.

— Il garde le moral ?

— La médecine est pour lui une vocation. Il éprouve évidemment un sentiment d'impuissance, mais bon ! Il reste fort.

— Et toi ? s'informa encore Farah.

— La vie n'est rose pour personne. Mais je me considère privilégiée. Mes enfants vont bien. Mon mari travaille…

Sabine détourna la conversation. La vie des Irakiennes avait passablement changé au cours des quinze dernières années. Comment une femme apparemment moderne s'adaptait-elle aux nouvelles règles ?

— Tu ne te promènes pas habillée comme ça dans les rues de la ville ?

— Bien sûr que non. J'enfile une abbaya et je mets un hijab.

— Trouves-tu cela difficile ?

— Je m'accommode parfaitement avec la situation. En fait, je suis loin d'être contre. C'est une tradition qui a son sens.

— Ah bon !

— Je comprends parfaitement ton étonnement. J'ai long-temps voulu rompre avec la tradition et je n'ai pas toujours été une bonne musulmane. Mais, par les temps qui courent, je le porte fièrement.

Quelque peu surprise, Sabine s'exclama :

— Par conviction religieuse ?

— Le voile islamique est une obligation.

Sur ce, Farah l'interrompit prestement.

— Les théologiens ne s'entendent pas tous là-dessus. L'unanimité se fait sur la bienséance vestimentaire !

— Je te l'accorde. Cependant, comme me le faisait remar-quer Azzam, il n'y a pas de meilleure façon d'affirmer son identité.

Sabine ne savait que penser de cette nouvelle fierté identitaire.

En Occident, le port du voile islamique est considéré comme une pratique patriarcale et sexiste. Il est le symbole suprême de l'avilissement du corps de la femme. Il marque une inégalité entre l'homme et la femme. Mais, en effet, il démarque le musulman du non-musulman.

« De par le monde, de plus en plus de femmes instruites et cultivées comme Jamila se laissent convaincre de porter le voile pour devenir des instruments de propagande. J'ai bien peur que cela ne soit qu'une manipulation sournoise et dangereuse de plus pour garder autorité sur elles. Une chose est sûre : ce faisant, elles leur restent assujetties. Il y a parfois de ces comportements bizarres, incompréhensibles chez les femmes dites émancipées. »

Dans un autre ordre d'idées, elle-même se rappelait avoir jadis abandonné son soutien-gorge par militantisme ; un geste éminemment provocant, à la limite érotique, contre lequel bien peu d'hommes s'étaient évidemment récriés. Les femmes de sa génération cherchaient, à l'époque, à rompre avec le rôle traditionnel auquel elles étaient contraintes depuis toujours, à se libérer de toute autorité masculine, à prendre possession de leur vie, de leur corps, de leur sexualité. Leurs revendications étaient incontestablement légitimes mais les moyens de les satisfaire plutôt serviles.

Jamila enchaîna avec virulence.

— Les Américains doivent comprendre qu'ils ne nous imposeront pas leur façon de vivre ; d'autant que leur monde en est un de violence et de pornographie.

Brahim, Malek et maintenant Jamila, tous semblaient obsédés par la peur de devoir renoncer à leur identité religieuse et culturelle. « Curieusement, les Occidentaux redoutent le monde arabe sensiblement pour les mêmes raisons. Mais, évidemment, le diable est toujours dans l'autre camp ! Les uns luttent contre la décadence et les autres contre le terrorisme. »

Sur le chemin du retour, les deux femmes demandèrent à Brahim de s'arrêter à la boulangerie. Il stationna devant l'échoppe. Une savoureuse odeur de pain chaud leur chatouillait l'odorat. Sabine aimait le spectacle du vieux boulanger. D'abord, il modelait habilement la pâte pour lui donner la forme d'une crêpe, puis il la jetait contre les parois brûlantes du four. Le temps qu'il reprenne haleine une minute et voilà que déjà il se pressait de défourner. Sabine ne résista pas à la tentation de prendre un quignon de pain. « Toujours aussi fin et croustillant. » C'était rassurant de constater que certaines choses restaient inchangées. Elle trouvait des galettes irakiennes à Paris mais jamais d'aussi bonnes. Farah en fit une bonne provision.

Ensuite, elles remontèrent dans la voiture.

Brahim repartit aussitôt.

Sabine se félicitait d'avoir convaincu sa belle-sœur de sortir de chez elle. Manifestement, Farah avait retrouvé une certaine joie de vivre.

Tout à coup, un bruit sourd retentit.

Dans l'instant, l'atmosphère tranquille devint tempétueuse et leur véhicule fut rattrapé par un souffle d'une violence destructrice. Hors de contrôle, fouettée par une pluie d'objets hétéroclites, l'automobile alla se fracasser sur un muret de béton avant de s'immobiliser.

Brahim avait encaissé le choc sans trop de mal. Derrière, les deux femmes étaient muselées par la peur mais saines et sauves. Comme la voiture ne redémarrait pas, il les somma de descendre *illico*.

Sabine obéit sur-le-champ.

Farah ne réagit pas. Elle semblait coupée du monde réel, dans un état second, morte sans l'être, indifférente à tout ce qui pouvait lui arriver et absolument incapable d'exprimer la moindre émotion.

Brahim la somma à nouveau de sortir.

Elle ne broncha pas, complètement sonnée, paralysée.

Il l'accrocha par le bras et l'extirpa brutalement du véhicule, puis il lui aplomba une bonne gifle en plein visage.

Elle saignait du nez mais avait repris ses esprits.

Eux s'en étaient sortis indemnes. Mais, assurément, tous n'avaient pas eu cette chance. Sans réfléchir et sans mot dire, Sabine s'éloigna des siens pour aller prêter assistance à des personnes en danger.

— Reste ici, c'est trop dangereux, lui intima Brahim avec l'index.

Elle fit la sourde oreille. Rien ni personne n'aurait pu l'en empêcher. « Oh… Salim ! Salim ! » répétait-elle dans sa tête. Qu'importe le danger et qu'importe pour qui, cette fois, elle y serait et Salim y serait avec elle par-delà la mort.

Elle cacha sa bouche derrière ses mains.

« Oh, mon Dieu ! Mais c'est épouvantable… »

Elle se retint pour ne pas vomir.

Le spectacle était insoutenable, le carnage monstrueux. La chaussée, la devanture des magasins, les bacs à fleurs, tout était rouge de sang. Il y avait des cadavres atrocement mutilés partout ; certains étaient complètement déchiquetés, d'autres n'avaient plus ni bras ni jambes. Un essaim de hurlements bourdonnait dans ses oreilles. Elle continuait d'avancer en implorant Dieu de ne pas l'abandonner, de ne pas abandonner ces âmes innocentes.

Étendue par terre, le corps maculé de sang, une jeune femme se mourait.

Sabine s'accroupit puis se pencha au-dessus d'elle. Comme une mère aimante l'aurait fait avec son enfant, elle lui caressa tendrement le visage en lui murmurant :

— *Ana hena*[13].

— *Maya ! Maya !… ebny…*, geignit-elle.

« Oh non ! mon Dieu ! Un bébé… »

La pauvre anonyme rendit l'âme.

Sabine lui ferma les paupières en même temps qu'un rideau de larmes se rabattait sur ses propres yeux. Cette hécatombe rappelait tristement à sa mémoire la mort sanglante de son bien-aimé. Le cœur lui saignait. Elle s'en voulait amèrement de ne pas avoir été là quand il était passé de vie à trépas. Mais elle devait boire le calice jusqu'à la lie.

---

13 — Je suis là.

— Maya ! Maya !… mon bébé…

Elle se releva.

Il fallait qu'elle retrouve l'enfant, qu'elle la tire de ce bourbier. Maintenant !

Les sirènes des ambulances hurlaient, les secours accouraient tandis qu'elle cherchait désespérément la rédemption.

Soudain, l'horreur…

La tête du bambin reposait sur un lit de dattes à côté de son petit corps décapité.

— Bienvenue en enfer ! lança un secouriste que plus rien hélas n'ébranlait.

Durant toutes ces années de guerre en Irak, Sabine avait côtoyé la misère et la souffrance ; des individus défigurés, mutilés, brûlés, vivant dans la nuit ou dans le silence, privés à tout jamais de la douceur du miel, du plaisir de caresser ou de sentir le parfum capiteux de l'être aimé, mais jamais elle n'avait vu l'horreur d'aussi près.

Des visions abominables venaient constamment la hanter malgré son obstination à les combattre. Ce n'est que tard dans la nuit qu'elle réussit enfin à se réfugier dans le sommeil. Un sommeil peuplé d'images cauchemardesques.

« Où suis-je ? Pourquoi fait-il si noir ? Pourquoi ai-je peur ? Et de qui, de quoi ?... Qui vient ? »

Elle percevait une ombre dans la nuit. Voilà qu'elle distinguait Raya, sa fille. D'une soudaineté foudroyante, la belle enfant lui servit sur un plateau de bois la tête de Karim, son fils bien-aimé.

Sabine se réveilla en sursaut. Elle était en sueur et son corps tremblait comme une feuille. Elle s'assit en portant ses deux mains à son cœur, puis elle s'effondra en larmes.

Quand donc cesserait ce carnaval de la mort ?

« Un, deux… quarante-huit, quarante-neuf, cinquante ! Terminés les *push-up* ! » Lambert en avait suffisamment fait pour ce matin. S'entraîner était vital. Maintenant, il irait courir. Il avait l'habitude de faire une séance de vingt kilomètres par jour. Ici, histoire de ne pas attirer l'attention, il en ferait cinq, pas davantage.

Le jour se levait et la ville s'éveillait lentement.

Comme il sortait de l'hôtel, un cabriolet grand sport rouge ralentissait devant l'entrée. Il feignit de ne pas voir Chantal assise à côté du chauffeur et déguerpit. « Vaut mieux l'éviter celle-là. »

Jean-Paul stoppa son bolide et alla ensuite lui ouvrir la portière.

— Je te rejoins à la plage en début d'après-midi.

Il avait reçu le mandat de l'occuper, de satisfaire ses moindres désirs pendant les trois jours à venir. Après, on se manifesterait au besoin. Il ignorait tout à fait de qui provenait la consigne mais il s'en balançait royalement. On l'avait grassement payé et cash ! C'était tout ce qui comptait. Pourvu que cela paie, il était prêt à n'importe quelle bassesse. On pouvait s'y fier. Il s'acquittait toujours de sa tâche avec une extrême efficacité. Cette fois, la besogne avait été facile tant le fruit à cueillir était mûr.

Chantal tourna doucement la poignée de la porte.

Élaine sursauta. La mère en elle s'était inquiétée de ses ouailles une bonne partie de la nuit. Elle n'avait dormi que d'un œil.

— Te v'là. Quelle heure est-il ?

— Un peu passé 5 heures.

— Ouf ! T'es pas mal « déqueutée ». Inutile de te demander si tu as passé une bonne soirée…

— ÉCŒURANTE ! Jean-Paul, c'est un méchant bon coup. Un taureau ! J'te mens pas… T'aurais dû voir le yacht sur lequel il m'a amenée. Du genre qu'on ne voit que dans les films. Un bateau de millionnaire.

— Ouin.

— Je me suis gavée de caviar. Le champagne coulait à flots et puis… « Dis-lui pas ça. Tu vas l'avoir sur le dos pour le reste du voyage. »

— Finis ce que tu as commencé !

— Je me suis éclatée pas à peu près. J'ai baisé quasiment toute la nuit.

— Il a quel âge, ton gigolo ?

— Trente-quatre.

— D'abord Lambert et puis Jean-Paul. Tu ne trouves pas ça curieux…

— De « pogner » auprès des jeunes ? Non, pas du tout. Je ne suis pas un pichou, que je sache, s'offusqua-t-elle.

— Depuis quand les hommes préfèrent-ils les femmes plus âgées ? Sans être un « pichou », comme tu le dis, tu n'es plus une poulette non plus…

— Y a rien de surprenant là-dedans puisqu'il y a juste toi qui sais mon âge.

— Tu n'as quand même pas l'air d'avoir trente ans.

— On dirait que t'es jalouse. (Élaine cligna des yeux en prenant un air hautain.) T'es habituée à voyager avec ton mari. C'est ben sûr qu'y a pas un seul homme qui va t'approcher quand il est dans les parages. Deux belles femmes comme nous, sans âge, ça ne reste pas tout seul longtemps.

— Quand même…

Même si elle connaissait très peu Jean-Paul, elle le trouvait bien trop attentionné pour lui faire confiance. D'une certaine façon, Lambert aussi.

— Qu'est-ce que tu t'imagines encore ? Qu'ils en veulent à notre argent ? J'ai pas une maudite cenne. Je dépense tout ce que je gagne. Quant à toi… ils ont plus de chance de te mettre la main au cul que dans le portefeuille.

Chantal éclata de rire.

Choquée, Élaine rouspéta vivement.

— Ah ! Ce que tu peux être vulgaire des fois. Et puis, je te ferai remarquer que je n'ai pas de problème avec le sexe. Je n'en ai jamais eu. Mais il y a toute une différence entre toi et moi, répliqua-t-elle sèchement.

— Bon, bon ! c'était rien qu'une blague… Et toi ?

— Moi *quoi* ?

— Qu'est-ce que tu as fait hier soir ?

— Rien de spécial.

« Le beau Lambert était sûrement dans le décor. » Elle digérait encore bien mal qu'il lui ait préféré sa sœur. Tout d'un coup, sa folle nuit lui semblait être un faible prix de consolation.

Lambert revenait à l'hôtel bredouille. Bien qu'il l'ait espéré, personne ne s'était manifesté. Il avait la nette impression de faire du sur-place. « Inutile de t'arracher les cheveux. » La patience n'était pas l'une de ses vertus mais la vie lui avait enseigné à la maîtriser.

Après avoir pris une bonne douche, il enfila un jeans, un t-shirt, et alla ensuite s'écraser dans un café pour y lire les actualités.

Carnage à Bagdad : 15 morts et 52 blessés

Hier, en fin d'après-midi, sur une rue achalandée de Karrada, un kamikaze s'est fait exploser, emportant avec lui dans la mort une quinzaine de personnes et faisant 52 blessés. L'individu a foncé sur un immeuble commercial à bord d'un véhicule apparemment lourdement armé. Les bombes artisanales (généralement des bouteilles de butane remplies d'explosif et de mitraille) sont d'une efficacité redoutable. Depuis le début du conflit, on compte…

« J'ai de la parenté à Karrada… »

Quand les nouvelles seraient-elles enfin bonnes ?

Il rentra.

Manifestement, quelqu'un était passé dans sa chambre avant lui. Deux tickets et une clé avaient été laissés bien en vue sur la commode brune. Il regarda les billets de près : « LGV Séville-Madrid ». Puis, il examina la clé. Elle ressemblait à celle d'un dépôt ou d'un casier à bagages. Était-ce pour y prendre ou y déposer quelque chose ? Tant de questions restaient encore sans réponses. En tout cas, il n'était assurément pas seul sur le coup. Mais où donc se terraient les autres loups de la meute ? Combien étaient-ils ? Deux, quatre ? Peut-être davantage. Qu'est-ce qui était visé ? La gare, le train ? À moins que cela ne soit l'une des destinations desservies par le réseau ferroviaire. L'énigme restait entière. Chose certaine, les prochaines heures seraient cruciales. Et tout se jouerait le surlendemain.

15

Chantal dormait encore profondément en milieu d'avant-midi, et pour cause, elle avait fait la fiesta toute la nuit. Élaine lui laissa un mot, bien en vue, sur la table de chevet placée entre les deux lits jumeaux : « Partie faire un tour. Ne t'inquiète pas. Bonne journée ! » Puis elle sortit en refermant doucement la porte.

« Rester toute seule va me faire du bien. » Elle cherchait surtout à éviter Lambert, car leur souper en tête-à-tête de la veille avait été merveilleux. Bien trop. « C'est le diable venu me tenter, celui-là. »

Elle alla se réfugier pas très loin, à quelques minutes de marche du Melia. La ruelle peuplée d'artisans était ensoleillée et bordée de jolies maisons blanches où, derrière le grillage en fer forgé des fenêtres, s'épanouissaient de magnifiques fleurs rouges. Elle rêvassa un temps avant, finalement, de s'asseoir à l'ombre sur la terrasse d'un charmant petit resto.

— *Ensalada tomatoes, por favor*[14] ! demanda-t-elle avec un accent terrible.

Le garçon sourit sans malice.

— *¿Quiére usted tomar algo, señora?*

— *Si. Vaso vino blanco.*

Le vin était bon. Elle le goûtait à petites gorgées en observant les passants.

Son repas lui fut servi assez rapidement. À sa grande surprise, les tomates étaient moitié vertes et moitié rouges comme des pommes ! Les fruits, mélangés à de l'oignon, à du céleri ainsi qu'à un demi-piment banane haché finement, étaient assaisonnés d'ail, d'origan, de sel et de poivre, puis arrosés de jus de citron et d'huile d'olive.

— Mmm ! quel délice !

Malgré leur apparence, les tomates étaient mûres, chaudes et juteuses. Elles sortaient directement du potager de l'arrière-cour.

Après le repas, elle resta assise un moment à l'ombre.

« L'Espagne plairait à Gabriel... C'est trop bête la vie... Moi non plus, je ne suis peut-être pas douée pour l'amour. Mais, ici-bas, quelqu'un l'est-il vraiment ? » C'en était assez. Elle mit un terme à son introspection, se leva et alla fouiner dans la boutique d'à côté qui se spécialisait dans la vente de linges de maison pour la table. La plupart des pièces exposées étaient en coton, brodées à la main et ornées de dentelles. Elle s'acheta deux nappes : l'une blanche

---

14 — Une salade aux tomates, s'il vous plaît.
    — Désirez-vous boire quelque chose, madame ?
    — Oui. Un verre de vin blanc.

et ronde, l'autre écrue et ovale, convaincue qu'au Québec, même pour le double du prix, elle ne trouverait pas un travail aussi soigné.

Dehors, il faisait de plus en plus chaud et les estivants désertaient peu à peu la venelle. Elle avala une bonne gorgée d'eau. Elle se sentait merveilleusement bien. Par intervalles, l'image de Lambert s'imposait à son esprit en même temps que la douce et enivrante impression de bonheur.

Elle entra ensuite chez un potier. Des faïences toutes plus belles les unes que les autres décoraient les murs et s'empilaient sur les étagères. Elle prit une assiette très joliment peinte à la main. Le jaune et le bleu qui maquillaient l'écuelle étaient particulièrement lumineux. « Ce serait un beau souvenir de vacances. » Elle hésitait, l'examinait, la retournait d'un côté et de l'autre. Là, sans qu'elle s'y attende, Lambert lui entoura la taille.

— Bonjour ! lui murmura-t-il dans le creux de l'oreille.

Elle se retourna lentement sans qu'il enlève ses mains.

« Il ne faut pas que tu me touches. » C'était fou, son corps s'emballait.

— Je t'ai cherchée partout avant d'aboutir ici, ajouta-t-il.

— Comment m'as-tu trouvée ?

— Chantal m'a dit que tu étais partie faire un tour. Avec cette chaleur, tu ne pouvais pas être bien loin. Je suis venu te chercher pour t'emmener en balade.

— Ah bon ! Où ça ?

— Quelque part où nous serons seuls au monde.

— Tttt...Tttt...

— Je vais être sage. Je te le promets. Fais-moi confiance !

— Pas question.

— Tu me donnes du fil à retordre. Mais j'en ai vu d'autres. (Il sourit.) Écoute, il y a un coin de plage superbe, en allant vers Fuengirola. J'ai pensé que nous pourrions y faire un pique-nique. (Il fit une mine piteuse.) J'ai déjà acheté les provisions. Alors, tu viens ?

Élaine se mordillait la lèvre. « Je meurs d'envie d'y aller, mais… »

— Dis ouiiiii…

« Et puis… et pourquoi pas ! »

— D'accord !

— Tu as ton maillot de bain avec toi ?

— Dans mon sac.

— Et les clés de la bagnole ?

— Non, mais de toute manière il faut d'abord que je passe à l'hôtel.

Effectivement, le site était splendide. Une allée de cyprès magnifiques, hauts et droits, entourait la route qui longeait la mer. Et des fleurs par centaines embellissaient un paysage en soi enchanteur.

— Non seulement c'est beau, mais c'est aussi un coin tranquille, lui fit-il remarquer.

— À qui le dis-tu ! Il n'y a personne ici !

— Toi et moi, c'est bien suffisant.

C'était un joli compliment. Elle sourit.

Ils s'installèrent à l'ombre de quelques palmiers qui avaient pris racine sur le rivage.

— Tu veux manger quelque chose ? J'ai acheté de la pissa-ladière, du fromage…

— Non, merci, pas tout de suite.

— Tu veux trinquer ?

— Oui… Des coupes en verre taillé ! Ma parole ! C'est le grand luxe…

— Tu n'as rien vu.

Il retira d'un bissac en toile verte une bouteille de mousseux.

— Du champagne ! s'exclama-t-elle.

— Attends, attends…

Il déposa la bouteille dans le sable, avant de tirer sur la glacière dans laquelle il avait caché une élégante fleur blanche.

— Un callas !

— Ta fleur préférée. (Silence) Tu ne me dis pas merci ?

— Bien sûr, merci !

— J'ai risqué ma vie pour te l'apporter. Blague à part, je l'ai piquée dans le jardin de l'hôtel.

— Ah ! le gentil vilain !

— Je savais que cela te ferait plaisir. Il faut parfois outre-passer les règles.

Elle le regardait décoiffer la bouteille tandis que, dans sa tête, se jouait un air de jazz. Plop ! Ils éclatèrent de rire. Le bouchon venait de sauter. Le champagne dégoulinait et ils étaient mouchetés, parfumés de Veuve Clicquot. Ils portèrent un toast. Puis, il l'entraîna dans l'océan. Comme dans la chanson[15], il y avait le ciel, le soleil et la mer. Et les *di ba da* qui n'en finissaient plus de lui étourdir l'esprit…

Elle se laissa tomber sur sa serviette de plage pendant qu'il faisait encore quelques brasses, puis elle l'observa qui venait vers elle. Il faisait volontairement clapoter la mer sous ses pas. Sa peau ambrée brillait au soleil comme un diamant de la plus belle eau. « Ayayaïe ! Comment je vais faire, moi, pour ne pas perdre la tête ?

Il s'affala juste à côté d'elle.

Élaine retoucha nerveusement sa coiffure.

— Mes cheveux sont tout mouillés. Je déteste être dépeignée.

— Échevelée comme ça, tu as un petit quelque chose de…
Il n'acheva pas sa phrase et enchaîna plutôt : Tu as bien raison.

— Enfin ! Un homme qui me comprend.

— La plus belle parure d'une femme, c'est sa chevelure. (Il voulut glisser sa main dans ses cheveux blonds, mais elle recula pour l'en empêcher.) Excuse-moi, je ne voulais pas…

Elle l'interrompit prestement.

— Il n'y a pas de faute.

Il prit une bonne gorgée de champagne et il enchaîna de manière inattendue :

— Parle-moi de ton mari.

— De mon mari !… Pourquoi je te parlerais de mon mari ?

— Parce qu'il est continuellement avec nous… ou entre nous, c'est comme tu veux.

---

15 *Le ciel, le soleil et la mer*, paroles et musique de François Deguelt.

— Tiens donc !

— Si tu n'étais pas mariée… ce serait différent, n'est-ce pas ? (Elle demeura stoïque un instant.) Tu ne dis rien ?

« Je ne peux quand même pas te dire que tu me vires à l'envers, que ça me prend tout mon p'tit change pour te résister et que tu m'empoisonnes l'existence tellement j'ai envie de toi. »

Elle s'efforça de garder une contenance assurée en lançant :

— Une fois que le plaisir est goûté, qu'arrive-t-il ?

— Dans le meilleur des cas, on en redemande.

— Mais après en avoir redemandé, après s'être rassasié ?

— À toi de me le dire.

— Le plaisir s'envole en laissant derrière lui un douloureux sentiment de vide.

— C'est la peur qui t'empêche de te laisser aller ?

— Non. C'est le respect de mes engagements et la sagesse.

— As-tu toujours été aussi sérieuse ?

La question l'indisposa.

— Je ne suis pas si sérieuse. La preuve en est que je suis ici avec toi.

— La dernière chose que je souhaite, c'est que tu sois déchirée par les remords. (Il avança la main pour qu'elle y dépose la sienne.) Être ici avec toi, c'est déjà un cadeau du ciel.

Il s'inclina en lui baisant tendrement la main.

Sabine ferma les yeux en expirant lentement. Derrière le mur d'horreurs de ses pensées, elle imagina une belle oasis où d'élancés et élégants palmiers se dressaient sur le bord d'une sebkha d'eau cristalline. Elle resta un moment stationnée dans son paradis imaginaire, à l'abri de la laideur du monde.

Ce matin, Brahim avait refusé de la conduire chez Jamila, même moyennant un substantiel supplément. Il avait prétexté qu'il avait plus important à faire et que de toute manière Farah y était en sécurité. Sabine croyait plutôt qu'il avait la frousse de sortir après la peur bleue qu'ils avaient eue la veille. Elle-même n'était pas le courage incarné mais elle tenait absolument à être au chevet de son amie, qui avait finalement été conduite chez leur cousine. Tout de suite après l'attentat, Brahim l'avait amenée à l'hôpital. Mais à Al-Kindi, le principal centre de traumatologie de la ville, comme on avait plus urgent à faire que de s'occuper d'une femme en crise de nerfs, on s'était contenté de lui administrer un médicament avant de la retourner chez elle. Sabine, craignant pour la santé mentale de sa belle-sœur, avait fait demander leur cousin Azzam. « Je ne peux rien faire. On est débordés ici ! » Elle avait insisté : « Je redoute le pire. Elle est au bout du rouleau. » En fin de compte, il avait suggéré à Brahim de la confier aux bons soins de Jamila : « Ma femme est infirmière. Elle saura s'occuper d'elle. J'y veillerai personnellement. »

Aujourd'hui, Brahim ne la reconduirait pas auprès de Farah mais il ne l'empêcherait pas d'y aller par ses propres moyens, même si c'était au péril de sa vie, puisqu'au fond, il se moquait éperdument de ce qui pouvait lui arriver. Car enfin, Sabine n'était qu'une femme et de surcroît une chrétienne.

Malek pouvait l'aider.

Elle passa un coup de fil à son fidèle ami. Ils s'entendirent sur l'heure et l'endroit du rendez-vous qu'elle souhaitait à l'abri des regards indiscrets.

Le soleil était à son zénith et la chaleur dévorante. Les yeux cachés derrière de larges lunettes de soleil, les cheveux camouflés sous un foulard et le corps dissimulé sous une abbaya, elle marchait lentement, péniblement, vers son point de rencontre.

Sabine regarda discrètement derrière elle. Un véhicule se rapprochait d'elle. Inquiète, elle accéléra le pas en continuant d'avancer droit devant. La voiture la doubla puis s'immobilisa. C'était Malek. Elle monta rapidement derrière.

— Ça va ? s'enquit-il.

— Oui.

Ce oui-là n'était guère convaincant.

— Enfin ! laissa-t-elle échapper comme un cri de soulagement. Dans l'automobile climatisée, elle ne sentirait plus la touffeur du jour peser sur elle.

Malek la regarda par le rétroviseur. Elle détachait son foulard.

— Ne fais pas ça. Garde-le. Comme ça, tu es semblable aux autres. C'est préférable pour passer les points de contrôle.

Je t'amène en périphérie de la zone verte[16]. Tu t'y sentiras plus en sécurité.

Sabine était blême de peur. L'expérience traumatisante de la veille lui martelait le cerveau. Aujourd'hui plus que jamais, elle sentait la menace qui grondait, qui venait de partout, aussi bien des terroristes que des miliciens véreux.

« Calme-toi », se répéta-t-elle avant de s'ordonner de prier. « Notre Père qui êtes aux cieux… » Ce *Pater*, qu'elle ne récitait pratiquement plus, voilà qu'elle s'y accrochait désespérément comme on se cramponne à une bouée de sauvetage.

— Tu veux que je mette de la musique ?

« La musique, ça change les idées. » Elle hocha la tête en même temps que de pousser un oui.

— Orientale ou occidentale ?

— Occidentale, répondit-elle en espérant ainsi pouvoir oublier momentanément où elle était.

Malek inséra un CD de Céline Dion dans le lecteur.

S'il suffisait d'aimer, chantait la chanteuse[17].

« Est-ce si difficile de conjuguer le verbe aimer ? »

Tout d'un coup, une vague d'émotions la submergea tout entière. Bagdad, sa ville chérie, était l'hôte du diable. La bêtise humaine atteignait ici son paroxysme.

Elle essaya en vain d'étouffer ses pleurs.

Malek interrompit raide la musique.

---

16 Zone internationale dite verte : secteur hautement protégé de Bagdad où siège l'ambassade américaine.

17 *S'il suffisait d'aimer*, paroles et musique de Jean-Jacques Goldman.

Il désespérait de pouvoir enfin stopper la voiture pour la réconforter.

Il ralentit.

Sabine renifla.

— Ne t'arrête pas. J'ai repris le contrôle de mes émotions. Ça va mieux.

Il fila vers le Tigre sans ralentir, hormis aux contrôles réglementaires.

Trente minutes plus tard, ils rentraient dans un restaurant branché, si tant est qu'il y en avait encore dans Bagdad.

— Beaucoup d'étrangers viennent ici, lui fit remarquer Malek.

Sabine jeta un coup d'œil autour d'elle.

En effet, ils occupaient d'ailleurs la majorité des places. Il s'y trouvait également plusieurs femmes vêtues à l'occidentale. Probablement, pensa-t-elle, des militaires ou des diplomates.

— Cela t'ennuie ?

— Non, répondit-elle. Je vais en profiter pour me déshabiller un peu.

— Je suppose que tu portes là-dessous une belle robe très...

— ...fraîche, et tout ce qu'il y a de plus parisienne.

— Ne fais pas ça.

— Pourquoi ? s'étonna-t-elle.

— Nous sommes en pays de guerre. Il y a des espions partout.

— Des espions !

— N'oublie pas que tu es une cible de choix.

Elle se résigna à rester dépossédée de son identité personnelle.

Ils commandèrent un plat de poisson : du mazgouf. Puis, elle lui raconta l'attentat barbare qui aurait pu lui coûter la vie, de même qu'à Farah et à Brahim. Elle relata aussi l'affreux cauchemar dans lequel sa fille lui avait présenté la tête de Karim.

— Cela ne me dit rien de bon.

— Ce n'est qu'un très mauvais rêve, Sabine.

— Les rêves sont souvent des signes précurseurs qui nous viennent de l'au-delà... J'ai peur pour mes enfants plus encore que pour ma propre vie... Cela dépasse l'entendement, se faire sauter en emportant dans la mort des vies innocentes. Qui sont ces gens ? Mais que veulent-ils enfin ? s'emporta-t-elle.

— Des fanatiques. Tu comprends maintenant pourquoi je suis athée.

— Ne t'en déplaise, Dieu n'a rien à voir là-dedans. Trouve-toi un autre prétexte pour ne pas croire qu'il y a plus grand que nous.

— Moi, un Dieu qui me donne un permis de tuer pour répandre son message divin, qui me demande le sacrifice de ma propre vie en me pliant à des pratiques avilissantes, je n'en veux pas.

— S'il existe, Dieu est miséricorde et ses messagers parlent d'amour universel, d'inclusion. Quand ils font la guerre, c'est à l'obscurantisme, ayant pour seule arme le respect de la dignité humaine.

— C'est merveilleux, n'est-ce pas, de pouvoir parler aussi ouvertement…

— Justement, c'est ce qu'Il nous donne de plus précieux, la liberté…

Ils mangèrent avec appétit et parlèrent avec nostalgie du temps de leur jeunesse. Et, enfin, Sabine implora son aide.

— Je ne peux pas l'abandonner à son triste sort.

— Ils la maltraitent ?

— Non. Sauf que son statut de bru la maintient dans l'esclavage. Et puis, elle ne me l'a pas dit, mais j'ai l'impression qu'elle craint Brahim. Je t'en prie, aide-moi à la sortir de ce carcan.

— Comment ?

— Je ne sais pas… je ne sais pas, Malek.

Elle pouvait lui demander n'importe quoi. Or, là, c'était lui demander de décrocher la lune.

— Si je le pouvais, Sabine, tu sais que je le ferais. Mais je ne vois pas comment !

— Tout ce que je souhaite, pour l'instant, c'est de réussir à la sortir de Bagdad, à l'envoyer à la campagne.

Il réfléchit.

— Je connais quelqu'un à Bassora qui peut probablement nous aider.

Les yeux de Sabine s'illuminèrent.

— Nous ? Il peut NOUS aider ? Cela veut dire que je peux compter sur toi ?

— Ne t'emballe pas trop vite. Ce n'est pas gagné d'avance.

— Dis-m'en plus.

— Pas encore. Je préfère d'abord vérifier une ou deux choses.

— L'espoir est permis ?

— Toujours. Regarde-moi.

16

— *Séville est une ville merveilleuse. Accepte d'y venir avec moi. Allez ! Ne me prive pas de ce plaisir…*

Étendue dans l'obscurité de sa chambre d'hôtel, Élaine pesait le pour et le contre. Le bon et le mauvais ange de sa conscience se livraient un combat. L'un la mettait en garde : « *L'occasion fait le larron. Ne tente pas le diable.* » Tandis que l'autre ripostait : « On dirait que tu as peur de pécher par gourmandise. Mais cet homme-là, ce n'est pas un bon-bon ! Et puis quand bien même tu succomberais, personne ne va te taper sur les doigts. Tu n'es plus une enfant. » Il lui revenait à la mémoire le temps où, fillette, elle se coupait en catimini une mince tranche de gâteau au chocolat. Chaque fois, de peur de se faire sévèrement gronder, elle se ralliait d'abord à sa sœur.

— *Je vais t'en donner un morceau, mais ne le dis pas à maman !*

— *Promis.*

Aujourd'hui, elle ne craignait plus les réprimandes de sa mère mais redoutait les affres de la vie, qui, tel un boomerang, nous rattrapent toujours au passage. Et puis, quoi qu'en disent ses détracteurs, la fidélité dans le mariage est gage de longévité. Pour Élaine, elle avait son importance dans la mesure où elle l'amenait une marche plus haut sur l'échelle de son évolution spirituelle. Le sentiment du devoir accompli, d'avoir été jusqu'au bout de son engagement pour le meilleur et pour le pire, valait son pesant d'or. Encore que le pire dans son ménage ne fût qu'un refroidissement de leur ferveur, qu'une usure d'amour. Mais l'amitié, le respect, l'admiration mutuelle, s'exprimaient toujours bel et bien dans leur couple. Certes, l'intimité, celle où l'on se met à nu, corps et âme, lui manquait terriblement. C'était une épreuve, la sienne. Aucune vie n'en est exempte. Ce sont des obstacles à traverser avec la mention réussite. Sinon, quelque part, déguisées autrement, elles nous rattrapent. Alors, aussi bien s'en libérer maintenant.

Gabriel n'était pas parfait. Elle ne l'était pas davantage. « C'est un ami loyal et un père responsable. » Elle était relativement heureuse, sauf quand elle se mettait à rêver sa vie autrement. Généralement, elle se rappelait à l'ordre bien vite, consciente que les désirs sont les plus grands poisons de l'existence. Mais parfois, Dieu que c'était difficile !

Soudain, Élaine réagit au grincement de la porte.

— Chantal, c'est toi ?

— Oui, répondit-elle en allumant le plafonnier au-dessus de sa tête. (L'exubérante blonde s'en donnait à cœur joie.) *Cinque tre, cinque tre, quattro, cinque, sei, lalala lala lala…* J'adore l'espagnol !

— Ce n'est pas de l'espagnol, ce que tu chantes là…

— T'es sûre ? *Lalala lala lala...,* continua-t-elle de fredonner.

— C'est Raffaella Carra, une Italienne, qui chantait ça.

— Elle chantait peut-être en espagnol ? ricana-t-elle.

— Ah ! ce que tu fais dur ! Es-tu saoule ?

Chantal s'affala sur son lit.

— Non. Juste un peu paf.

— Tu as passé une belle soirée ?

— Exquise ! Et toi ?

— Oui, bonne. Mais je suis rentrée tôt.

— Lambert t'a laissée tomber... ? avança-t-elle avec un brin d'ironie dans la voix.

— C'est l'inverse, ma chère.

— Bon ! Je vais aller me démaquiller.

— Attends. L'autre jour, tu m'as proposé d'aller à Séville. Est-ce que cela tient toujours ?

Chantal fit la grimace et ne montra guère d'enthousiasme.

— Je ne sais pas trop... Pas demain en tout cas !

— Quand ?

— Bof !

— J'ai compris, tu as autre chose à faire de plus intéressant.

— Demain, Jean-Paul m'emmène chez un éleveur de taureaux. Viens avec nous !

— Non, merci ! La corrida m'en a donné pour mon argent. (Élaine envisagea sa sœur de travers.) Tu es fine, c'est effrayant ! Pas fiable, comme d'habitude.

— J'aime pas ben ben ça visiter… Vas-y avec Lambert.

— Il me l'a proposé justement.

— Bon ! Y a pas de problème.

— Nous partirions tôt demain matin, coucherions à Séville et prendrions le train pour Madrid, le lendemain.

— Ouin ! Toute une escapade amoureuse…

— Qu'est-ce que tu racontes ! Un voyage touristique. Point à la ligne.

— Y a pas à dire, t'es faite forte, lui lança Chantal avant de disparaître dans la salle de bains.

« Forte, pas tant que ça. C'est ça le problème. »

Comme d'habitude, Lambert avait dormi rien que d'un œil, prêt à réagir au moindre bruit. Sans arme, il se sentait bien plus vulnérable. Mais, comme il n'était censé craindre personne au sein de cette organisation, il aurait été plus dangereux encore d'en avoir ou d'en dissimuler une. D'autant plus que depuis le début de sa mission on avait fouillé sa chambre plus d'une fois.

La salle à manger se remplissait peu à peu.

Il avala une gorgée de café. Il préférait le thé. Pas n'importe lequel cependant. Et surtout pas celui qu'on servait à l'hôtel. Non. Comme sa mère, il aimait les thés parfumés d'Extrême-Orient.

Il jeta un coup d'œil sur sa montre.

« 7 h 16. Viendra-t-elle ou ne viendra-t-elle pas ? » Il se leva et se dirigea vers la table de victuailles. Il garnit son assiette de fromage, de noix et d'une boule de pain chaud.

Il se rassit.

« Pauvre abruti que je suis. Comment ai-je pu me prendre si bêtement à mon propre jeu ? S'il fallait qu'elle ne vienne pas… » Il trouverait quelqu'un d'autre à emberlificoter. Ils prendraient ensemble le train. « Mais, s'il fallait au contraire qu'elle vienne, j'en serais salement emmerdé. »

— *¿Quiére un poco más de café*[18] *?* lui demanda le garçon.

— *Si, por favor.*

« Mais qu'est-ce qu'elle a cette femme à me mettre tant à l'envers ? »

Il regarda à nouveau l'heure.

« 7 h 41. Elle ne viendra pas. Me voilà dans le trouble mais content. Pourvu que je n'aie pas creusé ma tombe. »

Il leva la tête.

Elle était là, tirée à quatre épingles.

— Je ne croyais plus te voir.

— J'ai mis du temps à me décider.

— Tu es certaine de vouloir m'accompagner ?

— Essaies-tu de me faire changer d'idée ?

— Non, dit-il en baissant les yeux.

---

18 — Encore un peu de café ?
   — Oui, s'il vous plaît.

Seule, debout et immobile, du toit terrasse, Sabine regardait l'horizon. La brise matinale soufflait, lui hérissait la peau, et les grains de sable lui voilaient la vue. L'appel à la prière du muezzin se mêlait aux bruits inquiétants de la ville. Elle ferma les yeux, prit une bonne respiration. Jamais les miasmes de la mégalopole n'avaient-ils eu si bonne, si agréable odeur. Elle était vivante. Heureuse de l'être. Même dans ce capharnaüm de violence, le temps qu'il lui était donné de vivre était un trésor inestimable. « Une vie, c'est si court. Bien trop pour la gaspiller ou pour se la faire bousiller. Ces détenteurs de la vérité suprême, qui tranchent entre le bien et le mal, ces mégalomanes qui mentent comme ils respirent à seule fin d'assouvir leur désir excessif de gloire et de puissance, tous ces égocentriques trempent le monde dans la noirceur. Et leurs adeptes, trop nombreux, aveuglés par leur besoin de croire en un au-delà, gobent ces demi-vérités déclamées au nom de Dieu. On ne distingue même plus les persécutés des persécuteurs. »

Bientôt, Sabine rentrerait chez elle à Paris. L'idée d'abandonner Farah à son triste sort lui était insupportable. Coûte que coûte, il fallait qu'elle tente quelque chose. Dieu merci, elle pouvait compter sur l'aide de son très cher ami.

— Malek, que serais-je sans toi !

— Ne crie pas victoire trop vite.

— Farah a toutes les compétences pour faire ce travail.

— Même bien davantage ! Là n'est pas la question. Reste à convaincre Brahim de la laisser partir. Voudra-t-il seulement m'écouter ?

— La famille ne roule pas sur l'or. Une bouche de moins à nourrir, ce n'est pas négligeable. C'est un homme d'honneur mais pas dépourvu de bon sens.

— Tu sembles tenir pour acquis qu'elle acceptera de s'expatrier.

— J'en suis persuadée.

— C'est loin d'être un havre de paix. Les persécutions sévissent partout dans ce pays, sans parler de la guerre. Bassora n'y échappe pas.

— Mais elle vivrait en sécurité chez tes amis ?

— En réalité, chez le fils d'un ami qui a fui le régime Hussein dans les années 70. Il s'appelle Fadi. Sa femme et lui sont Français, nés de parents Irakiens.

— Des musulmans ?

— Libres-penseurs comme moi. Lui est responsable d'une ONG[19] humanitaire dédiée à la protection des enfants de la rue. Son épouse y travaille également.

— Dis-m'en plus.

— Tu n'es pas sans savoir que de plus en plus d'enfants vivent dans la rue. Leurs parents sont sans travail ou souvent décédés. Ils ne vont pas à l'école et mendient pour survivre.

— C'est déplorable ! Dire qu'avant 1991, avant ce maudit embargo, tous les enfants étaient scolarisés. On dira ce qu'on voudra, Saddam n'a pas fait que le mal.

---

19 Organisation non gouvernementale d'intérêt public.

— Toujours est-il qu'il n'y a pas trente-six solutions pour les sortir de la rue… Tenter de retrouver de la famille aux garçons et, quant aux filles, leur chercher un mari.

— Un mari… Évidemment, après avoir vécu dans la rue, ces pauvres impures seraient en danger de mort dans leur famille.

Sabine secoua la tête énergiquement. Une réalité semblable lui donnait la chair de poule.

— Tu as tout compris.

— Et Farah dans tout ça ?

— Elle travaillerait auprès des fillettes, au centre d'intégration.

— À Bagdad, en plus d'être la bonne de service, elle a continuellement une épée de Damoclès au-dessus la tête. Là-bas, au moins, elle se sentirait utile. Et puis, Bassora est une très belle ville.

Principal port d'Irak, bâtie à l'estuaire du Tigre et de l'Euphrate, la « Venise du Moyen-Orient », surnommée ainsi à cause du réseau de canaux qui la traverse, avait quelque peu perdu de son charme. Autrefois, elle était réputée pour son importante production de céréales et de dattes, qu'on disait les meilleures au monde. Qu'importe ! Un changement d'air ne pouvait qu'être bénéfique à sa belle-sœur.

Farah allait mieux. Sa cousine Jamila avait veillé sur elle avec beaucoup de sollicitude. Malek la ramenait maintenant chez elle. Assise en arrière du véhicule, elle était nerveuse. Sabine, qui la tenait par la main en lui faisant miroiter une vie meilleure, l'était aussi.

— Brahim n'acceptera pas.

— Malek saura trouver des arguments convaincants.

— Je ne suis pas certaine, Sabine, que j'y serais plus heureuse. Les femmes sont persécutées à Bassora.

— Je ne crois pas qu'elles le soient davantage qu'à Bagdad… Tu aurais un travail qui te plaît. En France, on dit que « le travail est bon à l'Homme, qu'il le distrait de sa propre vie[20] ». Une chose est sûre : tu y acquerrais une autonomie que tu ne retrouveras pas ici. Et puis, ce ne serait que pour un temps. Je vais faire tout ce qui est en mon possible pour que tu puisses immigrer en France. (Farah contenait mal ses émotions. Sa vue se brouillait de larmes.) À moins que tu ne préfères aller vivre au Canada. Tu sais, Karim y vit très heureux.

La voiture filait vers Séville depuis deux heures déjà. La radio jouait des airs d'été, tout légers, et l'atmosphère dans laquelle ils baignaient avait un petit quelque chose d'euphorisant. Élaine se sentait merveilleusement bien.

— Parle-moi de toi.

— Je n'ai pas grand-chose à raconter. Ma vie est on ne peut plus normale, à la limite inintéressante, prétendit-il.

---

20 Anatole France (1844–1924), écrivain français.

— Je n'en crois rien. Chaque vie est un roman où bonheur et souffrance se relaient.

— Toi, qu'est-ce que tu peux bien connaître de la souffrance ?

— Ah non ! Tu ne vas pas recommencer. C'est moi qui pose les questions.

— Que veux-tu que je te dise ? s'exclama-t-il en riant.

— Tiens ! Parle-moi de ta mère.

— Ma mère… c'est une grande amoureuse. La femme d'un seul homme. Elle aurait suivi mon père jusqu'au bout du monde.

— Et lui ?

— Il n'avait d'yeux que pour elle.

— Leur amour dure encore ?

— Bien sûr que non !

Élaine rit. Il se tourna pour la regarder et rit avec elle.

— Ce n'est pas le paradis ici. Après un silence, il ajouta : Mon père est décédé.

— Ah !

— Ce que la vie ne balaie pas, c'est la mort qui s'en charge.

— S'est-elle remariée ?

— Non. Elle lui restera sans doute fidèle jusqu'à la mort. Il fit une courte pause et enchaîna : *L'amour prend patience, l'amour rend service, il ne jalouse pas…* euh !… Ma mémoire me fait défaut. Mais, à un moment donné, il est écrit : « L'amour ne disparaît jamais[21] ».

— C'est tiré de la Bible ?

---

21 *La Bible* : I Co 13.4-8.

— Oui.

— Je n'en reviens pas que tu puisses citer tout ça. Qui es-tu ?

— Je suis l'énigmatique Lambert Leroy.

— Sois sérieux… Est-ce si difficile de dire la vérité ?

Elle n'était pas toujours bonne à dire. Et, mieux que personne, il savait la dissimuler.

— Ma mère est professeure de sciences religieuses.

— Je me demande si je dois te croire.

Lambert protégea ses arrières. Il reprit :

— Sais-tu que certaines parties des Écritures saintes sont communes aux juifs, aux chrétiens et aux musulmans, que plusieurs prophètes, Noé, Abraham, Moïse, même Jésus, sont cités tant dans les bibles chrétiennes que dans le Coran ?

— Je sais, oui. (Silence) Tu crois en Dieu ?

— Bien sûr.

Après un court silence, Élaine riposta :

— Tu ne me poses pas la question ?

— C'est inutile. Je sais que tu y crois.

Comme il savait qu'elle avait besoin de se sentir en règle avec Dieu. Personnellement, il y avait renoncé. Pour une part de lui-même, il était trop tard. Il avait mis le doigt dans un engrenage de violence. Même si les motifs qui justifiaient ses actes étaient honorables, voire légitimes, ils étaient à la limite criminels et suffisamment graves pour le condamner aux peines de l'enfer par le Dieu des chrétiens.

Ils ne tardèrent pas à entrer dans Séville.

— Quelle ville magnifique ! fit remarquer Élaine.

— C'est beau, n'est-ce pas ?

— Ce qui est frappant, c'est la faible élévation des bâtiments. Il n'y a pas de gratte-ciel comme dans les grandes
villes nord-américaines. Et puis, l'architecture…

— La ville a plus de deux mille ans. Les différents peuples
qui l'ont occupée y ont laissé chacun leur empreinte.

— Elle a un côté très Moyen-Oriental. Tu ne trouves
pas ?

— Sans doute, puisqu'elle a longtemps été une cité musulmane. Tu as faim ?

— Un peu.

— Le mieux, c'est de passer d'abord à l'hôtel pour y laisser
la voiture.

— Ça me va.

Leur hôtel, l'Europa Sevilla, un charmant petit gîte
de seize chambres, était situé à cent mètres de la célèbre
cathédrale de Santa Maria de la Sedea. Le bâtiment, d'une
éclatante blancheur, était joliment égayé en façade par
l'encadrement jaune or des ouvertures. Aux deux étages
supérieurs, les fenêtres grillagées de fer forgé étaient toutes
habillées d'auvents écrus, rayés rouge sang de taureau.
Comme il était encore trop tôt pour prendre possession de
leur chambre, ils déposèrent leurs bagages à la consigne,
avant d'aller vagabonder dans les ruelles escarpées du quartier afin d'y trouver un resto bar. Il n'était pas encore midi
que déjà les Sévillans et les touristes prenaient les places
d'assaut.

— Besoin d'aide pour comprendre le menu ?

— Tu sauras que mon espagnol se porte bien. À preuve, un *gazpacho*, c'est un gaspacho !

— Wow ! Décidément, tu m'épates. (Il sourit.) Nous trinquons ?

Tchin-tchin !

— Qu'est-ce que tu prends, toi ?

— Je ne sais pas encore.

— Je pense que je vais me contenter d'une salade.

— Donne-moi ta main.

Élaine la lui tendit sans réserve.

Il la lui baisa.

— Cela me rend heureux que tu sois ici avec moi, lui avoua-t-il avant d'aller se perdre dans ses yeux.

Pas un nuage n'obscurcissait le ciel andalou et la température s'élevait à 27 degrés Celsius.

La plage de Torremolinos s'animait.

Chantal et Jean-Paul avaient convenu de s'y retrouver après le dîner. Madame s'était pomponnée pour une sortie à la campagne. Elle s'assit à l'abri du soleil sous une ombrelle en espérant rester fraîche comme une rose. Malheureusement, elle dut prendre son mal en patience puisque son flirt se manifesta beaucoup plus tard que prévu.

— Enfin ! Je commençais à désespérer, lui envoya-t-elle.

— Nous sommes toujours en début d'après-midi que je sache. N'est-ce pas ce que nous avions décidé ?

« Si tu m'avais connue dans le temps, tu m'aurais jamais fait poireauter de même. C'est moi qui t'en aurais fait baver. »

— Je m'attendais à te voir arriver plus vite.

— Eh bien, ne perdons plus de temps. Tu es prête ?

— J'aimerais passer à l'hôtel avant.

— D'accord.

Il se rappela à l'ordre, conscient qu'on le payait pour satisfaire les moindres désirs de Madame, et il lui fit un large sourire en lui tendant la main pour l'aider à se relever.

Bras dessus, bras dessous, ils marchaient lentement en direction du Melia quand, tout à coup, ils entendirent hurler un « Jean-Paul ! ». De l'autre côté de la rue, une poulette gesticulait en implorant Monsieur de lui donner un coup de fil.

— Promis ! lui lança-t-il avant de marquer à nouveau le pas.

Finalement, loin de l'exaspérer, la popularité de Jean-Paul déclenchait en elle un excès de vanité puisque, apparemment, il la préférait aux autres. Elle tapota sa longue crinière blonde avec complaisance. « Pas pire pantoute pour une vieille de cinquante ans. »

Dans la chambre, les affreux rideaux verts étaient fermés. Il faisait sombre et frais.

— Ce qu'on est bien ici, fit-elle remarquer avant de s'enfermer un bref moment dans la salle de bains. C'est loin, l'endroit où nous allons ? s'inquiéta-t-elle en ressortant.

— À une vingtaine de kilomètres.

— Sur le bord de la mer ?

— Non. Dans les terres. C'est une immense propriété foncière où on élève le bétail.

— Il va faire chaud.

— C'est certain, mais cela vaut la peine. Tu pourras faire du cheval, peut-être même toréer.

— Toréer...

— Avec un taureau dans une petite arène.

Il fit un mouvement de cape à la manière des toreros en criant :

— Olé !

— Pas sûr que cela vaille la peine que tu m'emmènes aussi loin pour me faire hurler des olé ! olé ! dit-elle en jetant sur lui un regard gourmand.

Le message était on ne peut plus clair.

Il s'approcha, la tira jusqu'à lui et l'embrassa à pleine bouche tout en se laissant basculer avec elle dans l'un des lits jumeaux avant que sa main baladeuse n'aille se perdre dans sa petite culotte de dentelle noire. Puis il laissa ses doigts glisser doucement entre les petites lèvres de sa vulve qui se gorgeait, qui exhalait de plaisir. Il retira sa main, lécha ses doigts un à un en faisant tortiller sa langue pour ne rien perdre de ce singulier nectar.

— Goûte comme tu goûtes bon, lui susurra-t-il avant de l'embrasser à nouveau.

Elle lui saisit la main et la porta à son sexe qui en redemandait.

— Fais-moi jouir.

Élaine était sous le charme de Séville.

— Comme le temps est bon.

— Donne-moi la main. (Elle hésita.) Ne me refuse pas ce petit plaisir.

« Un plaisir en entraîne un autre, mais bon !... » Il était si attentionné, si prévenant et si beau. Et ce regard plein de désir qu'il posait sur elle à chaque instant lui donnait des ailes. Elle pouvait bien lui tendre la main.

Ils marchèrent vers la cathédrale de Séville ; la plus grande d'Espagne et l'une des plus vastes églises épiscopales catholiques du monde.

Lambert regarda sa montre. Top ! Il était dans le temps. Dans une demi-heure, il devait être assis dans la Capilla Mayor, la chapelle principale de la cathédrale. Cela tombait bien, un tour guidé en français débutait à l'instant. Il persuada Élaine de se joindre au groupe, sachant que cela lui permettrait de s'éloigner plus facilement d'elle le moment venu.

La guide, une petite femme dans la soixantaine, traça d'abord l'historique du lieu en passant de l'espagnol au français, puis de l'allemand à l'anglais avec une aisance enviable.

C'est au XIIe siècle que la Grande Mosquée de Séville fut édifiée par une dynastie musulmane berbère qu'on appelait les Almohades. En 1401, après la conquête chrétienne de la ville, on débuta la construction de la cathédrale en lieu et place. On conserva néanmoins certains vestiges musulmans dont la Giralda, l'ancien minaret de la mosquée, qui fut convertie en clocher de la cathédrale, appelé « campanile ». Depuis 1987, elle fait partie du Patrimoine mondial de l'Unesco. Tantôt, vous aurez l'occasion d'apprécier sa remarquable architecture. Droit devant s'élève le monument funéraire du célèbre Christophe Colomb. Sa dépouille fut transportée ici en 1899. Auparavant, son corps reposait dans la cathédrale de La Havane. On ne donne pas à cette œuvre d'Arturo Melida une grande valeur artistique. À tort ou à raison, on la qualifie plutôt de pompeuse. Prenons maintenant la gauche. Suivez-moi. Remarquez les chapelles sur les côtés. On en compte une trentaine. Nous nous intéresserons à certaines d'entre elles.

Le monument historique valait qu'on s'y attarde. L'intérieur du plus grand édifice gothique construit au Moyen-Âge est somptueux. Les sculptures, les pièces d'orfèvrerie, sans oublier les tableaux, sont des œuvres d'art inestimables. Tandis que la guide les entraînait derrière le chœur, vers la pierre tombale de Fernand Colomb, Lambert fila en douce en direction opposée. « Quinze heures pile ! » Il était assis devant la Capilla Mayor. Il y avait foule. Des touristes venus du monde entier s'attroupaient, se relayaient devant le retable, une composition de 45 tableaux sculptés représentant la vie du Christ. Un homme à la respiration forte s'agenouilla derrière lui. Il inclina la tête comme pour faire une prière.

— *Maaki el mouftah*[22]*?* murmura-t-il.

— *Naam.*

— *Mahatet Santa Justa, dolab 432. Bokra sabahan, ashr daaek gabl el eklaa.*

Le type se releva et alla se perdre dans la foule.

Lambert n'avait à présent plus de doute sur ce qu'il y trouverait. Ce qu'il ignorait, c'était la tournure que prendraient les événements.

Il se pressa d'aller rejoindre Élaine.

— Où étais-tu? J'ai cru un moment que tu m'avais abandonnée.

— Jamais de la vie!

---

22 — Tu as la clé ?
    — Oui.
    — Gare de Santa Justa, casier 432. Demain matin, dix minutes avant le départ, pas avant.

17

Chantal se réveilla en sursaut. Elle se frotta les yeux. Rien à faire, elle ne distinguait pas les chiffres lumineux de sa pendulette de voyage. « Maudit que c'est pas drôle de vieillir ! Où est-ce que j'ai mis mes lunettes encore ? » Elles traînaient sur la table de chevet. Elle les déposa sur le bout de son nez.

— 17 heures ! Pas possible… J'ai dormi comme un bébé.

D'un geste nonchalant, elle jeta ses verres sur le matelas. Puis elle se leva et tira ensuite les rideaux. Le soleil était encore éblouissant. Vite, elle enroula autour de son corps nu la serviette de plage laissée à la traîne au pied de son lit et elle sortit sur le balcon. La brise était chaude et caressante. En bas, les passants grouillaient comme des fourmis. Penchée sur la balustrade, elle contempla la mer un instant avant de rentrer.

Elle regarda çà et là dans la pièce. Jean-Paul était parti en douce et apparemment sans laisser de message. Se réveiller seule après l'amour lui pesait de plus en plus. Le silence aussi. Elle alluma la radio mais aucune musique ne pouvait combler le vide de son existence. L'air pensif, elle s'assit sur le fauteuil gris logé devant la porte-fenêtre. Par certains côtés, Dieu qu'elle enviait sa sœur ! Pas pour son escapade avec le beau Lambert, même si, bien sûr, elle aurait préféré être à sa place en ce moment. Des types comme lui, elle en avait eu. D'ailleurs, elle n'avait eu que ça… des courants d'air. Non. C'était son couple qui lui faisait envie parce que, contrairement à elle, Élaine avait à longueur d'année quelqu'un sur qui s'appuyer. Gabriel était toujours là, fidèle et loyal, solide comme le roc. Lambert, lui, n'était qu'un doigt de cannelle. Or, franchement ! à quoi peuvent bien servir les épices quand on n'a rien à assaisonner ? Seules, elles sont sans intérêt, et pour aromatiser un plat de résistance, encore faut-il savoir s'en servir ! Car enfin, on peut facilement, bêtement, tout gâcher. Aussi craignait-elle que sa sœur ne s'égare, ne retrouve son chemin.

« Voyons donc ! Une partie de jambes en l'air, ça n'a jamais fait de mal à personne. Arrête de t'en faire. »

N'empêche qu'elle avait un très mauvais pressentiment.

L'après-midi tirait à sa fin.

Élaine et Lambert quittaient l'enceinte de la cathédrale, contents.

Une odeur fortement et très agréablement parfumée embaumait l'air.

— Mmm ! Comme ça sent bon ! s'exclama-t-elle.

— Les orangers sont en fleur.

— Il y en a partout. C'est tellement beau !

En effet, les petits arbres *semper virens* habillent joliment non seulement les parcs et les jardins mais aussi la plupart des voies publiques de la capitale andalouse.

— Que faisons-nous maintenant ?

— Une pause me ferait du bien.

— À moi aussi, renchérit-il. Mais avant que nous ne rentrions à l'hôtel, si tu le permets, j'aimerais d'abord faire une course. J'ai oublié mon cellulaire à Torremolinos et ça m'en prend un absolument.

Élaine aurait préféré rentrer directement, aller se reposer pendant qu'il magasinait, surtout que sa présence ne lui paraissait pas indispensable. Mais bon ! Puisqu'il semblait y tenir. Il héla un taxi puis remit un généreux pourboire au chauffeur pour qu'il les conduise à la boutique spécialisée la plus près. Le conducteur roula à peine deux ou trois kilomètres avant de les déposer devant un petit magasin spécialisé en téléphonie sur la très agréable promenade Paseo de Cristobal Colon en bordure du fleuve Guadalquivir.

— *Queremos comprar un teléfono a la carta*[23], dit-il au commis en faisant volontairement usage du « nous ».

— *Claro que si, señor.* D'un geste de la main, le jeune vendeur lui montra les modèles exposés sous le comptoir vitré. *El más vendido…*

Lambert le coupa net.

---

23 — Nous désirons acheter un téléphone à la carte.
    — Certainement, monsieur. Le plus en vogue…

— *Ese es el perfecto[24].*

C'était le plus petit. Celui qui se camouflait le plus facilement dans le creux de la main. Lambert se tourna vers Élaine en lui lançant :

— N'est-ce pas qu'il est parfait ?

Elle se contenta de sourire bêtement. Elle n'y connaissait rien et franchement, elle doutait que son opinion ait quelque importance, parce qu'enfin, elle n'aurait pas choisi celui-là. Elle lui aurait préféré un appareil plus féminin et mauve comme les lilas de son jardin.

— *¿Desea usted, señor, sesenta minutos de utilización? ¿Treinta? ¿Al menos que usted quiera más?*

— *Sesenta es suficiente.*

— *Pero por algunos euros de más, usted podrá tener casi el doble...*

— Non. Je vous l'ai dit, soixante suffiront.

Le vendeur lui demanda ensuite son identité.

Plutôt que de lui répondre, il sortit ses billets.

Le jeune homme, intimidé, prit les euros en hésitant toutefois.

— *Normalmente, señor, yo no debería...*

— C'est partout pareil. Ils veulent notre nom, notre adresse et notre numéro de téléphone en espérant pouvoir nous

---

24 — Celui-ci fera l'affaire.
— Désirez-vous, monsieur, soixante minutes d'utilisation ? Trente ? À moins que vous n'en vouliez davantage ?
— Soixante suffiront.
— Mais pour quelques euros de plus, vous en auriez presque le double...
— Non. Je vous l'ai dit, soixante suffiront.
— Normalement, monsieur, je ne devrais pas...

revendre autre chose, évidemment! dit-il tout en fouillant dans son portefeuille. Puis il se pencha vers Élaine en ânonnant : Je ne me laisse pas faire. Je les embobine comme il faut.

Il glissa une carte d'identité sur le comptoir.

Satisfait, le jeune homme prépara la facture.

En terminant, il voulut leur donner quelques explications sur le mode d'utilisation de l'appareil mais Lambert s'y objecta poliment.

— *Gracias. Esta bien*[25].

— *¿Una bolsa?*

— *No es necesario. Puede darselo a la señora.* Tu veux bien le mettre dans ton fourre-tout?

C'est elle qui donnait ainsi l'impression de s'être acheté un cellulaire en le prenant pour le serrer dans son sac à main, pas lui. Apparemment, personne ne les surveillait mais cela ne voulait rien dire. La prudence était de mise.

— *Señora, señor Martinez, gracias y adios!*

Dehors, Élaine lui décocha un regard soupçonneux.

— Monsieur Martinez, en avez-vous plusieurs de ces fausses cartes?

Très amusé par la question, il rit avant de répondre :

— Quelques-unes.

Elle le dévisagea.

---

25 — Merci. Ça va aller.

   — Un sac?

   — Ce n'est pas nécessaire. Donnez-le à madame.

   — Madame, monsieur Martinez, merci et au revoir!

Il lui fit un clin d'œil, histoire de se moquer d'elle un tantinet.

— C'est la carte d'un ami. Je m'en sers de temps en temps pour faire du commerce dans ce pays. Ça me facilite les choses de pouvoir utiliser une adresse espagnole.

— Ah !

Il mit son bras autour du sien en lui jetant un sourire enjôleur.

Elle se demandait si elle devait le croire. En tout cas, il paraissait sincère.

— Tu veux rentrer tout de suite ? lui demanda-t-il.

— Non. C'est si beau ici, promenons-nous un peu.

— Ce que femme veut, Dieu le veut !

La promenade qui longeait les quais du Guadalquivir était remarquablement dallée. Par endroits, le pavé ressemblait à un bel échiquier. Les palmiers s'alignaient suivant le fleuve, à perte de vue. En arrière-plan, droit devant, la Torre del Oro, une construction à douze pans d'origine almohade, tapissait le décor d'exotisme. La brise embaumée soufflait sur eux son doux parfum de glycine. Quelque chose d'autre flottait aussi dans l'air, un je ne sais quoi qui dépassait la réalité courante. Ils avançaient côte à côte en se laissant volontairement alanguir. Parfois, ils s'arrêtaient de marcher pour contempler la beauté du monde, pour sentir le merveilleux de la vie qui bat en toute chose et, chaque fois, un silence plein de tendresse s'imposait. Lambert bénissait ces moments toujours trop courts et beaucoup trop rares. Ces instants-là étaient d'autant plus précieux qu'il les partageait avec elle et qu'il les savait comptés.

— Le bonheur, c'est ça… ne rien attendre, ne rien espérer, être simplement bien, laissa-t-il échapper.

— C'est un petit rien enrobé de magie, comme maintenant.

« Si ce n'est qu'un petit rien, comme tu le dis, pourquoi est-ce que tu te sens aussi coupable tout d'un coup ? » Sans doute parce que son cœur battait la chamade et parce qu'elle était incapable de reléguer son mari aux oubliettes. « Arrête de te culpabiliser. Se promener au bras d'un homme, ce n'est quand même pas un crime. »

— Nous rentrons ? se surprit-elle à lancer.

— Nous rentrons.

À l'hôtel, on leur fit bon accueil.

La réceptionniste parlait français.

— Nous avons pris la liberté, Madame, Monsieur, de monter vos bagages dans vos chambres. S'il vous manquait quoi que ce soit, n'hésitez surtout pas à vous adresser à la réception. Bon séjour chez nous !

Puis la dame ordonna au garçon d'hôtel de les accompagner. Mais Lambert lui glissa un bon pourboire en le remerciant.

— Ce ne sera pas nécessaire, je m'en occupe.

— *Gracias*, Monsieur ! dit-il en lui remettant les clés.

Le trajet jusqu'à l'étage fut silencieux.

Lorsqu'il eut déverrouillé, Élaine entra dans la pièce. Lui resta sur le pas de la porte.

— La chambre te plaît-elle ?

Tout, de la décoration, de l'imposante tête de lit typiquement espagnole au couvre-lit bleu ciel, en passant par l'habillage drapé de la porte-fenêtre, lui rappelait la chambre d'antan de ses parents.

— Ça va. L'important, c'est que ce soit propre.

— Puis-je récupérer mon bidule ?

Élaine mit une fraction de seconde avant de réagir.

— Bien sûr. Elle plongea la main dans son sac. Tiens ! Le voilà.

Il glissa le téléphone immédiatement dans sa poche de jeans.

— Combien de temps te faut-il pour te préparer ?

— Un peu plus d'une heure.

— Retrouvons-nous dans le vestibule dans euh… 90 minutes ?

— Parfait !

— J'occupe la chambre voisine. Si tu es prête avant, viens frapper.

Lambert prit congé d'elle.

Sa chambre était semblable à celle d'Élaine, sauf qu'il y avait deux lits plutôt qu'un. Il en fit rapidement le tour puis en ressortit sans faire de bruit. Il examina les aires environnantes afin d'y trouver un lieu sûr pour téléphoner. Il pensa d'abord à la cage d'escalier mais il y renonça très vite. Dans une aussi petite auberge, les gens utilisent peu l'ascenseur ; il risquait de s'y faire surprendre à tout moment. Il monta à l'étage supérieur en espérant que quelqu'un, là, sorte de sa piaule. Décidément, il était veinard. Une femme de chambre en libérait justement une. Elle poussait lentement son chariot à l'extérieur de la pièce.

— *Señora!* « Ne dis plus un mot d'espagnol. Évite qu'elle te pose des questions. Parle français. » Ne fermez pas, c'est ma chambre, dit-il en agitant ses clés dans les airs.

— *Si, si, es su habitación*[26]..., répéta-t-elle avec un large sourire en prenant soin de ne pas refermer.

Le tour était joué. À présent, il n'avait pas une minute à perdre. Il composa ce numéro de téléphone qu'il n'utilisait qu'en cas de force majeure. La sonnerie retentit dans le petit bureau de la capitale française. Un seul coup suffit avant qu'une voix féminine s'élance :

— Agence Circumnavigation. Comment puis-je vous aider ?

— Je voudrais faire un voyage particulier.

— Certainement. Auriez-vous l'obligeance, monsieur, de décliner votre identité ?

Il énuméra une série de seize chiffres qu'elle entra ainsi sur le clavier de son ordinateur : 2519-2019-5121-2518. Elle enfonça ensuite la touche Entrée. Sur l'écran apparut aussitôt un mot de passe et un icone. La prochaine question serait déterminante pour la suite des choses.

— Où désirez-vous aller, monsieur ?

— Peu importe, puisque où que j'aille il y a « imbroglio ».

Le mot de passe était exact.

— Un instant, je vous passe votre supérieur.

---

26 — Si, si, c'est votre chambre...

Un dirigeant dont elle ignorait l'identité, comme celle de son interlocuteur d'ailleurs, et qui logeait vraisemblablement ailleurs dans le monde. Elle cliqua sur une petite tour semblable à un mirador et instantanément les deux hommes entrèrent en communication sur une ligne hautement sécurisée.

— Babel, heureux de t'entendre! (Babel comme la tour. C'est lui, Karim al Hakim alias Lambert Leroy, qui avait choisi ce nom de code.) C'est donc imminent?

— Oui. J'ai besoin d'une arme et de renfort. Un seul homme. Hôtel Europa, chambre 8.

— On s'en occupe.

Quelques secondes avaient suffi.

Il sortit en vitesse de sa cache et retourna ensuite dans sa chambre.

La radio jouait : *Ah tu verras, tu verras... Je crèverai son sommier, tu verras...*[27] Et Chantal s'en donnait à cœur joie. Elle se trémoussait du derrière en brisant le silence à grands coups de « tu verras, tu verras ». Elle fit adroitement retomber une mèche de cheveux devant son œil. Elle sourit à son miroir. Cela assaisonnait son regard d'un soupçon de légèreté qui lui plaisait assez. Elle se tourna à droite puis à

27 *Tu verras*, paroles originales et musique Chico Buarque, adaptation française de Claude Nougaro.

gauche pour mieux se mirer. Son corsage blanc lui seyait à la perfection. Elle s'assit au pied du lit, retroussa sa jupe pour attacher ses jolies sandales noires à talons hauts. Elle se sentait terriblement sexy.

« 19 h 30. Qu'est-ce qu'il fait ?... » Jean-Paul n'avait pas donné signe de vie depuis qu'il était parti en douce après qu'ils eussent fait l'amour. « T'énerve pas. De toute façon, personne ne mange avant 21 heures dans ce pays. »

En désespoir de cause, elle s'installa dans le hall de l'hôtel afin de le voir venir. Au bout de vingt minutes, fatiguée d'attendre, elle décida d'emporter ses pénates ailleurs. Elle prévint le personnel hôtelier qu'elle serait au bar si on la demandait. Il y avait là quelques visages qui lui étaient maintenant familiers : un couple d'Allemands (lui devait mesurer 2 mètres, elle 1,83 mètre ! Difficile de les manquer...) et une famille de Chinois très réservés. Au fond de la pièce, une bande de jeunes fêtards trinquaient pendant que deux quinquagénaires assis près du bar lui faisaient les yeux doux. « Eille ! les vieux chnoques, perdez pas votre temps ! » Elle leur jeta un regard hautain. « Ça prend du front tout le tour de la tête pour être « amanché » de même pis se permettre de me faire de l'œil. » Elle leur tourna le dos et s'accouda au bar. Le beau et jeune barman parlait français. En attendant que Jean-Paul arrive, il lui serait d'agréable compagnie.

Malgré les ans, Élaine n'avait rien perdu de sa grâce féline.

Délicieusement moulée dans une ravissante robe noire et juchée sur d'élégantes chaussures à lanières, elle fit une entrée très remarquée dans le hall du petit hôtel.

Lambert la regardait venir avec admiration.

Il aimait les femmes endimanchées, particulièrement quand elles s'habillaient d'une jolie robe. Rien ne lui titillait davantage l'imagination qu'une paire de jambes bien galbées.

— Tu es ravissante !

Elle sourit.

Lui-même était diablement beau ! Il portait un jeans blanc et un t-shirt bleu nuit qui épousait parfaitement ses formes sculpturales.

— Chaussée comme ça, je crains que tu n'ailles pas bien loin.

— Ne t'en fais pas. J'ai tout prévu.

Elle sortit de son sac des mules très confortables.

— Tu ne les mets pas ?

— Pas tout de suite. Seulement en cas de force majeure, déclara-t-elle en les remettant au fond de sa sacoche.

— Ah ! les femmes ! Il lui offrit son bras en souriant. Viens-t'en !

Ils allèrent badauder au parc María Luisa. C'est un immense et magnifique jardin qui fut complètement réaménagé en 1929 pour l'Exposition universelle hispano-américaine. On y construisit alors des pavillons nationaux autour de ruelles et de places. L'endroit regorge de sentiers, de fontaines et de bosquets où traîne partout le parfum des fleurs. Les Sévillans aiment y flâner, particulièrement durant les chaudes soirées d'été.

— Je suis épatée. Tout est si beau. Cette façon qu'ont les Espagnols de marier des plantations à l'anglaise, très structurées, avec des îlots de verdure habilement déstructurés, très... euh...

— Mauresque. Les Arabes aussi savent faire des choses sublimes.

— Bien sûr ! On n'a qu'à penser aux jardins suspendus de Babylone.

— Les jardins de Babylone ! Ce que tu peux être drôle parfois...

— C'est vrai que cela remonte à loin.

Elle rit.

— Et puis, on n'est même pas certains qu'ils aient vraiment existé.

— J'aurais dû citer en exemple Palm Islands, la presqu'île en forme de palme de Dubaï.

— Tu y es déjà allée ?

— Jamais. Et toi ?

— Moi non plus. Et en pays arabe ?

— Non. Je pense que j'aurais peur.

— Peur ?

— Je sais, c'est complètement irrationnel. J'ai sûrement l'esprit contaminé.

— Mais, dis-moi, de quoi aurais-tu peur ?

— Je ne sais pas, c'est ça le pire. (Silence) En fait, en y réfléchissant bien, je pense que j'aurais peur de la différence. Peur qu'on pose sur moi un regard inquisiteur.

— Toi, quelle sorte de regard porterais-tu sur eux ?

— Cela fait aussi partie de mes peurs. Je sais bien que par-delà les apparences, partout les gens ressemblent aux gens. Mais je ne suis peut-être pas aussi tolérante que j'aime à le croire.

— En tout cas, tu as le mérite d'être franche.

Ils firent quelques pas sans rien dire, puis il la surprit en lui demandant :

— Pourrais-tu aimer un Arabe ?

— Désirer, oui, sans aucun doute. Aimer, je ne pense pas que je m'en donnerais le droit, à moins que nous ne soyons de la même confession.

— C'est un mythe de croire que les Arabes sont tous religieux et musulmans.

— Probablement. Chose certaine, je ne pourrais pas aimer un homme qui n'a pas foi en quelque chose de plus grand que nous, et pas davantage en aimer un qui serait l'esclave d'une quelconque doctrine, peu importe laquelle. Mais la question ne se pose pas.

— Puisque tu es mariée, je sais.

— Regarde ! s'exclama-t-elle, des colombes…

Ils approchaient de la Plaza de America, surnommée à juste titre *el Parque de las palomas*[28].

---

28 Le Parc des colombes.

— Cela me rappelle place Saint-Marc, à la différence qu'à Venise les pigeons sont gris, dit-elle encore.

— Tu veux t'asseoir un moment ?

Ils restèrent là, dans ce décor idyllique, à jouir du soleil jusqu'à ce qu'il décline.

Attablé à la terrasse d'un très achalandé resto situé sur les berges enchanteresses du Guadalquivir, Lambert essayait tant bien que mal de ne pas penser au lendemain. Pas facile, quand on se sent comme un condamné à mort au moment de son dernier repas. Le regard inexpressif, il observait le spectacle de la rue sous les yeux scrutateurs d'Élaine.

— Tu as l'air triste tout d'un coup.

— Triste, moi ? Jamais de la vie ! Champagne ! s'exclama-t-il encore en levant le bras au ciel de façon très théâtrale. Comment pourrais-je ? Je suis en si charmante compagnie. J'ai l'impression de te connaître depuis toujours. Cela ne trompe pas, nous avons des atomes crochus. N'est-ce pas ce que vous dites au Québec ?

— Oui.

— Est-ce qu'il t'arrive quelquefois d'imaginer comment tu revivrais ta vie s'il t'était donné de renaître ?

— Souvent.

— La voudrais-tu différente ?

— Oui. Non pas parce que j'ai des remords ou des regrets mais parce que j'ai appris. Si j'étais parachutée dans le passé, sachant ce que je sais maintenant de la vie, mes choix seraient différents. J'ose croire que j'aimerais mieux parce que rien n'aurait plus d'importance que d'aimer.

— La mienne aussi, je la voudrais différente. Je mènerais une vie tranquille, sans remous.

— Ça n'existe pas.

— Rabat-joie ! Laisse-moi rêver, lui envoya-t-il d'un air espiègle.

Le garçon de table s'interposa entre eux. Il servit à madame une daurade en croûte et à monsieur un médaillon de veau aux pleurotes.

— Tchin-tchin ! Aux rencontres inattendues.

— Aux rencontres inoubliables, reprit-il avant d'ajouter : À toi l'honneur !

Elle goûta à son mets.

— Délicieux !

Lui, il promena d'abord son nez au-dessus de son plat.

— Ça sent la marjolaine.

Puis il en prit juste un peu afin d'en éprouver d'abord toute la saveur.

— Mmm ! C'est un péché. Goûte ! dit-il en pointant sa fourchette vers elle.

Elle se prêta sciemment au jeu. Elle ouvrit la bouche, saisit le petit morceau de viande entre ses dents, ensuite il tira lentement sur son ustensile.

Ils se gavaient de ce que leur imagination pondait de plus charnel, de plus sensuel.

Ils s'éternisèrent à table.

La soirée était trop belle pour s'achever promptement.

De l'autre côté de la rue, on avait quadrillé un périmètre. Des lanternes en papier de couleur illuminaient joliment une piste de danse improvisée au beau milieu de la place. On se trémoussait sur *Beat it* de Michael Jackson.

— Veux-tu danser ?

— Avec joie, lui répondit-elle.

Bad Girls, Physical, Material Girl, Sweet Dreams... Que des hits des années 80. Il y avait bien longtemps qu'elle ne s'était pas autant amusée. Elle semblait infatigable.

— Tu veux t'arrêter ?

— Surtout pas maintenant, c'est Blondie !

Call me, oh, call me, ooh ooh ah...[29] entendait-on.

— Qu'est-ce qui te fait sourire ?

— C'est la musique de *American Gigolo*.

— Je sais, oui.

— Tu as vu le film à sa sortie en salle ? (En 1980, il n'avait pas douze ans. Il s'abstint cependant de le lui faire remarquer.) Non ! Eh bien, moi, trois fois plutôt qu'une ! À l'époque, Richard Gere avait eu sur moi un effet... mais un effet... c'est ce qui me fait sourire. Toutes ces *tounes* me rappellent de bons souvenirs. Écoute !... c'est Donna Summer, l'une de mes préférées.

I feel love, chantait l'interprète.

Peu à peu, les rythmes endiablés se firent plus rares et le tempo s'alanguit.

La nuit était dangereusement magique.

29 *Call me*, paroles et musique de Giorgio Moroder.

Et tandis que Jane Birkin roucoulait *Je t'aime, oh, oui je t'aime*[30] ! les yeux mi-clos, joue contre joue, ils rêvaient l'un et l'autre de faire blanchir la nuit.

— Déjà une heure du matin. Tu veux que nous rentrions ?

Elle ne voulait pas rentrer parce qu'elle avait peur ; peur de succomber à la tentation autant que de rompre le charme. Faute de pouvoir arrêter le temps, elle tenta de l'étirer.

— Pas encore. Marchons, tu veux bien ?

Il lui offrit son bras.

Le ciel était criblé d'étoiles et la nuit chaude.

Ils errèrent à pas lent, sans but précis. Puis, subtilement, sans mot dire, il la ramena à leur hôtel.

Elle déverrouilla nerveusement la porte de sa chambre, puis elle l'entrouvrit un petit peu, avant de se retourner pour lui dire au revoir. Il était planté devant elle, beau à en baver. Elle se sentait comme une adolescente habitée à la fois par la peur et l'envie dévorante d'aimer.

« T'as l'air d'une idiote. Allez ! Dis quelque chose… », s'ordonna-t-elle.

— J'ai passé une merveilleuse soirée.

Les yeux brillants de désir, il fit un pas vers elle, puis il se pencha en avant tout contre sa joue. Il ferma les yeux. Une vague bouillante lui traversa tout le corps.

— Tu me fais perdre la tête, lui glissa-t-il dans le creux de l'oreille avant de poser sa bouche sur la sienne.

Elle ne résista pas.

---

30 *Je t'aime moi non plus*, paroles et musique de Serge Gainsbourg.

Il l'entraîna de l'autre côté de la porte en la couvrant de baisers.

« Dieu que c'est bon... »

— Ne t'arrête pas, lui susurra-t-elle.

Ses lèvres n'avaient de cesse de lui en redemander.

« ... c'est bon, bien trop bon. »

Il posa les mains sur ses reins en la tirant vers lui avec fougue.

— J'ai le goût de toi, déclara-t-il.

Elle saisit son visage, lui mordilla les lèvres puis, langue en bouche, elle le dévora comme une affamée. Mais, tout d'un coup, contre toute attente elle lança :

— Je ne peux pas.

— Tu ne peux pas ou tu ne veux pas ?

Les yeux brouillés de larmes, elle dit encore :

— Je ne peux pas faire l'amour avec toi.

— Je ne veux pas te faire l'amour, moi, je veux t'aimer.

— Chut !... Ne dis plus rien. Fais comme si, ce sera déjà merveilleux.

Elle avait faim, faim de lui. Elle se privait du meilleur de la vie depuis trop longtemps. C'était trop lui demander que de résister.

Il la soûla lentement de ses caresses.

Elle se donna sans pudeur comme il l'avait pressenti.

— Tu es belle, lui murmura-t-il en enfonçant lentement son membre dans ses entrailles.

Belle, elle l'était. Pas comme une de ces minettes aux seins outrageusement rebondis, ces femmes-là ne l'émoustillaient pas. Non. Ce qui l'allumait, c'étaient les femmes, les vraies, au corps merveilleusement épanoui, aux formes onduleuses, d'une sensibilité à fleur de peau, qui savaient non seulement prendre mais aussi donner.

— Mmm ! grogna-t-elle.

— Je vais te faire hurler de plaisir.

— Attends. Laisse-moi faire d'abord.

Elle monta sur lui, lui cambra ensuite le dos. Puis, les yeux fermés, elle s'agrippa à ses reins en allant et venant avec une lenteur excessive. Le moment présent était divin. Chaque partie infinitésimale de son corps trépidait, provoquant chez elle une intense et une enivrante impression de bien-être. Elle se sentait plus vivante que vivante. Lui, il jubilait de la voir se livrer sans retenue.

— Regarde-moi. (Elle sourit en ouvrant les yeux.) Tu veux que je te donne un avant-goût du paradis ?

— Mmm… j'y suis déjà.

— C'est ce que tu crois.

Il prit les commandes.

Il y avait dans sa façon de dominer quelque chose de puissant, à la limite de brutal, d'irrésistiblement mâle. Et il jouait d'elle avec une habileté magistrale, en passant du *piano* au *forte*.

— Hmmm !... Hmmm !... Ah ! que c'est bon…

Elle glissait hors d'elle-même.

— Han ! Han ! Han !...

Voilà que leurs deux âmes épousées s'envolaient vers le ciel.

— Aaahhhhhhhhh…

Il resta soudé à elle le temps de redescendre sur terre.

Des frissons spasmodiques parcouraient tout le corps d'Élaine. Manifestement, elle était toujours dans les vapes.

— Tu en veux encore ?

— Non… plus !

— Je vais t'en donner jusqu'à ce que tu cries grâce.

Il prit le chemin de son entrejambe en faisant tomber sur son passage une pluie de baisers.

Elle poussa encore quelques soupirs avant de s'avouer vaincue.

— C'était sublime ! lâcha-t-elle en laissant sa tête pendre au bord du lit.

Il était heureux.

— Viens près de moi.

Elle alla se blottir contre lui.

Et puis, tout à coup, elle éclata en larmes sans pouvoir s'arrêter.

— Chhhhuut… Pardonne-toi. La vie est trop courte pour les remords.

— Je pleure de peine et de joie. (Silence) Je suis en Espagne, dans une chambre d'hôtel, nue dans les bras d'un étranger. J'ai fait l'amour et je suis bien, bien comme… comme je ne l'espérais plus. C'est triste, n'est-ce pas ? conclut-elle avec des trémolos dans la voix.

— Non ! C'est merveilleux. (Il lui sourit.) Si je devais mourir demain, je le ferais en pensant à toi.

— Mais tu ne vas pas mourir demain.

— Qu'en sais-tu ?

La vie ne tient qu'à un fil, il le savait mieux que personne.

— Quoi qu'il arrive, promets-moi de ne jamais me détester, enchaîna-t-il.

— Te détester ? Je n'en aurai pas le temps. Mes vacances achèvent. Je vais bientôt rentrer.

— Alors, ne gaspillons pas vainement le peu de temps qu'il nous reste.

18

ÉLAINE DORMAIT PROFONDÉMENT. Lambert se dégagea doucement de son étreinte. Il se rhabilla et sortit sans faire de bruit. Il était aux aguets. Il retourna immédiatement dans sa chambre. Soudain, voilà qu'un type sortit de l'ombre. L'homme lui signifia avec l'index de ne pas dire un mot. Il lui montra ensuite un bout de papier sur lequel était écrit *chambre 14*, après quoi il sortit de la pièce en prenant soin de ne pas refermer la porte derrière lui. Lambert le suivit en restant à distance.

Un calme olympien régnait dans le petit hôtel.

Il retrouva rapidement son complice. Une femme l'accompagnait. Elle et lui faisaient un beau match. Ils avaient l'air d'un couple de jeunes touristes tout à fait normal.

— Vous en avez mis du temps, leur reprocha-t-il en entrant dans la chambre 14.

— Quel culot ! lança la blondinette. Deux heures à t'attendre, pendant que tu t'envoyais en l'air.

Lambert ne réagit pas.

— L'hôtel n'affichait pas complet. Nous nous sommes dit que ce serait plus simple de tout régler ici. Il ne manquait que toi, souligna le grand brun.

— Vous avez mon arme ? (La femme déposa une mallette grise sur le lit.) Je veux aussi un téléphone.

Il jeta un coup d'œil sur l'artillerie. Il connaissait ces armes-là par cœur. Il hésita néanmoins entre deux pistolets chambrés en 9 mm. L'un était un peu plus court et moins lourd ; l'autre, par contre, était muni d'un chargeur de 33 cartouches. Il choisit ce dernier, un Glock 26[31].

— C'est donc pour ce matin, déduisit l'agent de la BRTI[32].

— J'en suis sûr. Mais on ne pourra intervenir qu'*in extremis*. Il y a encore trop d'éléments incertains.

— On surveille la gare depuis des jours. On n'a rien décelé d'anormal à part les magouilles habituelles, lui mentionna la fille.

— Le contraire m'aurait surpris. La clé, c'est celle du casier 432.

— Malheureusement, on ne peut pas faire grand-chose, lui fit remarquer l'agent.

— De toute manière, l'engin n'a probablement pas encore été livré. Si engin il y a.

— Tu penses à quoi ?

— À des pièces détachées. Je suis à peu près certain que je n'aurai qu'une des composantes de l'explosif. Leur façon

---

31 Arme de fabrication autrichienne.
32 Brigade de répression du terrorisme international.

de faire est toujours la même : plusieurs acteurs, plusieurs cibles et quelques leurres.

— Des agents seront postés aux endroits stratégiques, précisa la jeune femme.

Mais son collègue intervint.

— J'ai bien peur qu'on ne puisse éviter les dommages collatéraux. Au mieux, on peut essayer de limiter les dégâts. Encore qu'on ne fera absolument rien qui puisse nuire à ta mission. Tu dois remonter la filière coûte que coûte.

— Je sais.

— Et ta Québécoise ?

— Pas de problème.

— Tu en es certain ?

— Tu me prends pour un imbécile. Si je te dis qu'il n'y a pas de problème, c'est qu'il n'y en a pas, dit-il catégoriquement. Maintenant, j'ai besoin de dormir.

Sabine avait le vague à l'âme. Elle rentrait en France, contente certes de retrouver la quiétude de son appartement parisien mais déçue de quitter ses amis. D'ores et déjà, elle savait que les dattes fraîches, les infusions de thé au citron et même la brûlante moiteur de l'air lui manqueraient. La voiture roulait vers l'aéroport. Comme Farah éprouvait encore une peur panique à l'idée de prendre la route, seul Brahim l'accompagnait. Assise en arrière, elle regardait nerveusement défiler la ville. Un voile de sable fardait Bagdad, la pailletait d'or. Mais à travers son costume d'apparat, Sabine la distinguait telle qu'elle était, stupéfiée, figée. Partout, des détritus, des épaves et des murailles de béton la défiguraient tristement. La route était hautement sécurisée et les points de contrôle nombreux, ce qui augmentait sa nervosité. Personne ne s'habitue jamais à être soumis à des contrôles permanents de son identité, à être fouillé. On finit par se sentir traqué injustement.

Brahim stoppa pour la énième fois avant de pouvoir enfin se garer.

Leurs routes se séparaient à présent.

— *Lan ansa abadan. Elli amaltih le Farah. Shoukran Ibrahim amalek we karamek ye sharefik ya Brahim*[33].

Car elle osait croire que c'était un élan d'humanité qui l'avait poussé à se montrer bienveillant en laissant partir sa belle-sœur pour Bassora. En tout cas, Sabine partait en paix, vivifiée par le sentiment du devoir accompli.

Pour ce qu'il lui restait de distance à parcourir avant d'atteindre le terminal de l'aéroport, il fallait qu'elle le fasse dans un véhicule accrédité.

Elle monta dans un taxi.

Il fila puis s'arrêta une première fois. Un agent vérifia son identité et son billet d'avion. Ensuite, il la somma de descendre. Le chauffeur ouvrit toutes les portières, le capot et le coffre, pour permettre au chien renifleur d'inspecter

---

33 — Je n'oublierai jamais ce que tu as fait pour Farah. Ta générosité t'honore. Merci, Brahim.

l'auto de fond en comble. Puis ils remontèrent dans la voiture et roulèrent encore un peu avant de s'immobiliser une seconde fois. On passa au peigne fin ses bagages et elle se soumit à une fouille corporelle comme tous les autres.

Elle rembarqua.

Le chauffeur la déposa enfin aux portes de l'aéroport.

Elle était soulagée mais pas au bout de ses peines. Le cycle infernal des vérifications allait reprendre de plus belle.

Épuisée par l'attente et le stress, elle entra finalement dans l'avion. Les voyageurs étaient majoritairement des Irakiens mais on comptait aussi des Américains et quelques têtes d'Européens. Elle gagna son siège. À sa droite, deux jeunes enfants accompagnés de leur mère, très beaux, aux yeux couleur de braise, occupaient les places. La jeune femme, dans la trentaine, était couverte de la tête aux pieds. Sabine leur sourit. Puis elle retira son abbaya et son foulard. Elle se sentit soudainement libérée d'un poids en même temps qu'observée. Elle aurait bien aimé scanner les pensées de sa voisine qui la regardait plier soigneusement sa tunique noire. La jugeait-elle ou l'enviait-elle de s'être dévêtue ? Elle serra son vêtement dans son sac puis s'assit. Un type à gros bras, le crâne rasé et le nez chaussé de verres fumés, s'installa à sa gauche. Il avait l'air d'un dur à cuire.

« Au moins, il sent bon. »

Assise entre deux mondes, elle se questionnait.

« Est-ce plus difficile d'être une femme ou un homme ? »

La réponse n'était pas aussi évidente qu'elle ne le semblait. Cela demandait réflexion.

Vivre sous le joug tyrannique d'un mâle ou d'une loi aliène certes la liberté d'un être humain, mais la plus atroce, la plus brutale et la plus impitoyable des oppressions, n'est-ce pas celle qu'impose la guerre ? Et la guerre, n'est-ce pas d'abord affaire d'homme ?

Couché sur le dos, les bras étendus le long du corps, Lambert dormait d'un sommeil léger.

Sa montre se mit subitement à vibrer.

Il sauta hors du lit, alla directement à la salle de bains et passa rapidement sous la douche. Ensuite, il prit quelques secondes, avant de se raser, pour se gargariser le gosier au Listerine. Cinq minutes lui suffirent à faire sa toilette. Il ne lui restait plus qu'à s'habiller. Il enfila un t-shirt blanc sur lequel était écrit Torremolinos en gros caractères noirs, puis un jeans par-dessus son slip gris, coupe décontractée, plus ample que ce qu'il portait habituellement, pour la bonne raison qu'il avait accroché une arme à son mollet droit.

Il consulta sa montre.

« 5 h 45. C'est l'heure d'y aller. »

Il sortit de sa chambre et retourna auprès d'Élaine.

Il resta un instant dans la pénombre à la regarder dormir. Un drap couvrait son corps nu. Son visage était beau et détendu et sa respiration douce. Il s'assit au bord du lit juste à côté d'elle. Sa chair sentait encore le musqué parfum d'après l'amour.

« Sauras-tu seulement me pardonner... », se dit-il en lui embrassant tendrement l'épaule.

Elle ouvrit lentement les paupières en souriant.

— Tu es belle.

— Même de si bonne heure ? susurra-t-elle d'une voix rauque.

— Plus encore.

Le désir ne s'était pas éteint. La clarté du jour n'avait pas rompu le charme.

Jadis, du temps de sa folle jeunesse, elle avait fait l'expérience des lendemains de veille moins heureux où, la fièvre des sens passée, seul subsistait l'envie de déguerpir. Aujourd'hui, c'était autre chose, rien de moins qu'un matin teinté d'amour.

— Si je m'écoutais, je balancerais tout, nous resterions au lit toute la journée, lui déclara-t-il.

— Eh bien ! pourquoi pas ?

Il demeura silencieux le temps d'un soupir, avec quelque chose d'impénétrable dans le regard.

— Ne compliquons rien. Ce ne serait pas sérieux. (Il lui baisa la main.) Tu seras prête dans une heure ?

— Oui.

— Je reviendrai tantôt. En attendant, je vais aller prendre un café. Tu veux que je t'en rapporte un ?

— S'il te plaît.

Chantal se réveillait marabout. Jean-Paul s'était volatilisé, éclipsé apparemment pour de bon puisqu'il n'avait pas daigné se manifester de la soirée. Elle avait patienté en vain au bar du Melia jusqu'aux petites heures, dans l'espoir qu'il s'y pointe. Heureusement, le jeune barman avait été d'agréable compagnie.

« Je me le serais bien fait celui-là. Il a fallu que sa blonde rapplique. J'ai l'air fine, là… toute seule comme un chien ! »

Elle sortit du lit.

Dans le cabinet de toilette, même une fois soulagée, elle resta un bon moment assise sur le bol à se demander ce qu'elle allait faire de sa journée.

« J'aurais ben dû aller à Madrid avec Élaine. »

Elle se leva du siège, se culotta et retourna se vautrer dans son lit.

Elle ouvrit le téléviseur, visionna trois ou quatre canaux puis l'éteignit raide.

« Maudite TV plate ! En plus, je comprends rien… Désespoir, que c'est pas drôle la vie… »

Elle poussa un soupir.

On pouvait imputer à Chantal d'être étourdie, extravagante et volage, mais sûrement pas d'être défaitiste ! Quand plus rien n'allait à son goût, elle attaquait avec fougue.

« Envoye ! Lève ton cul pis va te faire une beauté. Montre-leur que t'es pas finie ! »

Au bout d'une heure, elle était prête à partir. Enfin, presque !

Elle se pencha la tête en avant et secoua ensuite sa longue chevelure blonde. « Comme ça, c'est parfait ! » Puis elle essuya un brin le coin de ses lèvres joliment maquillées de carmin. Elle prit la pose devant le petit miroir de la commode, à droite, à gauche. Son maillot rouge lui moulait le corps audacieusement. Le décolleté, sans être vulgaire, mettait en valeur ses faux seins haut perchés, dont elle était on ne peut plus fière. Par-dessus son une pièce, elle portait une jolie jupe de gaze noire. « Maintenant, mes chaussures… » Elle se jucha sur d'élégantes sandales à lanières. « Ah oui ! J'allais oublier. » Elle posa sur sa tête, en guise de diadème, ses lunettes Chanel. « Voilà !... » Elle accrocha son sac et sortit.

Dans la salle à manger de l'hôtel, elle joua à la vedette. L'air hésitante, comme si elle cherchait quelqu'un, elle resta plantée en plein milieu de la place suffisamment longtemps pour qu'on la remarque. Elle était rassurée. Oui, elle faisait encore tourner des têtes. Oh ! pas comme avant mais quand même. En fin de compte, elle s'assit pour déjeuner en ne cessant de promener ses yeux tout autour.

« Des couples, des familles pis des bonnes femmes. J'en ai de la chance, c'est effrayant ! »

Élaine sourit en le voyant entrer.

Les cheveux de Lambert étaient camouflés sous une casquette blue-jeans et il portait un chandail à capuchon de marque Nike. C'était assez surprenant pour un homme qui, jusqu'à ce moment-là, avait toujours été d'une élégance décontractée et de bon goût.

— Qu'est-ce qui te fait sourire ?

— Accoutré comme ça, tu me rappelles mon fils de dix-huit ans.

— Et être avec un jeunot, ça te plaît ?

— Sûr !

Il lui tendit son bras en riant.

— Nous pouvons y aller maintenant. J'ai tout réglé tantôt.

Cette délicatesse lui plut assez. Élaine appartenait à cette génération de femmes qui considérait qu'il allait de soi qu'un galant homme paie la note.

— Je ne voudrais surtout pas que nous manquions le train, cela bousillerait notre journée. Je pense qu'il serait préférable que nous prenions le petit-déjeuner aux alentours de la gare, ajouta-t-il en mettant ses verres fumés.

— D'accord.

La gare Séville-Santa Justa se trouve au centre de la ville, plus précisément au nord de son cœur historique, tout près de l'hôtel où ils logeaient.

— Normalement, nous devrions y être en un rien de temps. Mais va savoir ! Avec les bouchons de circulation…

L'air matinal était bon.

Ils se rendirent au stationnement main dans la main, sans parler. Il faut dire que de si tôt matin, Élaine n'était guère loquace. D'ailleurs, dans l'automobile elle regardait dans le vague, peinant à garder les paupières ouvertes. Sa fredaine de la veille lui rentrait dans le corps.

— Fatiguée ? s'enquit Lambert.

— Oui.

— Laisse-toi aller, ferme les yeux.

Cela l'arrangeait drôlement qu'elle s'abandonne dans les bras de Morphée. Seul, tranquille, ce serait plus facile d'avoir l'esprit clair. Car tant de questions restaient encore sans réponse. Quelle serait la prochaine consigne ? Que trouverait-il dans le casier 432 ? Il faudrait coûte que coûte qu'il joue les bonnes cartes. De même qu'il devrait se débarrasser d'Élaine, mais seulement à la toute dernière minute, parce qu'enfin, leur vie à tous les deux valait bien moins que la cause qu'il défendait.

La circulation n'avait pas cessé d'être fluide et voilà qu'il apercevait la station. Il ralentit puis stationna l'automobile avenue de Kansas-City, juste en face de la gare.

Élaine ouvrit les yeux.

— Nous sommes déjà arrivés ?

— Oui. Il éteignit le moteur. Bon, sortons ! dit-il.

Tandis qu'elle descendait de la voiture, il enleva ses lunettes fumées puis les plaça discrètement dans la poche intérieure de sa veste.

— Tu as faim ? lui demanda-t-il.

— Un petit peu.

— Il y a sûrement un casse-croûte à l'intérieur qui fera notre affaire. Cela te va ?

— Oui.

Ils vidèrent le coffre de la voiture. Ensuite, une fois que Lambert eut réglé les frais de stationnement, ils hâtèrent le pas vers le terminal.

Élaine était très impressionnée.

Elle avait raison de l'être. La gare, construite entre 1987 et 1991 pour faciliter le trafic accru que l'on redoutait durant l'exposition universelle de 1992, possède pas moins de six voies rien que pour les trains à haute vitesse.

— Je ne m'attendais pas à autant de modernité. C'est plutôt spectaculaire… C'est vrai que je ne suis pas une habituée des gares. Même que je déteste assez m'y retrouver, comme dans les aéroports d'ailleurs.

— Et pourquoi donc ?

— C'est fou, j'ai toujours peur des attentats.

Là-dessus, il se contenta simplement de lui baiser la main, histoire de la rassurer.

Ils dénichèrent rapidement un petit restaurant, du genre cafétéria.

— Le mieux, c'est que tu restes ici avec les bagages. Dis-moi ce que tu veux, je vais te le rapporter.

— Un café, c'est sûr. Et puis, euh… un croissant, des confitures et du fromage.

— Je vais faire vite.

Appuyée contre la table, elle observait les allées et venues en évitant de trop penser de peur que la culpabilité ne lui prenne.

« Je me demande ce que fait Chantal… »

— Tiens ! dit-il en déposant le plateau devant elle.

— Merci. Mais toi, tu ne manges pas ?

— J'ai ce qu'il faut. Il fouilla dans son sac et en ressortit une bouteille de boisson énergisante.

Décidément, ce matin, Élaine allait de découverte en découverte. Jamais encore elle ne l'avait vu aussi mal fagoté et pas davantage ingurgiter une boisson tonique en guise de repas ! Pour peu, elle aurait cru qu'elle était avec un autre. Heureusement, il n'avait rien perdu de sa gentillesse habituelle.

— Allons nous promener, tu veux bien ?

— D'accord.

— Donne-moi ton sac, je vais le porter.

Lambert connaissait les coins et les recoins de la gare par cœur puisqu'il en avait étudié le plan minutieusement. Il savait exactement en quel lieu se trouvait le casier 432 ainsi que le train en partance pour Madrid. Le chemin à parcourir était sans ambages. Seule variable : le temps nécessaire pour aller d'un point à l'autre. Il fallait qu'il tienne compte de l'affluence du moment, sachant qu'impérativement il devrait se fondre dans la foule, se déplacer sans se faire remarquer.

Le casier était à présent à trois mètres d'eux.

Il regarda l'heure, puis il lança :

— Si nous allions vérifier où se trouve notre train ?

— Bonne idée !

— Regarde, c'est par là.

Elle se laissa conduire.

— Nous y sommes, déclara-t-il au bout de quelques minutes.

Il jeta un bref coup d'œil sur sa montre.

« On a mis moins de cinq. »

— C'est ce train-là que nous allons prendre ? s'informa-t-elle.

— Oui.

— Des comme ça, il n'y en a pas au Québec.

— Ce sont des Altaria, ou des trains grandes lignes, qui circulent sur des voies appelées les LGV : ligne grande vitesse.

— Ces engins ont une vitesse de croisière de… ?

— Plus ou moins 300 kilomètres à l'heure.

— Tu me donnes la chair de poule.

— L'avantage, c'est que si tout va bien, nous serons à Madrid dans trois heures.

— Comment ça, si tout va bien ?

Il s'ordonna de sourire.

— C'est une façon de parler.

— Bon ! Que faisons-nous maintenant ?

Il déposa les bagages par terre.

— Je suggère que nous attendions ici encore un peu.

— Parle-moi de Madrid. Est-ce aussi beau que Séville ?

— C'est différent. Madrid, c'est la capitale de l'Espagne, mais… Ah! merde!

— Quoi?

— J'ai oublié mes verres fumés dans la voiture. Avec ce soleil qui brille en permanence… Ah! Et puis j'y vais.

— Tu n'es pas sérieux? Tu n'auras jamais le temps.

— Je vais faire vite. Tiens, ton billet, et prends aussi mon cellulaire. S'il sonne, réponds, s'il te plaît. D'accord?

— Oui. Mais arrange-toi pour ne pas manquer le train. Sinon, qu'est-ce que je vais faire toute seule à Madrid?

— Fais-moi confiance. Si ça sonne, promets-moi de répondre parce que j'attends une confirmation importante.

— Oui, oui. Va, dépêche-toi.

Il lui sourit une dernière fois.

Là, à l'instant, il se détestait, se haïssait pour tout le mal qu'il lui ferait. Mais ce n'était pas le moment pour les regrets. Il la pleurerait plus tard, quand tout serait fini.

— *Chao!*

« C'est parti. »

Il entra dans le cabinet de toilette le plus proche afin de placer son arme à portée de la main sous son blouson et, aussi, afin de dissimuler un récepteur dans son oreille droite. Le téléphone était au fond de sa poche, programmé sur celui d'Élaine. Aussitôt fait, il sortit puis se dirigea vers les casiers à bagages. Il n'avait pas de temps à perdre. Chaque minute était précieuse.

Ignorant ses peurs, il marcha d'un pas assuré jusqu'au casier 432.

Il introduisit la clé dans la serrure. Puis, ne sachant ce qu'il y trouverait, il ouvrit la porte avec prudence. Il y avait là un ticket pour un wagon de première classe et un sac de voyage en toile de couleur kaki comme on en voit tant. Il en examina le contenu sans le sortir de sa cache. Il ne renfermait apparemment que des effets personnels inoffensifs : une brosse à dents, un tube de dentifrice à moitié vide et un rasoir électrique. Au fond du fourre-tout, il y avait une boîte de chocolats joliment enrubannée de soie rouge ainsi qu'une grosse bonbonnière jaune sur laquelle était inscrit Cachous, en caractères noirs. La boîte à confiseries excita son attention. Il la souleva délicatement. Elle était anormalement légère. Le contenant était en polymère. Pas n'importe lequel, de la famille des plastiques les plus rares. Il se rappelait en avoir vu, même touché des semblables, en Irak, dans les raffineries. Des matériaux comme celui-là étaient à l'étude pour le stockage des gaz.

Les neurones de son cerveau étaient en ébullition.

« Mais bien sûr… »

À combien d'estafettes comme lui, soi-disant porteurs de cachous, avait-on donné rendez-vous ? Parce qu'augmentés en quantité, certains gaz pouvaient agir en catalyseur puissant dans une réaction redoutable.

Lambert se savait maintenant le héraut d'un drageoir infernal.

Plus loin, Élaine s'inquiétait à son sujet.

« Qu'est-ce qu'il fait ? »

Il ne restait presque plus personne sur le quai, que quelques retardataires qui se hâtaient et cette magnifique jeune femme à la brune crinière qui semblait foncer tout droit sur elle.

La belle s'arrêta et lui fit un grand sourire comme si elle la connaissait.

— Bonjour !

— Bonjour.

— Je m'appelle Raya. Elle fit une pause pour reprendre son souffle. J'ai couru pour vous rattraper. Tantôt, je vous ai aperçue avec mon frère, puis je vous ai perdue de vue. Alors quand je vous ai revue, j'ai couru. Où se cache-t-il ?

Élaine avait l'air hébété.

— Qui ?

— Karim. Karim al Hakim. Mon frère !

Le cellulaire qu'elle tenait dans le creux de sa main sonna un premier coup.

— Vous faites erreur sur la personne.

— Vous étiez bien avec un homme tantôt ?

— Oui, mais il ne s'appelle pas Karim.

La sonnerie du téléphone retentit une deuxième fois.

Raya se fit soudainement interpeller par son compagnon.

— *Shayef ennak ghaltan*[34]. Viens-t'en !

— Je m'excuse, madame. J'aurais pourtant juré que c'était lui. *La tanzaeg*[35], dit-elle en se retournant. *Andena kol wak-*

---

34 — Tu vois bien que tu t'es trompée. Viens-t'en !

35 — Ne panique pas, dit-elle en se retournant. Nous avons tout notre temps.
 Notre train part dans une demi-heure.

tena. (Un troisième coup se fit entendre.) Notre train part dans une demi-heure.

Lambert se morfondait à l'autre bout du fil.

« Réponds ! Mais dépêche-toi, réponds. »

Élaine décrocha la ligne en regardant la jeune femme s'en aller.

— Allô !

— Élaine…

— Lambert !

— Écoute-moi. (Sa voix était ferme, voire autoritaire.) Ne dis pas un mot.

— Mais…

Il la coupa sèchement en montant le ton.

— Écoute-moi ! C'est sérieux. Tu vas sortir de la gare le plus rapidement possible mais sans courir. Ne retourne pas, sous aucun prétexte, à la voiture. Compris ?

— Mais qu'est-ce que c'est que…

— Ne discute pas. Fais-moi confiance. Je t'aime… Sauve-toi maintenant !

Il raccrocha.

« Mon Dieu ! Qu'est-ce qui m'arrive ? Je rêve ou… »

D'infinies combinaisons d'images magnifiées de terreur défilaient dans sa tête à une vitesse vertigineuse.

19

ÉTENDUE AU SOLEIL, LE CORPS ENDUIT DE LOTION, Chantal soignait son bronzage. De si bonne heure, la plage était quasi déserte. Mais, comme elle n'avait nulle part où aller, elle y installa quand même ses pénates. Elle anticipait avec crainte de passer la journée toute seule. Il y avait bien ces deux « pichous », installés un peu plus loin, qui n'avaient de cesse de faire des simagrées pour qu'elle les remarque, mais elle préférait cent fois rester seule plutôt que de sympathiser avec eux.

Peu à peu, la plage se remplit de vacanciers, dont certains nouveaux arrivants.

« Encore du vieux monde. »

Pablo logea deux femmes, la mère et la fille de toute évidence, sur les chaises longues voisines de la sienne.

Elle les examina discrètement.

« La jeune doit avoir trente ans, l'autre une cinquantaine d'années. »

Elle leur trouvait fière allure. Surtout depuis qu'elle avait remarqué le sac Louis Vuitton déposé par terre, à côté de l'aînée. Naturellement, elle prêta l'oreille à ce que ces dames racontaient.

— Jusqu'à présent, cela me plaît, je n'ai rien à redire.

— Pourvu qu'on mange bien, le reste...

Chantal saisit l'opportunité de se mêler à leur conversation.

— Si je peux me permettre, mesdames, vous ne serez pas déçues parce qu'on trouve d'excellents restaurants à Torremolinos.

La glace était brisée.

Collette et sa fille, Anne-Marie, étaient de bonne compagnie.

— Vous venez de quel endroit, Chantal ?

— De Montréal. Et vous ?

— Nous sommes de Québec, déclara fièrement Anne-Marie.

— Québec, quelle belle ville !

— Est-ce votre première fois en Espagne, vous aussi ? lui demanda madame Martin.

— Oui. Je me suis fait ce cadeau pour mon anniversaire. « Elle a l'air ben plus vieille que toi. Dis-lui ton âge, elle va tomber sur le cul. » Mes cinquante ans.

— Cinquante ans ! lança-t-elle avec un brin d'étonnement dans la voix.

Et sa fille d'ajouter :

— Je ne vous en donnais même pas quarante !

Ravie, Chantal sourit à la jeune femme en la remerciant.

« Elles sont pas mal fines, ces deux-là. »

Le temps passait rapidement.

Elles rigolaient, papotaient à propos de tout et de rien.

— Moi, j'ai faim. Pas toi ? se lamenta Anne-Marie.

— Je ne suis pas certaine que nous puissions manger à cette heure-là.

— À midi, il n'y a pas de problème ! C'est le soir que ça se complique. Ils soupent à une heure impossible, précisa Chantal.

— Où est-ce que nous allons aller ?

— Je ne sais pas… Tant qu'à y être, pourquoi pas à l'hôtel ? lui suggéra tout bonnement sa mère.

— Il y a bien mieux, pas si loin, fit remarquer Chantal.

— Où ça ?

— Sur le bord de mer.

— Vous venez avec nous ?

— Si ça ne vous dérange pas.

— Au contraire, cela nous fait plaisir, souligna Collette.

Le petit resto était déjà presque rempli de touristes affamés. On leur trouva néanmoins un coin où s'attabler. Elles ne mirent pas longtemps à se décider sur le menu. Le poisson du jour leur convenait à toutes les trois. Seulement, le service était lent, très lent. Les serveurs, sans qu'elles sachent pourquoi, s'étaient attroupés devant le téléviseur accroché au mur, derrière le bar. Décidément, il y avait de l'énervement dans l'air.

— Je suis venue ici à quelques reprises ; le service était pourtant impeccable, déclara Chantal, mal à son aise de les y avoir emmenées. C'est pas normal. Qu'est-ce qu'ils font plantés là, toute la gang, avec leur face de mi-carême ?

Anne-Marie et Collette éclatèrent de rire.

— Non, mais c'est vrai ! Qu'est-ce qu'ils attendent pour nous servir ?

Chantal fit signe au premier garçon de table qui daigna la regarder.

— Vous parlez français ?

— Si, je parle français, *señora*.

— Ça fait plus d'une demi-heure que nous attendons. Qu'est-ce qui se passe ? Pourquoi vous êtes tous figés là ? demanda-t-elle en montrant la télé.

— Un train a déraillé, madame, probablement à cause d'une bombe. Il y a des centaines de morts.

— C'est affreux, laissa échapper spontanément Collette.

— Un train… en Espagne ?

— Oui. Ce matin, tantôt, entre Séville et Madrid.

Chantal blêmit tout à coup.

Collette se rendit compte qu'elle était très perturbée par la nouvelle.

— Quelque chose ne va pas ?

— Ma sœur devait prendre le train pour Madrid, ce matin, à Séville.

— Oh là là, c'est inquiétant. Mais vous devriez vérifier le numéro du euh… C'est sûrement comme pour les voyages en avion, il doit y avoir un numéro de vol, enfin je veux dire euh…

— Comment voulez-vous ? Elle ne m'en a rien dit.

— Où devait-elle aller à Madrid ?

— Je ne sais pas, c'est ça le problème. Chantal réfléchit. Le mieux, c'est que je retourne à l'hôtel. Toute l'Espagne doit être au courant, alors elle aussi. Elle va sûrement m'appeler. Bien vite, à part ça, pour ne pas que je m'inquiète inutilement. Vous m'excusez, il faut que je rentre tout de suite. Tenez, c'est pour payer mon dîner, dit-elle en fouillant dans son sac pour y prendre un billet.

Collette posa fermement sa main sur la sienne.

— Laissez, on s'en occupe.

« Enfin arrivée ! Rentrer chez soi après une absence prolongée fait partie des petits bonheurs de la vie… », s'entendait dire Sabine.

Rien n'avait bougé dans l'appartement parisien. Fanny, sa sœur, n'y avait pas mis les pieds et, de tout évidence, Raya non plus. Elle déposa ses bagages dans sa chambre. Maintenant, elle n'avait qu'une seule envie : se dévêtir et prendre un bain chaud. Elle retira ses chaussures puis dégrafa sa jupe en marchant jusqu'à la penderie.

« Où l'ai-je mise ? »

Elle cherchait sa robe de chambre en ratine de velours, si confortable.

Le téléphone retentit avant qu'elle n'ait eu le temps de se déshabiller. Elle n'avait pas le goût de parler, à personne. La sonnerie résonna encore et encore.

« C'est peut-être important. Allez, décroche ! »

— Oui, bonsoir !

— Maman ! Où étais-tu ? Ça fait des heures que j'essaie de te rejoindre.

— J'ai quitté Bagdad à l'aube. J'arrive à l'instant. Mais toi, où es-tu ?

— Toujours en Espagne. À Malaga.

— Tu me donnes l'impression d'être très énervée. Quelque chose ne va pas ?

— Tu n'as pas écouté les infos ?

— Eh bien, non. Je te l'ai dit, j'arrive à l'instant.

— Tu n'es pas au courant de l'attentat ?

— Quel attentat ?

— Contre le train en partance de Séville pour Madrid. Il y a des centaines de blessés, de morts… J'y étais !

— Oh ! mon Dieu ! Qu'est-ce que tu me dis là ?

— Rassure-toi, je n'ai rien. Je n'étais pas dans ce train. Mais c'est fou ! Je suis quand même énervée parce que j'étais à la gare Séville-Santa Justa… ce matin, en même temps !

— Quand je pense que tu t'es inquiétée de moi parce que je m'en allais à Bagdad !

— C'est dingue, je sais.

— Je suis contente que tu aies pris la peine de m'appeler. J'aurais fini par apprendre tout ça et, te sachant en Espagne, je me serais fait du mauvais sang à ton sujet.

— Toi… ton voyage s'est bien passé ?

— Oui.

— Maman, sais-tu où est Karim ?

— À Montréal.

— En es-tu absolument sûre ?

— Pourquoi me demandes-tu cela ?

— J'ai cru le voir.

— Où ça ?

— À la gare de Séville, ce matin.

Sabine fit la grimace. Elle se pressa toutefois d'affirmer :

— Ce n'était pas lui.

— J'aurais pourtant mis ma main au feu… J'ai voulu le rattraper à un moment donné mais je l'ai vite perdu de vue. En pleine heure de pointe, il y avait tellement de monde. Et puis, pas longtemps après, j'ai reconnu la femme qui l'accompagnait, grande et élégante. Je l'ai rejointe et je lui ai demandé où il se cachait. Elle m'a dit que je me trompais de personne.

— Tout le monde a son sosie quelque part.

— Pourtant…

— Pourquoi cette femme t'aurait-elle menti ?

— Je ne sais pas.

— Tu rentres quand, ma belle ?

— Dans deux jours.

— Fais attention à toi.

Sabine oublia son bain. Elle avait peut-être convaincu sa fille de ne plus se tracasser mais elle-même n'était pas du tout rassurée quant au sort de son fils.

« Qui sait ? C'était peut-être lui. »

Elle se rappelait ce qu'il lui avait dit avant qu'elle ne s'envole pour l'Irak.

— *Je vais partir quelque temps, maman.*

— *Où ça ?*

— *Je ne sais pas encore. Chose certaine, j'ai besoin de changer d'air. Je ne pourrai probablement pas te parler avant un bout de temps. Mais je ne veux pas que tu t'inquiètes.*

— *Tu m'inquiètes déjà.*

Il fallait qu'elle en ait le cœur net. Elle composa son numéro de téléphone en espérant qu'il soit chez lui à Montréal. Oh ! surprise ! la ligne avait été discontinuée. Contre toute attente, Karim avait disparu dans la nature.

Le jour commencerait bientôt à décliner.

Chantal était à bout de nerfs. Elle avait passé la journée à l'hôtel, à faire des allers et retours de sa chambre à la réception en se rongeant les sangs. Depuis une vingtaine de minutes, elle marchait de long en large dans le hall dans l'espoir d'y voir soudainement apparaître sa sœur.

« Ça n'a pas de bon sens ! Voir si elle va « ressoudre » ici miraculeusement ! Probablement qu'elle n'a même pas pris ce train-là. Madame doit se trimballer au bras du beau Lambert pendant que je me morfonds. Pourtant, après ce qui est arrivé, elle doit bien se douter que je m'inquiète. Qu'est-ce qu'elle attend pour me téléphoner ? Jamais je croirai qu'elle est assez sans-cœur pour me laisser de même !... Tout à coup qu'elle est blessée, pas capable de m'appeler ? J'en peux plus. Faut que je fasse quelque chose. Mais quoi ? Maudite marde ! »

Elle retourna dans sa chambre en réfléchissant à ce qu'elle devrait faire.

« Appelle Gabriel. Mais qu'est-ce que je vais lui dire ? Ce n'est pas un innocent. Il va me poser des questions. Merde ! Merde ! Ah ! pis je me démerderai ben… »

— Tu es là. Merci ! Merci, mon Dieu !

— Chantal ?

— Oui, c'est moi. J'avais assez peur de ne pas te rejoindre.

— Tu as la voix étrange. Qu'est-ce qui se passe ? Il n'est rien arrivé à Élaine toujours ?

— Je ne sais pas. C'est ça le problème.

— Hein ?

« Ah ! que je suis bête ! »

— Je suis inquiète parce que je n'ai pas eu de ses nouvelles.

— Qu'est-ce que tu me racontes ? Elle n'est pas avec toi ?

— Elle est partie pour Séville hier.

— Toute seule ?

« Je savais qu'il me demanderait ça. »

— Non, pas toute seule. En groupe. Le problème, c'est qu'elle… Elle s'interrompit net pour lui demander : As-tu écouté les nouvelles ?

— Ça va faire, les questions inutiles. Accouche ! lui intima-t-il.

— Ce matin, elle devait prendre le train pour Madrid.

— Pas celui qui a sauté ?

— J'en sais rien, dit-elle en se mettant à pleurer.

— Comment ça, tu n'en sais rien ? Va t'informer ! hurla-t-il. Il y a forcément quelqu'un à l'hôtel qui sait quelque chose.

— Je pense que c'est ce train-là, oui !

« Pourquoi j'ai dit ça ? »

— Il n'y a même pas trente secondes, tu disais n'en savoir rien !

— Je ne voulais pas t'énerver.

— Tu ne voulais pas m'énerver ! Franchement, Chantal ! Comment veux-tu que je ne m'énerve pas ? Il prit une grande respiration. Restons calmes. Elle est probablement saine et sauve. N'empêche que nous n'allons pas bêtement attendre sans rien faire. Quand il y a une catastrophe, on donne généralement un numéro de téléphone où les personnes concernées peuvent demander assistance. Tâche de le trouver. De mon côté, je vais m'adresser à l'ambassade canadienne. Mais désespoir, Chantal ! Comment se fait-il que tu ne m'aies pas téléphoné avant ?

Là-dessus, elle resta muette.

— Je vais te donner les coordonnées de l'hôtel, se contenta-t-elle d'ajouter.

— Ce n'est pas nécessaire, je les ai. Élaine me les a données avant de partir.

Chantal se remit à pleurer.

— Tout ça, c'est ma faute. Je n'aurais jamais dû la laisser partir toute seule.

— Dans la vie, la plupart du temps on s'énerve pour rien. Je te rappelle tantôt. Entre-temps, si tu apprends quoi que ce soit, tu communiques avec moi sans faute.

Elle raccrocha le récepteur, puis s'assit sur le bord du lit.

« Qu'est-ce qui m'a pris de l'alarmer ? La belle affaire astheure… »

Soudain, la porte de la chambre s'entrouvrit.

Chantal réagit nerveusement.

— Élaine ! Élaine, c'est toi ?

Sabine abandonna l'idée de se laisser mariner dans un bain d'eau chaude délicieusement parfumée d'aromates. Elle passa plutôt sous la douche parce qu'il lui pressait d'écouter les informations le plus vite possible. Elle regardait la télé étendue dans son lit et emmitouflée dans sa liseuse. À la chaîne de télévision française d'information internationale France 24, on ne parlait pratiquement que du terrible attentat perpétré, tôt en avant-midi, contre un train de la ligne de chemin de fer madrilène. Les yeux rivés sur l'écran, elle écoutait les correspondants et les envoyés spéciaux qui se relayaient sans relâche.

La situation s'aggrave d'heure en heure. Actuellement, on dénombre pas moins de 1500 blessés et 172 morts. D'après ce que l'on sait, en quelques minutes, six bombes auraient explosé dans différents wagons du train assurant la liaison entre Séville et Madrid. Tout porte à croire, étant donné l'ampleur des dégâts, que le coup aurait été orchestré par des mains expertes. Certains avancent déjà l'hypothèse que ce macabre attentat soit l'œuvre de l'ETA, le Groupe nationaliste basque, tandis que d'autres soupçonnent Al-Qaïda.

Des images de voitures éventrées autour desquelles s'affairaient de nombreux secouristes défilaient à présent. Elle les reçut comme un coup de masse ramenant à sa mémoire le souvenir du carnage à Bagdad où, quelques jours auparavant, ses amis et elle avaient frôlé la mort. Elle voyait rouge comme le sang de ces pauvres innocents atrocement mutilés, déchiquetés. « Partout, l'horreur ressemble à l'horreur. Pourquoi le monde est sans amour ? » Voilà, ô désespoir ! qu'elle craignait que son propre fils n'ait pas compris que combattre ses démons intérieurs, c'était la seule guerre qui valait la peine.

Chantal s'élança précipitamment vers la porte.

— Élaine ! Dieu soit loué ! Tu n'as rien.

Mais, cela s'entend, elle avait l'air profondément affligée, sous le choc. La pauvre avait comprimé ses émotions depuis le matin. Elle pouvait enfin s'abandonner.

Sa sœur la serra dans ses bras. Sa poitrine se gonfla et ses yeux se gorgèrent de larmes, avant qu'elle n'éclate en sanglots. Très secouée, Chantal se mit également à pleurer.

Elles s'assirent côte à côte sur l'un des lits jumeaux.

— Dis-moi quelque chose…, la priait Chantal.

Élaine pleurait encore à chaudes larmes en se demandant si elle aurait assez d'une vie pour toutes les verser. Qu'allait-elle raconter à sa sœur ? Qu'en l'espace de quelques heures elle avait connu le paradis puis l'enfer ? Qu'elle avait couché avec le diable en y prenant un plaisir divin ! La sagesse lui commandait de se taire, de taire l'inavouable.

— Par où commencer ?

— Commence par me dire si tu étais dans ce damné train.

— Non.

— Ben alors ?

— Disons que je l'ai échappé belle.

— Et Lambert ?

— Je ne sais pas.

— Comment ça, tu ne sais pas ? Vous n'étiez pas ensemble ?

— Pas quand le train est parti.

— Lui, il l'a pris ou pas ?

— Tout ce que je sais, c'est qu'il m'a peut-être sauvé la vie. Mais… (Elle se remit à gémir.) Cette seule idée me…

me glace le sang, parce que cela sous-entend qu'il était au courant.

— De quoi ?

— De ce qui se tramait.

— Je ne comprends absolument rien à ton histoire. Pour l'amour du ciel ! Veux-tu ben parler pour que je te comprenne !

— J'ai de la misère à digérer tout ça. Je ne suis même pas certaine d'y voir clair.

— À deux, on devrait y arriver, tu ne penses pas ?

Élaine se décida à tout lui raconter. Enfin, l'essentiel.

— Ce matin, nous étions de très bonne heure à la gare. Tout allait bien. À un moment donné, Lambert est parti en me laissant son cellulaire et son sac.

— Celui-là ? lui demanda-t-elle en montrant le fourre-tout qui traînait au milieu de la place.

— Oui. Il voulait soi-disant récupérer ses lunettes de soleil. J'étais inquiète, j'avais peur qu'il ne revienne pas à temps parce que c'était bientôt l'heure de monter dans le train. Puis il est arrivé une chose bizarre. Sur le coup, cela m'a semblé anodin mais après... Tu vas comprendre. Une jeune femme... belle, très belle même... J'ai pensé qu'elle était Tunisienne ou Libanaise... Toujours est-il qu'elle est venue vers moi et m'a demandé où se cachait son frère.

— Hein ?

— Quelques minutes auparavant, elle nous avait aperçus, Lambert et moi. Eh bien ! elle était persuadée que c'était son frère ! Un certain Karim al... quelque chose.

— C'est curieux.

— Attends ! Avant de s'en aller, elle s'est mise à parler en arabe avec son petit copain.

— Hein !

Chantal avait les yeux ronds.

— Sur le coup, je n'ai pas eu le temps de penser parce que le téléphone s'est mis à sonner.

— Quel téléphone ?

— Celui que Lambert m'avait remis juste avant de filer vers la voiture. J'ai répondu.

— Et puis ?

— C'était lui. Tu aurais dû l'entendre. Il ne m'a pas laissée placer un mot. Sa voix était ferme et autoritaire. « Écoute-moi ! C'est sérieux. Tu vas sortir de la gare le plus rapidement possible mais sans courir. Ne retourne pas, sous aucun prétexte, à la voiture. Compris ? »

— Qu'est-ce que tu as fait ?

— Tu penses bien que la frousse m'a pris. J'ai accroché les bagages puis je suis partie en courant le plus vite possible.

— Veux-tu ben me dire qu'est-ce qui t'a pris de prendre son sac ?

— Je n'ai pas réfléchi. Je pensais qu'il reviendrait.

— C'est donc ben stupide ce que t'as fait là ! Après, qu'est-ce qui est arrivé ?

— Je me suis éloignée de la gare. Je suis allée m'asseoir à une terrasse. J'étais dans le brouillard. J'imaginais des choses épouvantables mais je ne savais pas quoi faire ! J'y suis restée une bonne secousse jusqu'à ce que j'apprenne ce qui s'était passé.

— Comment tu l'as su ?

— J'ai entendu des touristes français en parler. Là, je te jure, la chienne m'a pris. Je ne me suis jamais sentie aussi mal de toute ma vie.

Le téléphone sonna.

— Ah ! maudit ! C'est Gabriel.

— Quoi ? Tu l'as prévenu ? T'es malade ou quoi ?

— Ne gueule pas ! (La sonnerie résonna une deuxième fois.) J'ai rien dit pour te mettre dans le trouble. Et puis, qu'est-ce que t'aurais voulu que je fasse d'autre ? (Un troisième drelin se fit entendre.) J'étais morte d'inquiétude, tu sauras !

Elle décrocha l'appareil.

— Chantal, des nouvelles ? s'enquit-il sans préambule aucun.

— Tout va bien. Elle est ici. Je te la passe.

Élaine prit une bonne respiration puis elle s'exclama :

— Salut Gabriel !

— Tu nous as donné une jolie frousse, à Chantal et à moi. Par chance, je n'avais encore rien dit aux enfants. Ça va ?

— Oui.

— Je suis content d'entendre ta voix.

— Moi aussi.

— Étais-tu dans ce train ?

— Non, je l'ai manqué. Faut croire que ce n'était pas mon destin.

Ils restèrent silencieux un instant.

— Tu as eu assez d'émotion ?

— Mets-en.

— Alors, tu rentres bientôt ?

— Le plus vite possible.

— Tu me rappelleras pour me dire quand vous rentrerez. J'irai vous chercher à l'aéroport. Bon !...

— La maison me manque. Embrasse les enfants pour moi.

— Je n'y manquerai pas. Soyez prudentes !

— Au revoir !

Pas de questions et pas de déferlement d'émotion. Comme d'habitude, Gabriel avait été d'un stoïcisme navrant. Toutefois, il lui avait semblé percevoir en lui un brin d'inquiétude.

— Puis ? lança Chantal.

— Quoi ?

— Est-ce que je t'ai mise dans le trouble ?

— Non.

— Tu devrais prendre une bonne douche. Ça te ferait du bien.

— Pour tout de suite, j'ai le goût de rien. Je suis épuisée physiquement et mentalement.

— J'y pense. Tu es revenue ici comment ?

— En autobus.

— Et euh... la voiture ?

— Après le mystérieux avertissement de Lambert, je n'y ai pas remis les pieds. Je suppose qu'elle est toujours stationnée au même endroit, devant la gare de Séville.

— Va falloir s'en occuper parce que la location est à notre nom.

— Je le sais bien trop.

— Le sac… qu'est-ce qu'on en fait ?

— Nous devrions nous en débarrasser, lança spontanément Élaine.

— Pas sûre. Tout d'un coup qu'il revient à l'hôtel pour le reprendre. Sais-tu ce qu'il y a dedans ?

— Je n'ai pas regardé.

Chantal se pencha pour fouiller à l'intérieur du sac.

— Ne fais pas ça !

— Tu peux être sûre qu'y a pas de bombe là-dedans parce qu'y a longtemps que t'aurais sauté.

— Pour une fois, ne cours donc pas après le trouble. Le mieux, c'est d'aller à la réception et de demander qu'on le lui rapporte dans sa chambre.

— Ouin, c'est une bonne idée. J'y vais tout de suite.

Dès que sa sœur fut sortie de la chambre, Élaine ouvrit la télé. En voyant le tas de ferrailles qu'il restait de certains wagons, elle s'exclama :

— Mais c'est épouvantable !

Sidérée par l'ampleur de la tragédie, elle tenait son visage entre ses mains. Puis elle se mit soudainement à trembler, à ressentir un horrible haut-le-cœur. L'idée d'avoir fait l'amour avec un assassin, un criminel de la pire espèce, lui était insupportable. Elle marcha d'un pas chancelant jusqu'à la salle de bains. Elle s'écrasa au-dessus du bol de toilette puis elle vomit, vomit et vomit encore en espérant expulser tout le dégoût qui l'habitait. Or, chaque fois qu'elle se vidait, c'était comme si quelqu'un voulait lui arracher le cœur.

Dieu merci, Chantal ne mit pas longtemps à faire l'aller et retour.

— Il n'a jamais eu l'intention de revenir avec toi, Monsieur a quitté l'hôtel définitivement hier ! déclara-t-elle à grand son de trompe en déposant le sac par terre.

— Qu'est-ce que tu fais ?

— Je vais toujours ben regarder dedans avant de le mettre aux ordures. (Curieuse, Élaine se rapprocha de sa sœur.) Y a rien dans ce maudit sac-là, rien que deux serviettes pis… c'est pas vrai, une bible !

— Donne, lui dit Élaine. Elle l'examina. C'est écrit Hôtel Europa dessus.

— Veux-tu ben me dire qu'est-ce que ça faisait là-dedans ?

— Ça servait peut-être à faire plus de poids ?

— Ça a du sens.

— Redonne-la-moi. Je vais nous en débarrasser en même temps que tout le reste.

— On ne jette pas une bible à la poubelle. Je la garde. Il n'y a plus rien à l'intérieur du sac, tu es certaine ?

— Oui.

— Ma tête va exploser. Chantal, dis-moi que je rêve, que je vais bientôt me réveiller.

20

Enveloppée dans la nuit et déchirée par le chagrin, Élaine peinait pour rester forte. Le voilier de son cœur essuyait une énorme, une épouvantable tempête. Mais au risque d'y laisser sa peau, elle l'affronterait seule. Elle préférait se laisser couler à pic que d'envoyer un S. O. S.

Chantal l'asticotait inutilement depuis des heures.

Elle ne saurait rien.

— Arrête de tourner autour du pot. Pose-la ta question qu'on en finisse, lui lança-t-elle comme une bombe.

Cette apostrophe saisit Chantal. Toutefois, l'envie de savoir la tenaillait bien trop pour qu'elle n'aille pas de l'avant.

— Ben... as-tu couché avec lui ?

— Non.

— Non ?

— Non.

« Tu peux toujours courir », se dit Élaine. Ce péché-là, à nul elle ne serait tenue de le confesser, sauf à Dieu. Mais Chantal ne la croyait pas, à plus forte raison qu'elle s'enfermait dans un mutisme opiniâtre.

— Une chance, parce que tu t'en aurais voulu, hein ?

Élaine pinça les lèvres et ferma les yeux pour retenir ses larmes. Puis, sans que son émotion ne transpire, elle réussit à marmonner :

— Je suis fatiguée. Je voudrais dormir.

— J'ai compris, je me tais. Bonne nuit !

La nuit fut longue, interminablement longue. Jusqu'à l'aube, Élaine fit d'incessants allers et retours entre l'enfer et le paradis. Les questions virevoltaient, nombreuses, dans sa tête. « Qui est réellement Lambert Leroy ? Un terroriste ? » Rien que d'y penser, cela lui donnait la chair de poule. « Je suis punie. » Elle se remit à pleurer en veillant à étouffer ses pleurs pour ne pas réveiller Chantal. « Saurez-vous me pardonner, mon Dieu ? Mais le péché était si bon. » Après de dures années de chasteté conjugale, elle s'était sentie renaître, à nouveau femme. Naguère, pourtant elle supportait encore sa croix. « Pourquoi a-t-il fallu que le diable lui-même vienne me tenter ? » À présent, elle souffrait. Elle pesa sur son bas-ventre à deux mains. Elle aurait voulu s'arracher les entrailles parce que, déjà, son corps se mourait de lui. Mais, les yeux fermés, elle se livra plutôt sans retenue à un étourdissant voyage. Une ombre planait au-dessus d'elle.

— *Tu es belle.*

— *Mmm !*

— *Je vais te faire hurler de plaisir.*

— *Attends. Laisse-moi faire un peu.*

Elle sentait son souffle chaud, sa bouche humide et ses mains vagabondes.

— *Emporte-moi…*

Elle flottait hors d'elle-même en ayant le sentiment qu'elle était, là, maintenant, en communion avec lui.

— *Quoi qu'il arrive, promets-moi de ne jamais me détester,* l'entendit-elle encore lui dire.

Elle redescendit sur terre en craignant d'ores et déjà que l'ombre de son absence la poursuive à tout jamais.

Le sommeil eut finalement raison d'elle.

Aux alentours de 7 heures, Chantal ouvrit péniblement les yeux.

Il y avait du remue-ménage dans la chambre.

— Qu'est-ce que tu fais de bonne heure de même ? s'enquit-elle auprès d'Élaine.

— Mes valises.

— Comment ça, tes valises ? s'exclama-t-elle en se redressant dans son lit.

— Tu ne t'imaginais pas que j'allais rester en Espagne après ce qui s'est passé ?

— Ben là… Qu'est-ce que ça change ?

Élaine haussa les épaules.

— Tout ! Je ne trouve plus rien de drôle ici. J'ai envie d'être chez moi, dans mes affaires, entourée des miens.

— Pis moi ?

— Toi *quoi* ?

— Faut que je rentre aussi ?

— Reste si tu veux. Continue de te payer du bon temps avec ton Jean-Paul.

« Jean-Paul, ouin… » Elle n'allait certainement pas lui confier qu'il avait pris la poudre d'escampette.

— C'est pas la question. Y peut toujours *flyer*, je pleurerai pas.

— Ah ! Je croyais que tu l'aimais bien.

— Pas tant que ça. Bref ! Le problème, c'est que j'ai pas d'argent pour m'acheter un autre billet d'avion.

— Si c'est tout ce qui t'arrête, je vais te le payer.

— T'es certaine de vouloir rentrer tout de suite ?

— Absolument ! Quand bien même il faudrait que je passe par la Chine, je ne resterai pas ici plus longtemps.

Malheureusement, après maintes tentatives, Élaine fit *contre mauvaise fortune bon cœur* puisqu'elles ne partiraient que le surlendemain.

— Maintenant que tout est réglé, fichons le camp à la plage, pesta Chantal.

— Il est bientôt midi. Si nous allions plutôt casser la croûte ?

— Pourvu que nous sortions d'ici.

Élaine prit son sac à main. En vérifiant si son portefeuille s'y trouvait, elle constata qu'elle détenait toujours le cellulaire de Lambert. « Il faut que je m'en débarrasse. Mais tout d'un coup qu'il tente de m'appeler. Ne sois pas stupide, réfléchis. » Elle hésita, n'en dit rien à sa sœur et, en fin de compte, sortit de la chambre, emportée une fois de plus par un remous de sentiments contraires.

Dans l'ascenseur, Chantal joua au trouble-fête.

— Si tu tombes sur lui…

— Ici, maintenant ?

— Oui !

— Rien que d'y penser…

— Cela te fait peur ?

— Oui. Pourtant, cela ne devrait pas puisqu'il m'a probablement sauvé la vie.

— Paraît qu'il y a près de deux mille victimes.

— Quelle horreur !

— Il est peut-être mort.

— Rien ne prouve qu'il soit monté dans ce train.

Malgré le drame, la terre ne s'arrêta pas de tourner. Dehors, chacun vaquait à ses occupations habituelles. Pablo les installa face à la mer, au premier rang. Là ou ailleurs, cela ne faisait aucune différence tant elles étaient préoccupées.

— Nous aurions pu aller n'importe où. Pourquoi sommes-nous venues en Espagne ? se questionnait Élaine.

— Au départ, je voulais partir pour l'Italie.

— L'Italie, cela m'aurait plu.

— À moi aussi, surtout qu'il n'y a pas plus chaud lapin qu'un Italien. En tout cas, c'est ce qu'on dit.

— Alors, pourquoi n'y sommes-nous pas allées ?

— L'agente de voyages revenait continuellement sur l'Espagne. « L'Espagne, c'est propre, c'est beau et on y mange bien. Et puis, c'est bien moins cher que l'Italie. » Finalement, elle m'a convaincue. Ensuite, je t'ai vendu l'idée.

— Tu t'es fiée à elle ?

— Franchement, Élaine ! Je n'avais aucune raison de ne pas lui faire confiance.

— Tu dis qu'elle insistait pour que nous allions en Espagne…

— Oui. Beaucoup même.

— Tu n'as pas trouvé ça louche ?

— Voyons donc !

— Tu ne trouves pas curieux non plus que Lambert se soit collé à nous ?

— Il n'y a rien de bizarre là-dedans, s'offusqua-t-elle. Il m'a vue sur la plage. Je lui ai plu tout de suite.

— Ouin.

— En tout cas, une chance que je te l'ai laissé, parce que je ne m'en serais peut-être pas aussi bien tirée que toi.

Élaine baissa la tête. Ce que sa sœur pouvait la faire suer parfois. Elle se retint de lui rabattre le caquet de sa vanité. « Tu ne l'intéressais pas, grande fatigante. Tu es trop bête pour voir la vérité en face tellement tu es imbue de toi-même. »

Tout d'un coup, Élaine se rappela qu'il y avait urgence. Elle se pencha brusquement pour ramasser ses affaires et somma sa sœur de faire pareillement.

— Grouille. Il faut s'occuper de régler l'histoire de la voiture.

Il pleuvait délicieusement sur Paris. Sabine marchait d'un pas lent en se laissant caresser le visage par les fines gouttelettes de pluie. Après avoir souffert du climat désertique de l'Irak, elle bénissait l'eau du ciel. Elle entra dans la boulangerie du quartier pour acheter quelques provisions. Une baguette de pain et un morceau de camembert feraient son déjeuner.

— Donnez-moi aussi un peu de cette bonne salade de fruits, dit-elle au marchand.

— Certainement, madame Ronet.

Ensuite, elle s'arrêta chez le papetier-libraire pour y acheter les grands quotidiens du matin. L'attentat survenu la veille en Espagne faisait la une de la plupart des journaux. Impatiente d'éplucher toutes ces publications, elle rentra vite à la maison.

L'arôme du café frais se répandait partout dans l'appartement. Elle se remplit une tasse d'expresso et en but une gorgée. Son fils occupait ses pensées. Ce n'était pas la première fois qu'il disparaissait sans laisser de trace. Mais, toujours, il refaisait surface ; parfois des mois plus tard. Et, chaque fois, elle se morfondait en attendant son retour. Dans ces moments-là, elle se reprochait de ne pas avoir été à la hauteur. Dieu lui avait confié l'âme de Karim. Elle avait failli, n'avait pas su lui montrer le bon chemin.

Elle s'assit à table pour parcourir les journaux. Les informations, toutes destinées au grand public, étaient bien fragmentaires. Et puis, difficile de se faire une idée quand on se sait manipulé de toutes parts. A priori, les médias espagnols accusaient majoritairement l'ETA d'avoir orchestré cette attaque sanguinaire. En France, cependant, on semblait croire davantage que cela ait été l'œuvre d'Al-Qaïda, en représailles à la participation de l'Espagne à la guerre d'Irak. Même si on savait qu'aucun kamikaze n'avait participé au crime, la thèse de l'attentat terroriste islamique restait plausible. Un journaliste allait même jusqu'à affirmer : « Cela est bien connu que ces fanatiques veulent imposer par la force la loi islamique partout en Europe. »

« C'est n'importe quoi, s'indigna Sabine. C'est trop facile d'accuser les djihadistes sans aucune preuve. Je ne serais même pas surprise que le commanditaire soit un groupe paramilitaire à la solde du gouvernement. »

Elle consulta un autre quotidien. Apparemment, dans un des wagons se trouvait un engin qui n'aurait pas explosé. Les démineurs auraient en effet découvert dans des sacs à dos les composantes d'une bombe. Mais celle-ci, pour une raison inconnue, n'aurait pas été montée.

Elle replia les journaux avant de les jeter à la poubelle. Puis elle se servit un vin d'Alsace. Ensuite, elle mit en marche son lecteur de CD en espérant que la musique de Schubert l'inspire, après quoi elle s'installa à son bureau afin d'écrire ; écrire pour se libérer de ses propres frustrations, écrire pour témoigner de la souffrance imposée à ses frères irakiens, écrire pour dénoncer la guerre, écrire pour réveiller les consciences endormies et écrire, sans doute aussi, pour rêver la vie autrement.

Les sœurs Doucet tuèrent le temps jusqu'au surlendemain.

— Enfin, on décampe ! s'écria Chantal.

Elle n'était pas d'humeur folâtre. De son séjour en Espagne, elle ne ramènerait que des souvenirs amers. Elle avait attiré le beau Lambert dans ses filets mais Monsieur était habilement passé à travers les mailles, lui préférant sa cadette. Qu'importe que cela ait été en fin de compte salutaire, il n'en restait pas moins qu'Élaine avait eu le dessus sur elle. Et puis, c'était le comble ! Jean-Paul l'avait laissée tomber comme une tourte. Quant à Élaine, elle pliait bagage avec un sentiment de tristesse mêlée de rancœur. Mais elle s'en voulait plus encore à elle-même qu'à lui.

Elles quittèrent le Melia tôt après avoir déjeuné. Un taxi les conduisit à Malaga, où elles prirent un avion pour Madrid. Avant d'entreprendre la grande envolée vers l'Amérique, elles purent badauder quelques heures dans l'aéroport international de Madrid-Barajas. Elles flânèrent à droite et à gauche. Poussée par la curiosité douloureuse d'en apprendre davantage sur l'attentat auquel elle avait échappé de justesse, Élaine entra dans un kiosque à journaux. La tragédie faisait encore la une de tous les quotidiens. Elle se sentait bouleversée par cette affaire.

— Ne tourne pas le fer dans la plaie, viens-t'en, la somma Chantal.

Le peu de temps qu'il leur restait à attendre, elles le passèrent attablées devant deux cappuccinos.

— Je ne me rappelle pas avoir jamais eu aussi hâte de rentrer chez moi, fit remarquer Élaine avec un accès de mélancolie.

— Moi aussi ! Je vais en avoir long à raconter à mes clientes.

— Que je ne te prenne pas, Chantal Doucet, à dire quoi que ce soit à propos de Lambert et moi.

— Que veux-tu que je leur dise ? Il n'y a rien à raconter, y paraît ! lui envoya-t-elle ironiquement.

— Ne fais pas ta fine. Tu sais comme moi qu'une peccadille peut donner naissance à des rumeurs invraisemblables.

— Mon Dieu que tu me connais mal ! Je sais tenir ma langue, tu sauras.

Élaine ne se faisait pas d'illusions. Rien n'était moins sûr.

À l'heure prévue, l'ordre d'embarquement fut donné.

Élaine présenta son billet d'avion au préposé. Mais, aussitôt, deux hommes d'allure imposante avancèrent vers elle. L'un d'eux l'interpella.

— Madame Doucet, veuillez nous suivre.

Elle lorgna Chantal d'un air inquiet, avant de demander au type :

— Pourquoi devrais-je vous suivre ?

— Nous avons quelques questions à vous poser, madame, relativement à votre présence à la gare Santa Justa le jour de l'attentat.

La nervosité monta d'un cran.

— Mais je n'ai rien à voir dans cette histoire !

— Probablement, mais veuillez quand même nous suivre, madame.

Chantal s'énerva.

— Notre avion est sur le point de décoller !

— Elle prendra le prochain. Suivez-nous, madame Doucet.

— Puisque c'est comme ça, je vous suis aussi.

— Qui êtes-vous ?

— Sa sœur.

— À votre guise, madame.

Elles quittèrent l'aéroport bien escortées. On les fit monter dans un véhicule immatriculé à la sécurité publique. Élaine était blême de peur. Elle redoutait le pire, même si elle avait les mains blanches dans toute cette affaire. Chantal angoissait également. Il leur semblait être en plein suspense, comme dans les romans policiers.

— Il faut absolument prévenir Gabriel que nous ne serons pas au rendez-vous, s'inquiéta subitement Élaine.

— Je vais m'en occuper dès que nous arriverons. Que veux-tu que je lui dise ?

— La vérité : qu'on me questionne sur l'attentat.

Elles se cloîtrèrent dans le silence pratiquement tout le reste du trajet.

La situation était cauchemardesque, particulièrement pour Élaine. Son cerveau s'embrumait. Des pensées troubles virevoltaient dans sa tête.

« J'hallucine. Comment se fait-il qu'ils soient remontés jusqu'à moi ? »

Ils finirent par stationner la voiture dans la cour d'un quelconque édifice du centre de Madrid. Les deux hommes les conduisirent rapidement à l'intérieur de l'immeuble. Un autre individu prit ensuite la relève, plus césarien celui-là. Il intima d'abord à Chantal de rester dans la salle d'attente pendant qu'on interrogerait Élaine. Elle protesta vivement.

— Pourquoi est-ce que je ne peux pas aller avec elle ?

Il la rabroua.

— Parce que c'est comme ça. Vous attendez ici.

Élaine le suivit jusque dans un petit bureau où il la pria de s'asseoir. Ensuite, sans rien ajouter, il sortit en refermant la porte derrière lui.

« Reste calme. Tu n'as rien à craindre. Dis la vérité, rien que la vérité et tout se passera bien. »

La pièce dans laquelle on l'avait visiblement enfermée était non seulement petite mais sombre. Les murs grisâtres étaient nus et sans aucune ouverture pour y laisser entrer la lumière du jour. Trois chaises et une table composaient tout l'ameublement du sinistre cabinet de travail.

On la laissa choir là, seule, un bon moment.

La porte s'ouvrit enfin.

— Madame Doucet, je suis Victoria Valle et voici mon confrère Javier Giraldo. Nous sommes responsables de l'enquête en cours.

A priori, les deux agents du CNI[36] ne semblaient pas redoutables, mais Élaine se méfiait plus que jamais des apparences.

---

36 Centre national d'intelligence.

— Enchantée, se borna-t-elle à dire.

L'agent Giraldo déposa son ordinateur portatif sur la table qui les séparait, avant de s'asseoir en face d'elle, à côté de sa consœur. Ensuite, il ne perdit pas de temps. Il promena ses doigts sur le clavier.

— Madame Doucet, nous vous demandons de regarder ce qui suit.

Giraldo tourna son écran d'ordinateur vers elle.

— Ces images ont été captées par une caméra de surveillance, à Madrid, devant la gare. Vous reconnaissez-vous ?

— Bien sûr.

Voilà, tout s'expliquait. On avait relevé le numéro de la plaque du véhicule qu'elle avait loué, puis on était remonté jusqu'à elle.

— Qui est l'homme qui vous accompagne ?

— Lambert Leroy.

— Qui est-il par rapport à vous ?

Élaine se sentait indisposée par la question. Elle répondit :

— Une connaissance.

— De longue date ?

— Absolument pas ! réagit-elle. Nous avons fait sa connaissance à Torremolinos.

— Nous ?

— Ma sœur et moi.

— Quand ? Soyez précise.

— Dès notre arrivée. Non. Plutôt le lendemain.

— Racontez-nous.

— Quoi donc ?

— Comment vous avez fait sa connaissance.

— Ma sœur me l'a présenté. Elle l'avait rencontré par hasard en se promenant sur la plage.

— Vous ne l'aviez jamais vu auparavant ?

— Non, jamais.

— Que faisiez-vous avec lui à Madrid ?

— J'y étais en visite. C'est lui qui me l'avait proposé.

— Vous êtes mariée, madame Doucet ?

— Oui.

— Il vous arrive souvent de prendre du bon temps en charmante compagnie ?

— Vous n'y êtes pas du tout, rétorqua-t-elle énergiquement. Lambert Leroy était très sympathique.

— Était ?

— Je voulais dire : est très sympathique. Il m'a proposé cette excursion, j'ai accepté. C'est tout.

— Pourquoi votre sœur ne vous accompagnait-elle pas ?

— Chantal aimait mieux rester à Torremolinos. Elle préfère la plage aux visites touristiques.

— Ce Lambert Leroy, que fait-il dans la vie ?

— Antiquaire. En tout cas, c'est ce qu'il m'a dit.

— En douteriez-vous ?

— Évidemment, il a pu me dire n'importe quoi.

— À votre connaissance, pourquoi était-il en Espagne ?

— Pour faire des achats.

— Quel genre ?

— Des bibelots, des lampes…

— Que vous a-t-il appris d'autre sur lui ?

— Pas grand-chose. Il habite en France, il parle plusieurs langues…

— C'est tout ?

— Oui.

— Décidément, vous êtes surprenante. Il vous arrive souvent de partir comme ça, à l'aventure, avec de parfaits inconnus ?

Elle le détestait de lui parler sur ce ton, de faire tous ces sous-entendus. Elle en avait assez.

— Je ne comprends pas ce que je fais ici. Vous ne m'avez sûrement pas fait venir pour m'insulter.

— Non, chère madame.

— Regardez, dit-il une fois encore en appuyant sur une touche de son portable.

C'était le jour de l'attentat, à la gare, au moment où elle prenait subitement ses jambes à son cou.

— Est-ce vous ?

— Oui.

— Alors expliquez-nous : pourquoi vous êtes-vous enfuie en courant ?

— *Écoute-moi ! C'est sérieux. Tu vas sortir de la gare le plus rapidement possible mais sans courir.* Il ne voulait pas que j'attire l'attention.

— Parce qu'il me l'a dit.

— Qui vous a dit quoi ?

— Lambert Leroy. Il m'a dit de sortir de la gare.

— Et de courir ?

— Non. J'ai couru parce que j'ai eu soudainement peur.

— De quoi aviez-vous peur ?

— Je ne sais pas.

— Voyons, madame Doucet, on ne s'enfuit pas en courant pour rien.

— Je n'ai pas d'explication logique à vous donner. Il m'a dit de sortir immédiatement. Je suis sortie.

— Vous rampez toujours aussi facilement devant les hommes, madame Doucet ?

— Ne criez pas après moi. Je n'ai rien fait.

— Vous n'avez pas trouvé curieux qu'il vous demande de partir ?

— Bien sûr que oui ! C'est d'ailleurs pour ça que je me suis enfuie. Vous auriez dû entendre sa voix, grave, autoritaire.

— Qu'avez-vous fait ensuite ?

— Je suis allée m'asseoir sur une terrasse. Je ne comprenais plus rien. Je ne savais pas quoi faire.

— Pourquoi n'avez-vous pas alerté la police ?

— Pour leur dire quoi ? Qu'une connaissance m'avait ordonné de quitter la gare, sans raison ?

— Cela ne vous a pas paru étrange ?

— Oui, mais je ne me doutais pas que…

— …le train allait sauter. (Là-dessus, elle se replia sur elle-même.) Qu'avez-vous fait ensuite ?

— Je suis rentrée à Torremolinos en autobus.

— Pourquoi avoir abandonné sur place le véhicule que vous aviez loué ?

— *Ne retourne pas, sous aucun prétexte, à la voiture. Compris ?*

— Répondez, la somma l'agent Giraldo.

— Je ne suis pas stupide. J'ai fait ce que je pensais être le mieux pour ma sécurité.

— Qu'est-il advenu de la voiture ?

— Quelqu'un l'a ramenée. Mais cela, vous devez le savoir mieux que moi.

Les deux agents laissèrent Élaine seule.

— *¿Qué piensas[37] ?* demanda Giraldo à sa collègue.

— *Tengo la impresión que ella esconde algo pero de eso ó de creerla implicada, está lejos. Puede ser simplemente una historia de culo que termino mal. Ella no quiere decir todo porque es casada. Ella se protege.*

— *No estoy seguro. Algunos elementos son extraños en esta historia. ¿Quién llevó el auto a la agencia de alquiler, ha? El que se encargo tuvo cuidado de dañar las cámaras.*

— *Interroguemos su hermana. Puede ser que ella esconde otros pedazos del rompe cabeza.*

L'exubérante blonde se tint peinarde quand, à son tour, on vint l'interroger. Elle corrobora nerveusement les renseignements divulgués par sa cadette.

---

37 — Qu'est-ce que t'en penses ? demanda Giraldo à sa collègue.
   — J'ai l'impression qu'elle cache quelque chose, mais de là à la croire impliquée, il y a une marge. C'est peut-être tout simplement une histoire de cul qui a mal fini. Elle ne veut pas tout dire parce qu'elle est mariée. Elle se protège.
   — Pas sûr. Certains éléments sont troublants dans cette histoire. La voiture, qui l'a ramenée à l'agence de location, hein ? Le petit futé qui s'en est chargé a pris soin de bousiller les caméras de surveillance.
   — Interrogeons sa sœur, elle détient peut-être d'autres morceaux du puzzle.

Conscientes qu'elles avaient tout à y gagner, elles collaborèrent de bon gré avec les autorités policières. Sans succès, elles examinèrent d'abord des centaines de photographies d'individus au passé louche dans l'espoir d'y reconnaître Lambert. Puis, avec un spécialiste, elles passèrent en revue l'ensemble de ses traits faciaux afin qu'il dresse son portrait-robot.

Ensuite, ces dames furent mises en garde à vue.

Les heures suivantes furent interminables.

Jamais, auparavant, ni l'une ni l'autre n'avait eu à se dépêtrer d'une situation aussi angoissante. L'insouciance légendaire de Chantal s'évanouit. La pauvre essayait tant bien que mal de ne pas se mettre martel en tête, de rester résolument forte. Élaine faisait son *mea culpa*. Elle qui d'habitude domptait ses passions de main de maître s'en voulait terriblement d'avoir cédé à ses instincts. « Tout est ma faute. Je n'aurais jamais dû le suivre jusqu'à Madrid. Qu'est-ce qui m'a pris ? » Son âme fiévreuse s'ennuyait de la grisaille de sa vie auprès des siens. Son mari et ses enfants lui manquaient. Elle luttait pour ne pas céder à la panique en priant désespérément le ciel de leur venir en aide. « Mon Dieu, sortez-nous de ce pétrin ! »

Le jour déclinait.

Bientôt tomberait la nuit, avec ses fantômes contre lesquels elles devraient lutter.

— Si nous chantions ? lança Élaine.

— T'es pas un peu « dring dring pow pow » ?

— Ça vaut mieux que de pleurer, tu ne penses pas ?

— Je préférerais regarder la télé.

Elles éclatèrent de rire, puis elles se rapprochèrent l'une de l'autre. Bras dessus, bras dessous, assises sur le même lit dans la petite cellule qui leur servait de gîte pour la nuit, elles vagabondèrent dans le répertoire de leurs souvenirs.

— Te souviens-tu de ce que maman nous chantait lorsque, enfants, nous étions tristes ?

Le visage de Chantal s'illumina.

— Bien sûr que je me rappelle.

— Qui commence ?

— Toi.

— *Si le bonheur parfois t'oublie, souris quand même à la vie*
Tu verras qu'un réveil sans sommeil est parfois source de joie
Alors tu découvriras le ciel bleu sous les nuages froids...

Aussi joliment chantée, Charlot lui-même aurait apprécié cette version de *Smile*.

Tandis qu'elles se laissaient aller à une douce mélancolie, de leur côté les enquêteurs ne chômaient pas, puisque certains éléments de leur histoire restaient encore à vérifier.

Ils y travaillèrent toute la nuit.

Le lendemain matin, l'agent Valle reçut un coup de fil d'un haut fonctionnaire du Centre national de coordination antiterroriste[38]. Étant donné que les deux Québécoises ne représentaient apparemment aucune menace pour l'État, on sommait le Centre national d'intelligence de les relâcher. L'intervention rapide et formelle du CNCA

---

38 CNCA

avait de quoi surprendre. Habituellement, au ministère de la Défense comme de l'Intérieur, personne ne s'élevait en redresseur de torts.

— Vous êtes maintenant libres, leur apprit-elle.

— Nous pouvons rentrer chez nous ? demanda timidement Élaine.

— Oui.

« Merci, mon Dieu ! Merci ! »

— Yé ! s'écria Chantal.

Le cauchemar était terminé. Les yeux pétillants, la bouche fendue jusqu'aux oreilles, elles reçurent la nouvelle avec une joie triomphale.

21

QUATRE MOIS PLUS TARD

L'automne, quelle magnifique saison !

Élaine et son mari roulaient sur le bord de la rivière Saint-Maurice, entre Grand-Mère et La Tuque. Le paysage était à couper le souffle. Les verts, les jaunes et les rouges flamboyants des feuillus s'amalgamaient féeriquement au verdâtre mordoré des conifères. En cette deuxième semaine d'octobre, la beauté de Dame nature atteignait son paroxysme.

Ils entrèrent dans Saint-Roch-de-Mékinac. Puis, ils traversèrent sur l'autre rive de la rivière. Leur maison de campagne en bois rond, bâtie à flanc de montagne, leur servirait de gîte durant cette longue fin de semaine de l'Action de grâce. Ils y seraient seuls, Joëlle et Alex ayant préféré rester en ville avec leurs amis.

Aussitôt arrivés, ils partirent en randonnée pédestre autour du chalet. Les feuilles mortes couvraient partiellement l'étroit sentier de terre sur lequel ils avançaient côte à côte, sans mot dire, comme deux vieux amis dont l'amitié déférente plutôt qu'amoureuse ne faisait nul doute. Les rayons du soleil perçaient à travers les arbres. Il faisait beau. L'instant présent était d'un calme serein. Après de longs mois d'été attachée au tumulte de ses sentiments, Élaine retrouvait enfin une certaine tranquillité d'âme. À son retour d'Espagne, Gabriel s'était montré d'une curiosité légitime. Elle avait déguisé la vérité.

— *Quelle idée tu as eue de t'enfuir en courant comme une criminelle ?*

— *J'avais oublié mes lunettes de soleil dans l'automobile. Je pensais qu'en me dépêchant j'aurais le temps de faire l'aller et retour avant que le train parte.*

— *Heureusement, c'est probablement ce qui t'a sauvée. Qu'est-il arrivé aux autres ?*

— *Quels autres ?*

— *Ceux qui t'accompagnaient.*

— *Rien de grave. Des égratignures.*

Le plus difficile était encore de se terrer dans le secret. Car jamais elle n'allait s'alléger du poids de sa faute en l'infligeant cruellement à son mari. Ce serait manquer maturité, de plénitude. Elle n'allait pas le punir d'être ce qu'il était ; bon, honnête, responsable et fiable, mais d'une frigidité navrante. Personne ne lui avait mis une arme sur la tempe afin qu'elle s'engage devant Dieu et les Hommes à l'aimer pour le meilleur et pour le pire sa vie durant. D'ailleurs, elle ne doutait pas de son amour. C'était simplement qu'il ne l'aimait pas comme elle l'aurait voulu. Elle avait rêvé d'un amour parfumé de mysticisme. Faire l'amour, quand corps et âmes s'entremêlent, aspire vers l'infini. Et rien au monde n'est meilleur que ce goût d'éternité. Comme des millions de gens, hommes et femmes confondus, à cause de son manque de grandeur d'âme, son mari se privait du meilleur de la vie et, de surcroît, l'en privait également. Mais pourquoi diable ne rompait-elle pas ? Pour respecter son serment. Sans doute aussi parce qu'elle savait que seul un grand cœur peut prétendre au grand amour. Elle n'avait pas la prétention d'en être. Elle s'était construite sur l'argent, le succès et la beauté, de bien pauvres attributs. Dans les circonstances, qui pouvait-elle blâmer hormis elle-même ? Elle se pardonnait de ne pas s'être jadis suffisamment et mieux aimée. Aujourd'hui, la vie lui donnait la chance de se racheter. Mais que signifiait s'aimer mieux ? Penser davantage à soi, en consommant allégrement, en changeant d'air au moindre soubresaut, en bannissant de sa vie quiconque ne répond plus à ses attentes ? Elle l'avait longtemps cru, se reprochant même d'être lâche de ne pas partir. Changer de compagnon est éminemment libérateur quand, au risque d'y laisser sa peau, on est attaqué physiquement ou moralement. Mais en observant sa sœur, force lui était de constater que rompre parce que son conjoint ne satisfait plus à tous ses désirs est au contraire singulièrement aliénant. Car, au fond, cela ramène à ses propres insatisfactions. Sa sœur lui en donnait le plus bel exemple depuis des années.

Saisis par la fraîcheur de l'air automnal, ils décidèrent de rentrer.

Élaine s'installa confortablement devant l'imposante cheminée en pierre. Elle observait Gabriel qui se préparait à y faire un feu. Quand les flammes furent suffisamment vives, il alla s'asseoir auprès de sa femme dans le canapé bourgogne. Comme d'habitude, il allait rester d'une apparente froideur. Mais elle ne s'en plaindrait pas. Le temps des jérémiades était terminé. À force d'attendre, d'espérer, pareil à une araignée qu'on écrase sur le plancher si fort, si bien qu'il n'en reste plus rien, son désir s'était éteint. Elle n'avait plus faim de lui. L'épreuve était désormais dans le renoncement. L'exacerbation de son désir, durant ces années d'abstinence forcée, lui avait voilé l'esprit au point de ne plus voir tout ce que la vie lui apportait de bon et de merveilleux. Gabriel était un fidèle ami, quelqu'un sur qui elle pouvait compter et un père responsable et aimant. En cessant de projeter sur lui son insatiable besoin d'amour passion, elle l'aimerait mieux, elle l'aimerait pour ce qu'il était. Aimer quelqu'un, c'est vouloir son bien-être. Et l'amour, le vrai, ne peut qu'appeler l'amour. Aimer s'apprend comme on apprend à marcher, à parler… Mais personne ne peut passer maître dans l'art d'aimer sans efforts. Élaine avait décidé de s'y atteler. Faire le deuil de l'amour passion était souffrant. Mais ce n'était rien en comparaison de certains aspects de la souffrance comme la misère, la famine et les massacres. Les événements effroyables dans lesquels elle avait été entraînée avaient eu du bon. Plus que jamais, elle réalisait combien elle était privilégiée, combien sa propre souffrance était insignifiante. Elle se plaisait aussi à croire que Lambert n'était pas vainement passé dans sa vie. Pourchassée par son souvenir, il lui arrivait encore de pleurer.

Mais elle se faisait violence puisqu'elle aspirait à être meilleure que ce qu'elle était, à développer la part du divin qui dormait en elle. Tout cela n'avait en vérité de sens que parce qu'elle était croyante. Sinon, elle serait partie depuis belle lurette.

Ce moment de parfaite quiétude devant l'âtre fut soudainement perturbé par la sonnerie du téléphone. Gabriel s'inquiéta de devoir rentrer précipitamment à Montréal. Ce ne serait pas exceptionnel qu'il faille écourter le week-end. Quand on l'appelait pour une urgence ou pour une situation post-opératoire problématique, jamais il ne se désistait de ses responsabilités. D'aussi loin qu'il se rappelle, il avait toujours eu un intérêt marqué pour les sciences. Il exerçait la médecine avec une passion inextinguible depuis presque trente ans. On l'appelait docteur Gabriel Dubois ; c'était ce qui constituait son identité à ses yeux et à ceux des autres. Rien n'était plus important que son travail. En dépit de cela, Élaine admirait la conscience professionnelle de son mari.

— Je ne suis pourtant pas de garde !

— C'est le mien qui sonne.

— Alors, laisse sonner.

— Non. Ce sont peut-être les enfants, dit-elle en se levant pour aller répondre.

— Je vais te le dire qui est-ce qui appelle : Chantal !

Élaine fit à sa tête. Elle fouilla rapidement dans son énorme sacoche noire pour y prendre son cellulaire.

— Où est-ce qu'il est ? Ah, le v'là !... Allô !

— Je commençais à désespérer. Ça t'a donc ben pris du temps ?

— Tu pourrais dire bonjour avant de chialer.

— C'est Chantal, hein ? Qu'est-ce que je t'avais dit…, lui envoya son mari.

Elle haussa les épaules.

— Comme ça, vous êtes rendus au chalet ? poursuivit Chantal.

— Ça fait une couple d'heures.

— Rien que Gabriel et toi ?

— Oui.

— Ouin… ça va être plate !…

— Non. Tranquille. Où es-tu ?

— Encore au salon. Il me reste une cliente. On est en train de lui rincer la tête. Ça te dirait d'avoir de la visite ?

— Ça dépend qui.

— Ben moi, c't' affaire !

— Tu vas t'emmerder. Il n'y a rien à faire ici.

— Ça peut pas être pire que rester toute seule chez moi. L'air de la campagne va me faire du bien. Et puis, ça doit être drôlement beau ces temps-ci ?

— Le paysage est incomparable.

— Bon ben… je peux venir ?

— C'est sûr.

— Ici, j'en ai encore pour une heure. Il va falloir que je passe à mon appart pis que je me rende. Sapristi ! Y va ben être 7 heures quand je vais arriver… Allez-vous m'attendre pour souper ?

— Oui, oui, mais ne dépasse pas 7 heures.

— Qu'est-ce qu'on va manger ?

— De la fondue.

— Super ! Maintenant, il faut que je te laisse. À tantôt !

Élaine déposa son cellulaire sur une des tables d'appoint du coin salon puis elle se rassit à côté de son mari.

— Est-ce qu'elle va s'amener avec un autre de ses clowns ? s'enquit Gabriel.

— Arrête donc !

— Quoi ?... En tout cas, elle va pouvoir me couper les cheveux.

— N'abuse pas. Pour elle aussi, ce sera la fin de semaine.

— Ça ne la fera pas mourir, elle ne fait rien de la semaine.

— N'exagère pas ! C'est fatigant de faire ce qu'elle fait. Debout toute la journée...

— À placoter.

— Ce que tu es dur avec elle.

— Dans le fond, je l'aime bien. C'est juste qu'elle...

— ...n'est pas reposante, je le sais.

En fin de compte, Chantal rentra de son travail tardivement. Malgré la crise économique, les recettes de son salon de coiffure se maintenaient substantiellement. Il y avait au moins cela de bon dans son existence. Car voilà des mois qu'elle était seule. Aussi trouvait-elle difficile de garder le moral. Depuis son retour d'Espagne, elle n'avait même pas baisé une seule fois. « Dire que j'ai des seins tout neufs, étole ! » Comble du désespoir, même Roger, son vieil et fidèle amant, l'avait tassée pour une minette. Son ego en avait pris un coup. « Si j'étais si belle et si fine que ça, je ne serais pas toute seule comme un chien », se disait-elle. Elle subissait revers après revers. Acculée, elle ne pouvait plus éluder les vraies questions. Tout l'obligeait à un face-à-face avec elle-même. Sa personnalité s'était construite autour du paraître. Ce faisant, elle possédait une confiance en elle bien factice. La beauté, le succès, le regard admirateur des autres, toutes ces choses sont éphémères. Et puis, aucune chirurgie ne peut contrer le passage du temps ; elle n'en donne que l'illusion. À preuve, elle vivait plus que jamais dans la frustration et la souffrance. Elle qui n'aspirait au fond qu'à aimer et être aimée. « J'attire rien que la rapace. » Qui donc peut aimer quelqu'un d'éminemment centré sur lui-même, hormis un autre égocentrique ? Pour la première fois de son existence, elle osait se regarder en face sans manquer d'honnêteté envers elle-même. Il fallait qu'elle s'attelle à réduire l'importance de son moi. Cela ne se ferait pas sans efforts et sans renoncement. Étrangement, elle craignait de s'ennuyer de cela même qui l'empoisonnait depuis toujours : son insoutenable légèreté. Mais rien n'allait plus. Conjuguer sa vie en mode séduction était devenu un lourd fardeau qui l'épuisait. Seule, plus souvent qu'autrement, elle pleurait tout son soûl. De ses années de plaisir il ne restait qu'un profond, qu'un douloureux sentiment de solitude. Cinquante ans ! Elle en avait mis du temps à comprendre son aveuglement. La partie était cependant loin d'être gagnée puisque la victoire sur soi-même est l'affaire d'une vie.

À Paris, l'automne prenait un air d'été. La température dépassait largement la normale saisonnière, au grand bonheur des citadins et des touristes qui envahissaient les terrasses de la capitale.

Sabine longeait la Seine du côté de Quai d'Orsay. Elle faisait le plein d'idées pour ses ouvrages en cours. Elle priait aussi pour rester forte. Car son fils ne s'était toujours pas manifesté. Ce n'était pas la première fois qu'il disparaissait en la tenant dans l'ignorance de ce qu'il faisait. Toujours, il réapparaissait. Mais, cette fois-ci, il tardait à le faire. Malgré une certaine inquiétude, elle refusait de se morfondre. Se lamenter sur son sort ne le ramènerait pas et se laisser abattre ne serait que l'expression d'un attachement nuisible qui n'apporterait rien ni à l'un ni à l'autre. D'autant plus qu'il était adulte. La meilleure façon d'aider un enfant est de cultiver ces qualités maîtresses que sont la force et le courage ; parce qu'enfin personne ne peut prendre appui sur quelqu'un de faible.

« Assez flâné pour aujourd'hui. »

Elle marcha jusqu'à l'esplanade des Invalides pour y prendre l'autobus.

Chez elle, une très agréable surprise l'attendait : une lettre de Bassora.

Chère Sabine,

Je ne saurais te dire à quel point je te suis reconnaissante. Depuis que je suis ici, je me sens tellement mieux. Bien sûr, certains jours sont plus difficiles à vivre que d'autres. Mais je ne me laisse plus emporter par la peine. Côtoyer les enfants de la rue me donne du courage. Abandonnés, confrontés à des situations qui dépassent tout entendement, ils ont une force d'âme incroyable. Comment oserais-je encore me plaindre? Tu avais raison, le travail distrait de sa propre vie. Je m'oublie en m'efforçant de mettre un peu d'amour dans leur vie désenchantée.

Fadi et son épouse sont merveilleux. Ils me traitent bien.

Tu ne reconnaîtrais plus la ville. Bassora est tristement défigurée, comme le reste du pays. La guerre, quelle calamité! Personnellement, j'ai déposé les armes. Finie la rancœur. Je n'ajouterai pas une parcelle de haine à ce monde en perdition et je ne laisserai rien ni personne gaspiller le temps qu'il me reste. Surtout, Sabine, ne me surestime pas. Si je t'écris tout cela, c'est pour que la petite flamme qui souffle en moi reste bien allumée. La vie est si fragile.

Je souhaite que nous soyons bientôt réunies.

Écris-moi vite, je meurs d'envie de te lire.

Farah

Sabine ne chercha pas à contenir ses émotions. Elle laissa échapper quelques larmes. Ses prières étaient exaucées; à tout le moins, celle de soulager la détresse de sa très chère amie. Elle voulut la relire une fois encore mais Raya l'en empêcha.

— Salut ! Tu ne m'avais pas dit que tu repartais en voyage ?

— Je ne vais nulle part, déclara Sabine.

— C'est quoi alors, ce message ?

— Quel message ?

— Celui que j'ai laissé là, sur le coin de ton pupitre. La confirmation de ton vol pour l'Inde.

— Qu'est-ce que tu me racontes ?

Sabine ramassa le bout de papier sur lequel sa fille avait noté l'information plus tôt dans la journée. Il était écrit : Air France, vol 226, samedi 16 octobre, départ à 10 h 30, arrivée à 23 h 05.

— J'ai noté son numéro, ajouta Raya. Tu n'as qu'à la rappeler pour tirer ça au clair.

La nuit était noire, sans lune et sans étoile aucune. Autour du chalet, comme partout ailleurs dans la campagne environnante, il régnait un calme presque effrayant ; un silence inhabituel pour qui vient de la ville. Les bras chargés de rondins, Gabriel se hâta de rentrer. Il raviva le feu en déposant deux grosses bûches de pin dans l'âtre puis il se rassit à table. Il s'étonna que sa belle-sœur ne se soit encore livrée à aucune exubérance. Ce trop-plein de vie qui la caractérisait semblait s'être volatilisé.

— Qu'est-ce qui t'arrive ? Tu es bien tranquille.

— Je pète pas le feu tout le temps. Je suis comme tout le monde.

— Dans ton cas, quand cela t'arrive, c'est inquiétant.

— Je suis fatiguée. C'est tout. J'ai besoin de vacances.

— T'en arrives ! s'exclama-t-il.

— Je parle de vraies vacances. Le derrière écrasé dans le sable à ne rien faire. Une petite semaine à Cuba me ferait du bien. Élaine, ça ne te tenterait pas ?

— Non, merci !

— J'ouvre une autre bouteille ? leur demanda Gabriel.

— Envoye donc ! Chantal déclara ensuite : Les voyages, c'est ce qui met du piquant dans l'existence.

— Ça s'adonne que j'ai l'intestin irrité.

— Non. Pire ! Le feu au cul, dit-elle en éclatant de rire.

La vulgarité soudaine de Chantal amusa Gabriel. Quant à Élaine, redoutant que sa sœur ne commette un impair irréparable, elle la regarda de travers.

— Envoye ! Débride un peu. C'était juste une farce…

— Plate.

— Sais-tu à quoi je pensais cette semaine ?... Tu devrais écrire notre aventure en Espagne.

— Es-tu malade !

— Ben quoi ? Après l'histoire des sœurs Lévesque[39], il y aurait celle des sœurs Doucet. On serait invitées à *Tout le monde en parle*[40].

---

39 Micheline et Laurence Lévesque, accusées en 1986, à Rome, de détention et d'importation d'héroïne. Elles furent acquittées et libérées après un peu plus d'un an d'incarcération.

40 Talk-show hebdomadaire animé par l'humoriste Guy A. Lepage.

— Il va falloir que tu l'écrives toute seule, ton livre.

— Bon ! Je vous laisse. Moi, je m'en vais me coucher, leur annonça Gabriel.

— Désespoir ! Y est rien que 11 heures.

— C'est mon heure. Bonne nuit !

— C'est déjà beau, normalement il se couche à 9 heures.

Tandis que Gabriel se retirait, elles se rapprochèrent du feu.

Elles restèrent un moment silencieuses à regarder les flammes danser.

Chantal avait l'âme à la mélancolie.

— Une chance que je t'ai, lança-t-elle.

— Une chance que je t'ai aussi, reprit sa sœur avec douceur.

— Pourtant, nous sommes si différentes.

— Pas tant que ça. Dans le fond, toi et moi, nous désirons la même chose : le bonheur.

— Celui-là, pour l'attraper, c'est une méchante job !

— Parce qu'on ne sait pas comment s'y prendre.

— Je t'envie. Je t'ai toujours enviée.

— Je t'ai longtemps enviée aussi.

— Arrête !

— Je suis sérieuse. Rien n'a jamais été plus important pour Gabriel que son travail. Je manquais de tendresse, je manquais de sexe… d'amour ! Toi, tu avais toujours l'air au-dessus de tes affaires, les yeux dans la graisse de bines. (Silence) Aujourd'hui, je ne changerais de place avec personne.

— Contrairement à moi.

— Chantal, une vie sans épreuves, ça n'existe pas. Regarde-toi comme il faut. Tu n'es pas trop à plaindre...

— Mais je suis pas heureuse.

— Qui peut prétendre l'être sans faire un minimum d'efforts ?

— C'est ben *toffe* la vie.

— Parce qu'on a l'esprit voilé par toutes sortes de désirs. Quand on ne demande plus rien, quand, au contraire, on perçoit tout ce qu'on a comme un cadeau, la vie devient bien plus facile.

— Tu me décourages.

— Comment ça ?

— C'est là que tu es rendue dans ta vie ?

— Non. Mais j'ai hâte d'y être, par exemple, parce qu'à ce moment-là je ne souffrirai plus.

22

Réveillée par le tintamarre de sa pendulette de voyage, Sabine ouvrit lentement les yeux. Sa chambre était quelconque, telle qu'on peut en trouver partout dans les grandes chaînes hôtelières du monde. « Où suis-je ? » S'efforçant de reprendre ses esprits, elle chercha des points de repère dans ce décor fade. Droit devant, accrochée au mur, elle vit une aquarelle représentant une fleur de lotus. « En Inde. Je suis en Inde… », se répéta-t-elle. À défaut de savoir ce qu'elle y faisait, elle savait au moins où elle était.

Elle se leva du lit, écarta ensuite les rideaux pour jeter un coup d'œil sur la ville.

« En attendant de savoir de quoi il retourne, je ne vais pas moisir ici. »

La chance était au rendez-vous. Il restait une place pour le tour de ville du matin. Elle se prépara en vitesse, avala une bouchée au petit café de l'hôtel puis sortit. Il faisait chaud. L'autocar s'immobilisa devant le Hyatt Regency. Les touristes se pressèrent aussitôt de monter. Sabine attendit patiemment pour s'embarquer. La chaleur l'accablait aussi, mais pas autant qu'en Irak le printemps d'avant. Ce 27 degrés Celsius sous le soleil s'endurait.

Arrivée dans la capitale indienne tard dans la nuit, elle n'avait vu Delhi qu'à travers le voile de l'obscurité. En plein jour, sans ses paillettes de lumière, la mégalopole était ahurissante. Un cocktail de moderne et d'ancien, de richesse inouïe et de pauvreté extrême défilait devant elle. Les chars à bœufs circulaient à côté des voitures de luxe. Et puis, elle assistait au plus éclectique défilé de mode qu'il lui avait été donné de voir au cours de sa vie. Des jeunes gens en jeans, des femmes en sari et des ascètes hindous en dhoti déambulaient côte à côte sur les trottoirs. Certains étaient nu-tête, d'autres coiffés. Le voile, le topi ou encore le turban marquaient leur différence. Le spectacle de la rue était singulièrement coloré.

Les monuments moghols du xvie et du xviie siècle de Old Delhi, les maisons coloniales de New Delhi érigées dans les années 1930 par les British, les citadelles des premiers souverains musulmans à Qutb-Mehrauli… tout cela qu'elle découvrait était fascinant.

Delhi compte 14 millions d'habitants. C'est une ville d'immigrants venus de partout en Inde. Chaque peuplade y ayant conservé sa propre culture, on peut dire que l'Inde est un exemple de cohabitation réussie entre diverses confessions, conclut le guide.

De retour à l'hôtel, elle s'occupa en priorité de réserver une table pour le repas du soir. Rester au Hyatt lui semblait plus sage, moins risqué. Elle n'allait pas se hasarder seule dans les rues de Delhi une fois la nuit tombée. Et elle avait sur place l'embarras du choix : le China Kitchen, le TK's Oriental Grill, l'Aangan, spécialisé dans les plats régionaux indiens, et le café où elle avait pris son petit-déjeuner, reconnu pour sa cuisine internationale. Une grillade ferait son bonheur.

La fatigue du voyage se faisait de plus en plus sentir. Ce n'était pas l'envie d'aller dormir qui lui manquait. Mais valait mieux qu'elle erre ici et là, qu'elle soit d'un abord facile. Quelqu'un finirait bien par entrer en contact avec elle, par éclairer sa lanterne. Qui l'avait envoyée à Delhi ? Et pourquoi ? Il lui tardait que ce « quelqu'un » se manifeste.

Elle marcha jusqu'à la piscine. L'immense bassin d'eau se trouvait au cœur d'un magnifique jardin. L'endroit lui plut. Elle s'assit à l'ombre, prenant plaisir à ne rien faire, fors observer son entourage. Un couple et leur fille vinrent s'installer à proximité. L'adolescente était tout le portrait de sa mère, une femme d'une grande beauté qui, enveloppée dans un somptueux sari rouge brodé de fils d'or, ressemblait à une princesse orientale. Son père, un homme de belle prestance, portait également des vêtements traditionnels indiens. Contrairement à ses parents, l'adolescente était vêtue à l'occidentale. Tandis qu'elle se trémoussait du derrière pour retirer sa mini-jupe en jeans, sa mère la sermonna. Puis, son père intervint énergiquement. Sabine ne comprenait pas un seul mot de leur discussion mais de toute évidence ils avaient maille à partir avec leur ado. « Partout, les gens ressemblent aux gens. À l'exception du costume, nous sommes tous semblables. Quel ado ne fait pas un jour ou l'autre suer ses parents ? » Son fils, lui, daignait encore la faire attendre.

Au bout d'une heure, elle en eut assez de musarder.

Aussitôt entrée dans sa chambre, elle connecta son portable à Internet. Elle avait deux courriels : l'un envoyé par Raya, l'autre par un inconnu. Elle cliqua prestement sur le message anonyme en souhaitant que son auteur fût celui qu'elle espérait. À défaut d'en connaître le destinateur, la consigne était claire : Demain, 10 heures, rendez-vous à Chandni Chowk, devant le Red Fort. « Enfin ! s'exclama-t-elle. Mais où est-ce ? » Elle consulta rapidement Google.

Aménagé en 1648, Chandni Chowk, qu'on appelait autrefois « la place au cœur de lune argenté », est le cœur de la vieille capitale. C'est un lieu assez singulier où commerce et religion sont en relation harmonieuse.

Ensuite, elle se référa au plan détaillé du quartier fourni dans son guide touristique. Le Red Fort, cette citadelle impériale qui doit son nom à la couleur de ses remparts en grès, y était bien identifié. Et pour cause, car c'est à cet endroit que fut hissé pour la première fois le drapeau indien. C'était le 15 août 1947, jour de l'indépendance.

Elle referma son manuel puis éteignit son portable.

Elle envisageait ce rendez-vous avec une crainte vague, mal définie. Sans doute était-ce dû à l'appréhension d'être déçue. « C'est sûrement de la plus haute importance puisqu'on m'a fait venir ici. Pourvu que… Cesse de te torturer, cela ne le concerne peut-être même pas. »

La nuit fut courte et parsemée de rêves insensés.

N'en pouvant plus, elle sauta du lit avant l'aurore, fit lentement sa toilette et alla ensuite patienter au petit café de l'hôtel. Le temps était interminablement long. Rongée par l'attente, elle prit la décision de se rapprocher du lieu de rendez-vous.

Le portier lui héla un taxi.

Déjà de si tôt matin, les routes commençaient à s'encombrer. Elle s'ébahissait du spectacle incroyable que lui offrait la rue. Les rickshaws, ces petits triporteurs, se faufilaient dangereusement entre les autobus. Aussi appelé « phat-phat », ce véhicule peu cher est le plus populaire de la capitale. Bicyclettes et charrettes déglinguées à côté des rutilantes voitures de luxe bataillaient également pour occuper une parcelle de la route. « Heureusement que je suis partie de bonne heure, je ne serais jamais arrivée à temps. » Le chauffeur réussit miraculeusement à se frayer un chemin dans cette cohue tumultueuse jusqu'à Chandni Chowk, où il la déposa en face du Red Fort. « Oh là là ! » La célèbre avenue était une véritable fourmilière de piétons, tous dissemblables en leur ressemblance ; marchands ambulants, sâdhus, prêtres jaïns, mendiants, sikhs… Sabine s'aventura dans ce capharnaüm d'échoppes bigarrées, de façades délabrées et de panonceaux clinquants. Elle se sentait terriblement seule. Chaque fois qu'un marchand l'interpellait, elle réagissait nerveusement. « C'est l'heure », se dit-elle, en regardant sa montre pour la énième fois. Elle rebroussa chemin. Elle s'en allait au point de rencontre avec une inquiétude fébrile quand, tout à coup, une voix s'éleva.

— Que la paix soit avec toi.

Son cœur se mit à battre la chamade. Il était derrière elle. Elle fit un mouvement du corps pour le regarder, mais il l'en empêcha énergiquement.

— Ne te retourne pas.

— Tu es vivant ! Merci ! Merci, mon Dieu !

— Ne dis plus un mot. Avance en gardant la même cadence. Première ruelle à gauche, immédiatement en tournant le coin, il y a là un café. Va t'y asseoir. Commande-toi à boire et attends.

Sabine se soumit de bonne grâce aux ordres de son fils.

L'établissement, bruyant à souhait, était rempli aux deux tiers. S'il ne le lui avait pas demandé, jamais elle ne s'y serait hasardée. Elle s'installa au fond de la pièce, le long du mur, en faisant face à la porte d'entrée. Une partie de sa nervosité était tombée. Néanmoins, il restait en elle une part de stress, car si Karim usait de tant de précautions, c'était qu'il y avait du danger. Elle s'ordonna de rester calme. Ce n'était pas le moment d'attirer l'attention. Elle commanda un Darjeeling tea, puis elle patienta en feignant de s'intéresser à ses documents de voyage. Après quinze affreuses minutes d'attente, elle le vit enfin entrer dans le café. Il s'installa au comptoir sans daigner la regarder. En pareilles circonstances, elle connaissait la consigne : attendre d'abord qu'il soit servi puis se réfugier dans un cabinet d'aisances où il viendrait la retrouver.

Les vécés sentaient le diable. À l'évidence, il n'avait choisi cet endroit ni pour la modernité ni pour la propreté de ses commodités. Elle reconnaissait toutefois qu'il n'eût sans doute pu trouver mieux que ce cabinet situé dans le recoin d'un rez-de-chaussée pour se mettre à couvert de ses ennemis.

Il entrebâilla la porte sans faire de bruit.

Elle l'accueillit à bras ouverts.

— Tu es toujours aussi beau, même avec la barbe. (Il sourit.) Qu'est-ce que c'est ? lui demanda-t-elle en glissant ses doigts juste au-dessus de son sourcil gauche.

— Ce n'est rien.

La cicatrice était pourtant longue et profonde.

— Nous n'avons pas beaucoup de temps, reprit-il. Aussi, j'irai à l'essentiel. J'ai un service à te demander. Tiens ! Il lui tendit un bout de papier. Mémorise ces deux noms.

— Élaine Doucet, répéta-t-elle.

— Je veux que tu la retrouves. Elle habite Montréal. En dessous, c'est le nom de son mari. Il est chirurgien. Tu ne devrais pas avoir trop de difficulté.

Sabine scruta le regard de son fils. Au fond de ses yeux, il y avait quelque chose de nouveau. Une vulnérabilité qu'elle n'espérait plus.

— C'est pour cela que tu m'as fait venir ici ?

— Oui. Tu dois savoir que je l'ai connue en Espagne.

Sabine ferma les yeux en expirant douloureusement.

— Oh ! Karim, Karim…

— Ne me rends pas les choses plus difficiles, maman. Il souffla un bon coup pour se donner la force de continuer. Pour elle, je suis Lambert Leroy. Tu te souviendras ?

— Oui. Une fois que je l'aurai retrouvée, que veux-tu que je lui dise ?

Sur ce, il contint mal ses émotions. Les yeux mouillés de larmes, il lui dit :

— Tu sauras trouver les mots bien mieux que moi.

L'instant d'après, Karim disparut.

Sabine sortit du café, ébranlée. Son fils avait risqué sa vie pour qu'elle retrouve cette femme. Combien fallait-il qu'il l'aime ! Elle la trouverait, car elle lui était redevable d'avoir étreint son fils une fois encore ; d'autant que chaque fois était peut-être la dernière. Elle n'avait désormais qu'une hâte, c'était de mettre un visage sur le nom d'Élaine Doucet.

23

L'ATTENTAT DE MAI, UNE ENQUÊTE BÂCLÉE
(François Poupaud)

Six mois après l'attentat de Séville, la lumière reste encore à faire. À ce jour, on sait qu'en quelques minutes six bombes ont explosé dans différents wagons du train assurant la liaison entre Séville et Madrid, faisant officiellement 1700 blessés et 184 morts.

Or, qu'en est-il de ses auteurs?

Dans l'un des wagons, les enquêteurs trouvèrent des sacs à dos bourrés d'explosifs et de mitrailles. Ils y découvrirent également un détonateur de même qu'un cellulaire qui devait, en fonction réveil, servir pour la mise à feu. L'engin, pour des raisons inconnues, n'a pas sauté. La carte SIM du téléphone portable permit aux agents de remonter jusqu'à la téléboutique où il fut acheté. Le propriétaire du commerce, un Pakistanais, et l'employé qui a vendu l'appareil, un jeune Indien, furent arrêtés et longuement interrogés. Toutefois, les informations obtenues ne permirent pas de retracer l'acheteur ni d'incriminer les deux hommes.

Un mois plus tard, un délateur se manifesta.

L'homme, dont on ne connaît pas l'identité, révéla aux autorités qu'un jeune truand, Jose Colina, s'était vanté auprès de lui d'avoir, la veille de l'attentat, acheté une dizaine de cellulaires. Les portables étaient destinés à Khalid Naciri, un trafiquant de drogue d'origine marocaine connu des policiers. On suivit cette piste, mit sous haute surveillance Naciri et sa bande. Quelques jours plus tard, on monta à l'assaut pour mettre le grappin sur ceux que l'on croyait et que l'on croit toujours être les auteurs du terrible attentat, mais, la belle affaire, l'appartement explosa en emportant dans la mort tous ses occupants ainsi que deux agents du groupe d'intervention. Dans les décombres, on retrouva des explosifs similaires à ceux qui avaient servi à l'attentat de mai. Apparemment, les preuves sont suffisantes pour leur imputer le massacre du train. Qui a fait quoi? Personne ne le sait vraiment. Qu'à cela ne tienne, puisque ce matin-là, à la gare Séville-Santa Justa, certains passagers auraient vu des individus suspects répondant à l'identité des hommes de main de Naciri. Ces trafiquants de drogue notoires se seraient tout d'un coup sentis investis d'une mission : imposer la loi islamique partout en Europe. Allons donc!

Les déchirures des structures des wagons parlent, beaucoup même. De toute évidence, elles présentent toutes les caractéristiques de matériaux ayant été soumis à une déflagration d'explosifs de haute puissance comme ceux utilisés par les militaires. Il y a de quoi se questionner. Non seulement le cerveau du groupe était grand mais ses moyens l'étaient aussi.

Sans doute ne saurons-nous jamais la vérité. Mais…

Sabine replia son journal.

Bien malin qui pouvait dire ce qui s'était véritablement passé. Néanmoins, elle avait la quasi certitude que son fils avait joué le rôle du gentil dans cette horrible et tragique histoire.

Gare Séville-Santa Justa
Le matin de l'attentat
Karim n'avait pas de temps à perdre. Chaque minute était précieuse.

Ignorant ses peurs, il marcha d'un pas assuré jusqu'au casier 432.

Il introduisit la clé dans la serrure. Puis, ne sachant ce qu'il y trouverait, il ouvrit la porte avec prudence. Il y avait là un ticket pour un wagon de première classe et un sac de voyage en toile de couleur kaki comme on en voit tant. Il en examina le contenu sans le sortir de sa cache. Il ne renfermait apparemment que des effets personnels inoffensifs, à part peut-être une grosse bonbonnière jaune sur laquelle était inscrit Cachous, en caractères noirs. La boîte à confiseries excita son attention. Il la souleva délicatement. Elle était anormalement légère. Le contenant était en polymère. Pas n'importe lequel, de la famille des plastiques les plus rares. Il se rappelait en avoir vu, même touché des semblables en Irak, dans les raffineries. Des matériaux comme celui-là étaient à l'étude pour le stockage des gaz, en particulier pour l'hydrogène.

Les neurones de son cerveau étaient en ébullition.

« Mais bien sûr… »

Son stress haussa d'un cran.

À combien d'estafettes comme lui, soi-disant porteurs de cachous, avait-on donné rendez-vous ? Parce qu'augmentés en quantité, certains gaz pouvaient agir en catalyseur puissant dans une réaction redoutable. On allait bel et bien faire sauter le train. Il prit le ticket, mémorisa le numéro du wagon où il devait se rendre, après quoi il le fourra dans sa poche. Ensuite, il saisit solidement le sac puis referma le casier.

Maintenant il devait agir vite, éloigner Élaine du danger. En même temps qu'il dirigeait ses pas vers le train, il actionna le téléphone caché au fond de sa poche. Il se savait suivi. Le type était grand et athlétique ; difficile de savoir à quel camp il appartenait, mais assurément, c'était un Maghrébin.

Le téléphone sonna un coup, puis un deuxième et puis encore un.

« Réponds ! Mais dépêche-toi, réponds. »

— Élaine…

— Lambert !

Il lui commanda de se taire d'une voix autoritaire, voire brusque.

— Écoute-moi. Ne dis pas un mot.

— Mais…

Il lui coupa sèchement la parole en haussant le ton.

— Écoute-moi ! C'est sérieux. Tu vas sortir de la gare le plus rapidement possible mais sans courir. Ne retourne pas, sous aucun prétexte, à la voiture. Compris ?

— Mais qu'est-ce que c'est que…

— Ne discute pas. Fais-moi confiance. Il expira puis laissa doucement échapper : Je t'aime… Sauve-toi maintenant !

Il raccrocha vite fait.

Il s'ordonna *illico* de la chasser de son esprit.

Et, soudain, le soldat en lui s'éveilla.

Il grimpa dans le train. Son taux d'adrénaline montait. Il marcha jusqu'à son compartiment, ouvrit la porte sans hésitation. Personne ne s'y trouvait. Il entra, referma derrière lui. Deux sacs de couleur kaki comme le sien traînaient au milieu de la place. Il déposa son bagage et voulut ensuite vérifier ce que les deux autres fourre-tout contenaient. Tandis qu'il en examinait un, quelqu'un entra ; un barbu. Lui aussi portait un sac, un sac à dos.

Il se redressa.

L'individu l'apostropha en le regardant de travers.

— *Amalt elli kan lazem an tafalo. Wel an ekhtafi*[41].

Les pensées de Karim se bousculaient dans sa tête. « Avance lentement en faisant comme si de rien n'était et fourre-lui un bon coup de crosse sur la tête. »

Mais, avant qu'il ne fasse quoi que ce soit, la porte s'ouvrit sur le type athlétique qui l'avait suivi quelques minutes plus tôt.

---

41 — Tu as fait ce que tu avais à faire. Déguerpis maintenant.

Les trois hommes restèrent figés une fraction de seconde. Puis, le barbu lorgna les trois sacs qui se trouvaient par terre. Avec le sien, cela en faisait quatre. Quelqu'un était de trop. Le barbu releva la tête en pointant vers eux un regard assassin. Avant que Karim n'ait le temps de réagir, l'autre sortit son silencieux et abattit d'une balle en plein cœur l'homme à la barbe.

— J'espère juste que tu as tué le bon, lança Karim en se précipitant sur le sac du défunt. O. K. V'là le détonateur.

— Qu'est-ce qu'il y a dans les trois autres ?

— Il y a un sac de mitrailles et deux de gaz. Faut fouiller le train au plus sacrant, parce qu'il y en a d'autres.

— Toi, tu changes rien au plan, tu sors immédiatement du train. On s'occupe du reste.

Karim quitta la cabine. Au même moment, le train sortait de gare.

« Trop tard pour descendre. » Il était presque ravi. En restant à bord, il se sentirait moins coupable. Le plus dur serait de rester penaud, tranquille, pendant que d'autres fouilleraient le train à la recherche de bombes. Personne ne devait le remarquer, l'identifier comme un ennemi de la cause. L'idée d'y laisser sa peau ne lui faisait pas peur. La vie lui était par moments insupportable et il se haïssait parfois d'être ce qu'il était.

Prêt à affronter l'apocalypse, il s'assit sur le bord d'une fenêtre.

Quant à mourir, il mourrait en pensant à Élaine, au voyage merveilleux qu'il avait fait entre ses reins. Tandis qu'il se grisait de ses souvenirs heureux, il se produisit un choc effroyable, d'une violence soudaine, accompagné d'un bruit infernal. Sa tête alla se fracasser sur le rebord de la fenêtre. Son arcade sourcilière pissait le sang.

Son purgatoire était loin d'être achevé.

Sabine se reporta à la liste qu'elle avait dressée pour s'assurer de n'avoir rien oublié. « Tout est là. » Aujourd'hui, elle partait pour le Canada. Ce serait la première fois qu'elle foulerait le sol montréalais. Comme l'hiver approchait à grands pas, elle rêvait de découvrir la ville parée de son manteau blanc, de s'y promener un jour de tempête quand la neige tombe à gros flocons et macule tout de sa blancheur, ne faisant du ciel et de la terre plus qu'un.

Elle boucla sa valise.

« Père tout-puissant, protégez-le et donnez-lui la paix. Amen. » Chaque fois qu'elle pensait à son fils, elle faisait une prière. Actuellement, il se terrait quelque part, mais il resurgirait. C'était lui qui l'envoyait en Amérique. Alors, tôt ou tard, il viendrait aux nouvelles. En attendant, il avait déposé une importante somme d'argent dans un compte connu d'eux seuls. La cagnotte était largement suffisante pour couvrir ses frais de déplacement et de subsistance. Karim possédait des qualités d'âme exceptionnelles, un sens de l'honneur et une profonde humanité. Mais,

Seigneur Dieu! pourquoi était-il allé se perdre dans cette monstrueuse vésanie? Car, peu importe le bord du combattant, prendre les armes, c'est prendre les armes! Sabine se sentait terriblement coupable de n'avoir pas su lui montrer la voie du salut. Mais, Dieu merci, voilà qu'elle percevait un bris dans son armure et qu'elle soupçonnait cette Élaine Doucet d'y être pour quelque chose. Bientôt, elle ferait la connaissance de cette mystérieuse inconnue. Elle ne savait pas encore ce qu'elle lui raconterait mais le moment venu, elle trouverait sûrement.

La fête de Noël approchait dangereusement. D'une année à l'autre, c'était toujours la même ritournelle. Élaine se demandait où elle trouverait le temps d'accomplir tout ce qu'elle avait à faire. Rien qu'aujourd'hui, il fallait qu'elle passe chez le fleuriste pour y acheter trois poinsettias, un blanc, un rose et un rouge, puis chez un boutiquier spécialisé dans la lingerie de maison pour tenter de trouver une jolie nappe du temps des fêtes, ensuite chez un marchand et un autre pour dénicher le cadeau idéal à tout un chacun.

Elle prit son sac à main, ses gants et ses clés. Mais, au moment de franchir la porte, le timbre du téléphone se fit entendre. « Qu'est-ce que je fais? Je m'arrête ou je continue? » Elle alla finalement répondre, au cas où ce serait un de ses enfants.

Une voix féminine, profonde et un peu rauque, avec l'accent parisien, la demandait.

— C'est elle-même, répondit-elle.

— Je suis Sabine Ronet. Elle fit une pause puis enchaîna : Je vous ai fait parvenir une lettre il y a une dizaine de jours. L'avez-vous reçue ?

— Oui.

— En ce moment, je suis à Montréal. Et, comme je vous le disais dans ce courrier, j'aimerais beaucoup vous rencontrer, madame Doucet.

— Malheureusement, j'ai bien peur de ne pouvoir vous aider. Je n'étais même pas dans ce train.

— Je suis persuadée au contraire que votre témoignage, aussi modeste soit-il, me serait d'une grande utilité.

Élaine montra des signes d'impatience.

— Je ne vois pas comment, puisque je n'ai rien à voir là-dedans.

Elle essayait tant bien que mal depuis des mois d'oublier toute cette histoire et voilà qu'une inconnue venue d'ailleurs remuait le fer dans la plaie.

Craignant de s'avouer vaincue, Sabine joua le tout pour le tout.

— Cela nous permettrait d'échanger ce que nous savons sur Lambert Leroy.

Élaine eut un pincement au cœur rien que d'entendre son nom.

Elle se referma plusieurs secondes dans un silence pensif.

Sabine la laissa sagement venir à elle, sans dire un mot.

— Je vous préviens, je n'aurai pas beaucoup de temps à vous consacrer.

— Où voulez-vous que nous nous rencontrions ? Chez vous ?

— Non.

— Eh bien, pourquoi pas à mon hôtel ? Je loge au Delta de la rue University.

— Cela me convient.

— Au rez-de-chaussée, tout de suite en entrant à gauche, il y a un resto bar. Que diriez-vous si nous nous y retrouvions vers 14 heures ?

— Parfait !

— Au plaisir, madame.

— Au revoir.

Assise contre une fenêtre près du bar, Sabine surveillait les allées et venues. Au téléphone, Élaine Doucet lui avait semblé distante et froide. « Pourvu que cela se passe bien. » Elle était d'autant plus nerveuse que sa mission était floue et délicate. Ce qu'elle en avait compris, c'était qu'elle devait plaider la cause de son fils, en quelque sorte éluder son rôle dans l'attentat de Séville en demeurant imprécise.

Élaine éteignit le moteur de sa Mercedes, puis elle hésita un long moment à descendre de sa voiture. Elle était terriblement angoissée, surtout qu'elle ne savait pas au juste à qui elle aurait affaire. « Je m'étais promis d'oublier toute cette histoire. » Mais, comme de raison, sa curiosité l'emporta.

En apercevant cette blonde au teint clair, grande et mince, enveloppée dans une jaquette de vison, Sabine s'écria en elle-même : « C'est elle ! » Et elle lui sourit.

De son côté, Élaine ne s'attendait pas à rencontrer une femme aussi magnifique. Un châle de soie rouge habillait son épaule gauche par-dessus un très chic tailleur noir. Elle lui rappelait beaucoup la belle et talentueuse actrice française Fanny Ardent. Sa beauté était particulière ; le genre de femme qu'on n'oublie jamais avoir rencontrée.

Élaine s'approcha d'elle.

— Madame Ronet ?

Elles se donnèrent la main en échangeant les politesses habituelles.

Élaine prit ensuite le temps d'enlever sa fourrure avant de s'asseoir.

Sabine ne se surprenait pas que son fils ait craqué pour elle. Karim aimait les femmes fières et réservées. Et non seulement Élaine était belle, mais elle était aussi très distinguée.

Le garçon de table se manifesta immédiatement. Élaine commanda un café.

— Merci d'être venue. Comme je vous l'expliquais dans ma lettre, je me prépare à écrire un roman basé sur l'attentat de Séville. Je recueille le plus de témoignages possible.

— Permettez-moi de vous interrompre, mais quelque chose me chicote. Comment êtes-vous arrivée jusqu'à moi ?

— J'étais en Espagne, il n'y a pas si longtemps. Quelqu'un m'a mise dans la confidence, m'a révélé certains renseignements privilégiés.

— Et ce quelqu'un vous a donné mes coordonnées ?

— Oui.

— Eh bien !

Élaine se sentait franchement indisposée par ce qu'elle venait d'apprendre.

Sabine voulut se faire rassurante.

— Mais n'ayez crainte. Personne ne saura que nous nous sommes rencontrées, hormis si vous-même en parlez.

— Là n'est pas la question. Tout d'un coup, je ne me sens plus du tout en sécurité.

— Il y a bien longtemps, madame, que plus personne ne l'est. Que savez-vous de l'enquête en cours ?

— Peu de chose. Seulement ce que j'en ai lu dans les journaux.

— Vous savez donc que ceux qu'on soupçonnait d'avoir orchestré cet attentat sont tous morts dans l'explosion de leur appartement le soir où on tentait de les capturer. Ces individus étaient apparemment à la solde d'Al-Qaïda. Ce que vous ignorez peut-être, c'est ce qui a mis les autorités sur cette piste.

— En effet.

— Dans ce fameux train, on a retrouvé une bombe qui n'a pas explosé. C'est à partir du téléphone portable qui devait servir à la mise à feu qu'on a pu remonter jusqu'aux coupables. Du moins, c'est ce qu'on tente de nous faire croire. Pourquoi cette bombe n'a-t-elle pas sauté ?

— Je ne sais pas. Peut-être est-ce dû à une défectuosité technique. Ces choses-là arrivent.

— Ou bien quelqu'un est intervenu. Ce même quelqu'un qui vous a peut-être sauvé la vie.

« Lambert… » Une telle idée ne lui avait même pas effleuré l'esprit.

— Ça tient du roman. Pourquoi aurait-il fait ça ?

— Tout le mystère est là. Ce serait trop facile si d'un côté il y avait les bons et de l'autre les méchants. Mais c'est plus compliqué. Il y a tous ceux qui pataugent entre les deux.

— Et qui sont-ils ?

— Des hommes et des femmes le plus souvent à la solde des gouvernements. Mais parlez-moi de ce Lambert Leroy.

Élaine ne voulait pas que Sabine devine les sentiments qu'elle éprouvait pour lui.

Mais Sabine percevait à présent une étincelle au fond de ses yeux, celle que seul l'amour allume.

— Je n'ai pas grand-chose à dire.

— Vous n'avez rien remarqué d'inhabituel chez lui ?

— Non. Je vous l'ai dit, madame Ronet, je n'ai rien à raconter.

— Dites-moi au moins comment il était…

— Beau comme dans un rêve. (Le visage de Sabine s'illumina à son tour et elle sourit.) C'est tout le temps que je pouvais vous consacrer.

— Encore une fois, merci d'être venue.

Élaine remit son manteau et alla son chemin.

Sabine la regardait partir en se demandant si elle avait dit ce qu'il fallait.

Et puis, tout à coup, elle la vit rebrousser chemin.

— Dites-moi, madame Ronet, de quel genre sera votre roman ?

— D'amour, évidemment !

— L'histoire d'un amour impossible sur fond de guerre ?

— C'est cela.

— Je cherchais qui vous me rappeliez... J'ai trouvé. Merci d'être venue. (Les deux femmes échangèrent un sourire complice.) Vous me l'enverrez ce livre ?

— Sûr !

24

ÉBLOUISSANTE DE BLANCHEUR, LA NEIGE TOMBÉE EN matinée scintillait comme du cristal. Élaine était de bonne humeur. Elle n'aurait pu rêver mieux pour ce jour d'anniversaire. Aujourd'hui, premier samedi de février, elle célébrait ses cinquante ans. Quelques parents et amis seraient de la fête donnée en soirée. Ils viendraient d'abord sabler le champagne à la maison puis ils iraient festoyer dans un chic et élégant restaurant du centre-ville.

Élaine disposait de l'après-midi pour se pomponner.

La bonne humeur régnait au salon de coiffure de sa sœur.

Chantal pétillait de joie.

— Je suis aux anges ! Il est beau, fin et, ce qui n'est pas négligeable, il a du foin ! C'est le bon, je le sens !

— Ce coup-là, j'espère que tu vas prendre ton temps.

— Oui, oui… mais pas trop quand même.

— Bon ! Arrête de t'énerver, tu vas me gâcher la tête. Ne me coupe pas les cheveux trop courts.

— T'inquiète pas, je vais te faire belle.

— Ton Jules, est-ce qu'il va t'accompagner ce soir ?

— Malheureusement, il ne peut pas. En passant, j'ai une grosse journée, je ne serai pas chez vous avant 19 heures. Ne partez pas au resto sans moi, O. K. ?

Quand Chantal en eut fini avec elle, Élaine s'accorda du temps pour une manucure, puis elle rentra.

Les invités ne tarderaient plus à arriver. Elle était prête. Ses cheveux tombaient bien droit sur ses épaules, son maquillage illuminait son regard et sa robe noire épousait divinement ses formes. « Pas pire, pour une femme de cinquante ans. » Elle se sentait en beauté.

On sonnait à la porte.

— Maman, c'est une surprise pour toi ! lui cria sa fille.

Elle dévala l'escalier puis se pressa de gagner le vestibule.

— Des callas ! Mes fleurs préférées…, s'exclama-t-elle.

Toute souriante, elle disparut dans la cuisine avec l'énorme bouquet de lis. Elle déchira le joli papier plastique qui les protégeait du froid, mit toute la garniture à la poubelle puis chercha vainement qui les lui avait envoyées. Elle eut beau regarder une fois, deux fois, trois fois… pas de carte ! « C'est sûrement un cadeau de Gabriel. » Elle disposa les très élégantes fleurs blanches dans un beau vase à long col. Quand son mari vint finalement la rejoindre, elle lança spontanément :

— Merci pour les fleurs !

— Elles ne sont pas de moi.

— Ah non ?

— Non.

Les invités arrivèrent ponctuellement aux alentours de 18 heures.

Tout le monde semblait s'amuser, même ses enfants, Alex et Joëlle, qui habituellement ne raffolaient pas de ce genre de réunion. L'atmosphère était à la fête. On buvait du champagne, goûtait à de raffinés petits canapés en causant de choses et d'autres.

Chantal fut la dernière à se présenter à la résidence des Dubois.

— Bonne fête, Élaine ! scanda-t-elle en la serrant contre elle. Wow ! T'es belle !

— Merci !

— Pis moi, comment tu me trouves ?

— Parfaite.

— Je voulais surtout pas avoir l'air d'un pichou à côté de toi. Tiens ! Prends.

— Tu n'aurais pas dû. Le bouquet, c'était bien suffisant.

— Quel bouquet ?

— De callas.

— C'est pas de moi. Envoye ! grouille ! Ouvre la boîte… J'ai assez hâte que tu voies ce que je t'ai acheté.

Chantal aimait offrir de beaux cadeaux.

— Un bracelet !

— En or blanc. J'ai pensé qu'il irait bien avec ta bague à diamants.

— Quel beau cadeau ! Merci, Chantal ! Je suis vraiment contente.

— Bienvenue dans la gang des cinquante ans ! Quand on y pense, désespoir que c'est pas drôle !... Pour enterrer notre jeunesse, toi pis moi, on devrait repartir en voyage...

— Es-tu malade ! Oublie ça.

Élaine se tourna vers son mari et lui montra son nouveau bracelet.

— Regarde ce qu'elle m'a offert.

— Tu es toujours aussi généreuse...

— Merci. Toi, qu'est-ce que tu lui as donné ?

— De l'argent.

— Mais t'es donc ben plate, Gabriel Dubois, de lui avoir donné de l'argent...

— Elle déteste les surprises, tu le sais. J'ai agi en conséquence.

— Faut le dire vite... Avoue-le donc que c'est toi qui m'as envoyé les fleurs.

— Je te jure que non.

— Coudonc ! Y avait pas une carte de brochée après le bouquet ? s'étonna Chantal.

— Non.

— Eille ! Joëlle !... Viens me voir avec ton plateau avant qu'y reste plus rien. Cette bouchée-là, qu'est-ce que c'est ?

— Une tranche de cœur de palmier badigeonnée de mayonnaise maison et nappée de caviar, lui expliqua sa nièce.

— Je le sais qui t'a envoyé les fleurs. C'est ma tante Blanche, elle s'en souvient plus parce qu'elle fait un début d'Alzheimer.

Là-dessus, Chantal s'esclaffa et échappa sa bouchée sur elle.

— Ah! maudite marde! As-tu vu ma robe astheure?

— Tu es punie, Chantal Doucet, pour toutes les niaiseries que tu dis, lui envoya Élaine en riant. Va dans la cuisine. Sous l'évier, il y a un savon doux pour les vêtements délicats.

Au bout de quelques minutes, Chantal réapparut dans le salon. D'une main, elle tenait une flûte à champagne et de l'autre, elle agitait dans les airs une petite enveloppe blanche.

— Tiens! J'ai trouvé ça collé sur le rebord de la poubelle.

— Eh bien, merci! J'ai dû la jeter avec l'emballage sans faire exprès.

— Sauf que ça t'avancera à rien. Regarde la carte...

En voyant ce qu'il y avait d'écrit sur le carton jaune, Élaine eut l'air déconcerté.

— Je te l'avais dit, y a rien à comprendre, répéta sa sœur. Où tu vas?

— Laisse... je reviens tout de suite.

Élaine enjamba rapidement l'escalier. Ensuite, elle s'enferma dans sa chambre. Elle n'osait croire à l'impossible. « Se pourrait-il que... » Elle fouilla dans son armoire personnelle pour y prendre la Bible. Elle chercha nerveusement le verset mentionné sur le petit carton. Soudainement, ses yeux se brouillèrent de larmes. Ce Mt 6.28-30, c'était sa signature! Elle était si émue qu'elle en tremblait.

Elle se laissa emporter par le souvenir de cet après-midi

à Grenade où, pour la première fois, elle l'avait vu avec les yeux du cœur.

— *Regardez toutes ces fleurs ! Des callas. Ce sont mes préférées. « Observez les lis des champs, comme ils croissent : ils ne peinent ni ne filent, et, je vous le dis, Salomon lui-même, dans toute sa gloire, n'a jamais été vêtu comme l'un d'eux ! »*

— *« Si Dieu habille ainsi l'herbe des champs, qui est là aujourd'hui et qui demain sera jetée au feu, ne fera-t-il pas bien plus pour vous, gens de peu de foi ! »*

— *J'aime ce passage de la Bible. C'est beau, n'est-ce pas ?*

— *Juste avant, quand il parle des oiseaux, ce n'est pas mal non plus.*

— *Je suis agréablement surprise.*

— *Je sais.*

Élaine riait à travers ses pleurs.

Chantal frappa à sa porte.

— Élaine, ça va ?

— Oui.

— Je peux entrer ?

Elle s'essuya les yeux puis alla lui ouvrir.

— On dirait que tu as pleuré. Ça va, t'es certaine ? insista-t-elle.

— Absolument. J'ai le sentiment tout d'un coup que mes cinquante ans vont être exceptionnels. Et je vais te surprendre, je suis même prête à repartir en voyage avec toi.

— Excellente nouvelle ! Cette fois, veux-tu parier que ce sera un voyage sans surprise ?

— Ah ! Qui sait !

Remerciements

Encore une fois, je désire exprimer toute ma gratitude à mon éditrice, Linda Roy, pour la confiance qu'elle me témoigne en publiant Imbroglio.
Pour leur précieuse et si aimable collaboration, merci à Rita Montenegro et à Albert Khelfa. Ils ont coloré certains passages de ce roman de leur langue maternelle respective, l'espagnol et l'arabe.
Merci aussi à Chantal Nadeau, conseillère en voyages, pour les nombreuses informations sur les transbordeurs aériens. Elles m'ont été d'une grande utilité.
Merci au personnel des Éditions JKA pour leur professionnalisme.
Et enfin, merci à la vie d'être si bonne pour moi.

Achevé d'imprimer
en août deux mille dix, sur les presses
de l'imprimerie Gauvin, Gatineau, Québec